中国翻译家译丛

戈宝权 译

假如生活欺骗了你
Если жизнь тебя обманет

海 燕
Песня о буревестнике

［俄国］普希金 ◎ 著
［苏联］高尔基 ◎ 著
戈宝权 ◎ 译

人民文学出版社

А. ПУШКИН
ЕСЛИ ЖИЗНЬ ТЕБЯ ОБМАНЕТ
М. ГОРЬКИЙ
ПЕСНЯ О БУРЕВЕСТНИКЕ

图书在版编目（CIP）数据

戈宝权译假如生活欺骗了你 海燕／（俄罗斯）普希金，（苏）高尔基著；戈宝权译．— 北京：人民文学出版社，2023
（中国翻译家译丛）
ISBN 978-7-02-017797-4

Ⅰ．①戈… Ⅱ．①普…②高…③戈… Ⅲ．①诗集—俄罗斯—近代②散文集—苏联 Ⅳ．①I512.11

中国国家版本馆 CIP 数据核字（2023）第 032590 号

选题策划　欧阳韬
责任编辑　李丹丹
责任印制　任　祎

出版发行　人民文学出版社
社　　址　北京市朝内大街 166 号
邮政编码　100705

印　　刷　北京盛通印刷股份有限公司
经　　销　全国新华书店等

字　　数　255 千字
开　　本　710 毫米×1000 毫米　1/16
印　　张　20　插页 1
印　　数　1—4000
版　　次　2023 年 11 月北京第 1 版
印　　次　2023 年 11 月第 1 次印刷

书　　号　978-7-02-017797-4
定　　价　99.00 元

如有印装质量问题，请与本社图书销售中心调换。电话：010-65233595

出 版 说 明

人民文学出版社自一九五一年建社以来，出版了很多著名翻译家的优秀译作。这些翻译家学贯中西，才气纵横。他们苦心孤诣，以不倦的译笔为几代读者提供了丰厚的精神食粮，堪当后学楷模。然时下，译界译者、译作之多虽前所未有，却难觅精品、大家。为缅怀名家们对中华文化所做出的巨大贡献，展示他们的严谨学风和卓越成就，更为激浊扬清，在文学翻译领域树一面正色之旗，人民文学出版社决定携手中国翻译协会出版"中国翻译家译丛"，精选杰出文学翻译家的代表译作，每人一种，分辑出版。

人民文学出版社编辑部

二〇一六年十月

"中国翻译家译丛"顾问委员会

主　任

李肇星

顾　问

（按姓氏笔画排序）

于友先　卢永福　孙绳武　任吉生　刘习良
李肇星　陈众议　肖丽媛　桂晓风　黄友义

目　录

前　言 ……………………………………………… 林洪亮 1

假如生活欺骗了你——译介普希金

一、普希金诗歌 ……………………………………………… 3
　　浪漫曲 ………………………………………………………… 5
　　给纳塔莎 ……………………………………………………… 8
　　致巴丘什科夫 ……………………………………………… 10
　　我的墓志铭 ………………………………………………… 12
　　玫　瑰 ……………………………………………………… 13
　　给黛丽娅 …………………………………………………… 14
　　歌　者 ……………………………………………………… 16
　　"再见吧,忠诚的槲树林!" ………………………………… 17
　　童　话 ……………………………………………………… 19
　　致恰阿达耶夫 ……………………………………………… 21
　　缪　斯 ……………………………………………………… 23
　　哀　歌 ……………………………………………………… 24
　　"忠诚的希腊女儿呀!别哭啦——他作为一个英雄倒下去" … 25
　　囚　徒 ……………………………………………………… 26
　　"只剩下我孤零零的,孤零零的一个人啦" ………………… 27
　　小　鸟 ……………………………………………………… 28
　　皇　村 ……………………………………………………… 29

"我是荒原中的一个播种自由的人" …………………… 32
致大海 …………………………………………………… 34
致巴赫奇萨拉伊宫的水泉 ……………………………… 39
西班牙浪漫曲 …………………………………………… 41
致凯恩 …………………………………………………… 43
"假如生活欺骗了你" …………………………………… 46
酒神祭歌 ………………………………………………… 47
冬天的夜晚 ……………………………………………… 48
风 暴 …………………………………………………… 51
先 知 …………………………………………………… 52
给奶娘 …………………………………………………… 54
致普希钦 ………………………………………………… 56
冬天的道路 ……………………………………………… 57
致西伯利亚的囚徒 ……………………………………… 59
夜莺与玫瑰 ……………………………………………… 61
三注清泉 ………………………………………………… 62
阿里翁 …………………………………………………… 63
"美人儿,不要在我的面前再唱" ……………………… 64
预 感 …………………………………………………… 66
一朵小花 ………………………………………………… 68
"在格鲁吉亚的山岗上,夜色一片苍茫" ……………… 69
顿 河 …………………………………………………… 70
冬天的早晨 ……………………………………………… 71
"我曾经爱过你:爱情,也许" ………………………… 73
"我们一同走吧,我准备好啦" ………………………… 74
致诗人 …………………………………………………… 75
圣 母 …………………………………………………… 76
茨 冈 …………………………………………………… 77
回 声 …………………………………………………… 78
"是时候啦,我的朋友,是时候啦!心儿要求安静——" …… 79

夜　莺	81
"我又重新访问了"	83
"我为自己建立了一座非人工的纪念碑"	86

二、魏列萨耶夫撰《普希金传略》　89

三、戈宝权论普希金　129

海燕——译介高尔基

一、高尔基诗歌　137
海燕之歌	139
"请你们不要谩骂我的缪斯吧"	141
洛伊科·佐巴尔的歌	142
"太阳上山又落山"	143
"透过铁的窗栏"	144
凯尔曼尼的诗	145
"我们都是由亲爱的大地"	146

二、高尔基小说　147
马卡尔·丘德拉	149
伊泽吉尔老太婆	162
春天的旋律：幻想曲	183

三、高尔基自传　187
| 其　一 | 189 |
| 其　二 | 192 |

四、高尔基谈学习和创作　195
| 圣诞节的故事 | 197 |

谈一本令人不安的书 ················· 205
　　我怎样学习 ····················· 209
　　我怎样学习写作 ··················· 229

五、高尔基论艺术 ···················· 261
　　论俄罗斯文学 ···················· 263
　　论俄罗斯艺术 ···················· 265
　　论文学的世界性 ··················· 267

六、戈宝权论高尔基 ··················· 275
　　高尔基——诗人 ··················· 277
　　谈谈高尔基的《海燕》 ················ 279
　　谈谈我和高尔基 ··················· 293

附录：戈宝权传略 ············ 梁培兰 299

前　言

现在呈现在读者面前的这部诗文集的译者戈宝权先生,是我国著名的作家、翻译家和外交家。他于一九一三年二月十五日生于江苏省东台县的一个知识分子家庭,曾在上海大夏大学经济系学习,毕业后曾在《时事新报》任编辑,一九三五年二月起担任天津《大公报》驻苏联记者,为国内多种报刊撰写了许多反映苏联建设成就和风土人情的通讯报道。一九三七年抗日战争爆发后,他毅然决然地回国参加抗战,一九三八年秘密加入中国共产党,并先后在武汉和重庆担任《新华日报》编委和《群众》杂志副主编。皖南事变后,他被周恩来派往香港创办文艺通讯社。太平洋战争爆发,香港沦陷,戈宝权便于一九四二年回到重庆,继续在《新华日报》工作,并参加了曹靖华主编的《苏联文学丛书》编委会,还为新知书店编选了《世界文学丛书》和《史诗丛书》。同时他还翻译出版了爱伦堡的《六月在顿河》和《英雄的斯大林城》,并于一九四〇年撰写了《苏联文学讲话》。抗战胜利后,戈宝权在塔斯社上海分社工作,并负责编辑出版《苏联文艺》,同时担任生活书店和时代出版社的编辑,在这一时期他还编选了《普希金文集》、《高尔基研究年刊》(两期)和《俄国大戏剧奥斯特罗夫斯基研究》。一九四九年起,他先是被派往苏联接管中国驻苏联大使馆,并任临时代办和政务、文化参赞,成为中华人民共和国成立后派驻国外的第一位高级外交官。嗣后担任中苏友好协会总会副秘书长。

一九五七年起,戈宝权开始担任中国科学院文学研究所和中国社会科学院外国文学研究所的研究员和学术委员,并多次当选中国作家协会理事、中国翻译家协会理事。他曾被莫斯科大学和法国巴黎第八大学授予名誉博士学位,还多次获得苏联和国内的各种勋章和奖章。二〇〇〇年五月十五日,戈宝权先生不幸病逝于南京。

戈宝权先生从大学时代发表第一篇文章开始,就对文学产生了浓厚而强烈的兴趣并开始了执着的追求。六十多年间,他在中外文学的研究和外国文学的译介工作中都取得了突出的成绩,做出了卓越的贡献。在文学研究方面,戈宝权先生是中外文学关系研究的开拓者,无论是俄苏文学与中国的因缘,还是外国作家作品在中国的传播,以及中外作家交往和影响的研究,他都可以说是国内这方面研究的开路先锋,为后来的研究者开辟了道路。而他后来结集出版的《中外文学因缘》,就是他几十年来对外国文学研究的重大成果。

在文学翻译方面,戈宝权先生的成绩更是斐然。从一九三一年翻译第一批外国文学作品起,六十多年间,他翻译的俄苏、中东欧和亚非拉国家的文学作品约五十部,他是中国最著名、最受读者喜爱的翻译家之一。戈宝老(大家都这样称呼他,或称"宝老")通晓俄、英、法等多种外语,再加上他访问过三十多个国家和地区,也是中国唯一考察过苏联十五个加盟国的翻译家,对访问过的国家的历史文化和风土人情都有一定的了解和切身的体验,因此他的翻译便显得更贴切、更传神。在众多的翻译作家作品中,除了谢甫琴科和托尔斯泰外,最受戈宝权尊崇及喜爱的作家就是普希金和高尔基了。他对于这两位作家倾注了毕生的精力,除了研究成果之外,翻译方面是最能显示出他的成就和才华的。

普希金是戈宝权接触到的第一位俄罗斯诗人,《渔夫和金鱼的故事》是戈宝权读到的第一部普希金作品,美丽的故事和优美的诗句把戈宝权带入了迷人的童话世界,从此戈宝权便和普希金结下了不解之缘。一九三七年适逢普希金逝世一百周年,当时在莫斯科担任记者的戈宝权便参加了当时苏联举行的一系列纪念活动。他还翻译了普希金的诗篇《致恰阿达耶夫》和《致西伯利亚的囚徒》,并为巴黎出版的《救国时报》编辑出版了一期普希金特刊。从此普希金便成了戈宝老一生研究和翻译的作家。一九四七年由他主编的《普希金文集》,为普希金在中国的广泛传播开辟了道路,从此,普希金的名字和诗歌就为广大中国读者所铭记和传诵,而文集也是一版再版,到一九五七年,十年间便再版了十次,究其原因,一是文集汇集了当时我国俄语翻译界的一批精英,他们的译笔为文集增色添彩不少,二是要归功于戈宝老翻译的诗歌。尽管文集只收有戈宝权翻译的四十首抒情诗和两篇童话故事诗,这在普希金的诗歌创作中还不及五分之一,但中国读者正是通过戈宝权的这些译诗感受到了普希金诗歌的优美动人,才对普希金产生了浓厚的兴趣和无比的喜爱,在二十世纪五六十年代，无论是中学生还是大学生，只要是喜欢文学的人，很少有人没有读过普希金的诗歌，而且每逢学校或机关单位举行联欢会，只要有诗歌朗诵，就缺少不了戈宝权译的普希金诗歌。《致恰阿达耶夫》《致大海》《"假如生活欺骗了你"》《"我曾经爱过你：爱情，也许"》等抒情诗，成了中国青年喜爱不已的诗篇。普希金的这些诗歌之所以受到大家的欢迎，我认为原作的优美起着决定性的作用，同时对于外国读者来说，译文的优劣很关键。戈宝权所译普希金诗，不仅真实可信，而且传神，充分体现出普希金这位诗人的气质和他诗中的优美之处，因而他译的诗，既能形似又能神似，达到形神兼备的境界。译诗难就难在这种形神兼备上，而戈宝老做到了。戈宝老本身就具有诗人的气质，加上他曾多次访问普希金的故居和博物馆，对诗人的生活环境和思想感情都有详细的了解和切身的感受，再加上他那一丝不苟、精益求精的精神，每逢再版他都要重新校阅一番，使他的译诗更加完美，因此几十年来，虽有众多普希金诗歌译本出现，但依然无法抹杀戈宝老所译普希金诗歌的光辉。

和普希金一样，高尔基也是戈宝老一生最为倾慕的一位作家，也是他研究和翻译很多的一位外国作家。早在二十世纪三十年代初，戈宝老就阅读了高尔基的短篇小说《马卡尔·丘德拉》和《伊泽吉尔老太婆》，后来还将它们译成了中文。一九三五年五月，作为《大公报》驻苏联记者的戈宝权，在莫斯科红场上举行的苏联体育大检阅中看见了正在陪同法国作家罗曼·罗兰夫妇观礼的高尔基。一九三六年六月十九日，戈宝权去工会大厦瞻仰了前一天逝世的高尔基的遗容，并写下了数篇报道，以介绍和纪念这位伟大的作家。在嗣后的数十年间，戈宝权曾多次参观高尔基的故居和博物馆，并竭尽全力研究和翻译高尔基的作品。在研究方面，他曾于一九四七年和一九四八年编选出版了两本《高尔基研究年刊》，编写了《高尔基作品中译文编目》。中华人民共和国成立后，戈宝老对高尔基的研究更是深入了一层，写出了《高尔基和中国》《高尔基作品的早期中译和其他》《高尔基和中国革命斗争》等一系列具有开拓性意义的文章。在翻译方面，五十多年来，戈宝老先后翻译了高尔基的小说、诗歌和文学论文。《我怎样学习写作》一书从一九四五年翻译出版以来，为中国青年学生和青年作家提供了许多宝贵的知识和丰富的经验，因而一版再版。而他于一九五九年应人民教育出版社之约而翻译的诗歌《海燕》（或译《海燕之歌》）进入中学语文教材以来，不知得到多少老师和学生的喜爱，产生过多么巨大的影响。作为译者，戈宝权曾根据读者反馈的意见对译文多次修饰，精益求精,不仅文字更加贴切,而且更加朗朗上口,因而几十年以来一直被教材采用,并长期受到老师们和学生们的无比喜爱,经久不衰。

在这里,作为戈宝权先生的下属和同事,我要向人民文学出版社表示感谢,感谢他们重新出版戈宝权先生这些最脍炙人口的名著名译。

林洪亮
二〇二二年二月

假如生活欺骗了你——译介普希金

普希金的自画像及签名

一、普希金诗歌

浪 漫 曲^{*}

  阴雨的秋天,傍晚的时光,
一个少女在荒野的地方独自彷徨,
她把那个不幸的爱情结下的秘密果实,
紧抱在自己两只战栗的手上。
树林和山峰——一切都那么寂静,
一切都在夜色的昏暗中沉入睡乡;
只有她一个人怀着恐惧的心情,
用仔细的目光向着四周张望。

  她深深地叹了一口气,
就把视线停在那个无辜的婴儿身上……
"你睡吧,孩子,我的孽障,
你不知道我心里所有的悲伤——
等你睁开眼睛,就会发愁,
因为你不能再紧贴着我的胸膛,
明天你就不会再见到你不幸的母亲
吻在你的小脸上。

  "你将白白地向她招手!……

---

* 这首诗是普希金早期的诗歌作品之一,他在一八一九年和一八二五年曾准备收入诗集,但直到一八二七年方最初发表在费奥多罗夫编辑的《祖国缪斯作品集》中。由于这首诗触及社会中的私生子问题,曾经遭当局审查,有所删改。诗发表后,曾被三次谱成歌曲,流行甚广,并被绘成民间流传的木刻年画。"浪漫曲"源自西班牙文的"romance"一词,亦译"罗曼斯",是欧洲流行的一种抒情歌曲的名称。

而我的罪过将永远是我的耻辱——
你会永远忘掉我……
但我却不能将你遗忘!
别的人会来将你抚养,
并且说:'你对于我们是个外人!'
你要问:'我的亲人在哪儿?'
但你找不到你亲人的家门!

"我的天使将带着忧愁的思虑,
在别的孩子们中间忍痛受苦!
并且终身怀着一颗忧郁的心,
注视着别人家的母亲对子女的爱抚;
他到处都是一个孤独的流浪儿,
咒骂着这极不公平的世界,
他会听到残酷无情的笑骂……
那时候请你原谅,原谅我吧……

"也许,你这个凄凉的孤儿,
要去打听和寻访你的父亲!
唉!他在哪儿,那个亲爱的负心人,
那个我到死都忘记不了的心上人?——
那时候你安慰那个苦痛的受难者吧,
并且说:'她已经不在这世上啦——
劳娜忍受不了生离死别的痛苦,
她已经投身到那个荒凉的世界啦。'

"啊,我说了些什么话?……也许,
你还会遇见你有罪的母亲——
你的悲伤的视线会使我感到吃惊!
母亲怎么连自己的儿子都认不清?
唉,假如哀求不动的命运

会被我的祈祷所感动……
但也许你会从我身边走过——
从此我们永世不再相逢。

"你睡吧,不幸的孩子,
最后一次再紧偎着我的胸膛。
这不公正的可怕的法律
判定了我们要受尽苦难。
当着岁月还没有驱走
你的无忧无虑的欢欣——
睡吧,我的亲爱的!辛酸的悲伤
还不能惊动你童年时的宁静!"

  但这时月亮突然从丛林后面
照亮了她近旁的一所茅屋……
她带着慌张的心情紧抱着儿子
走近了那所茅屋;
弯下身子,轻悄悄地
把婴孩放在人家的门槛上,
然后怀着恐慌,转过眼睛,
就消失进夜色的苍茫。

一八一四年

给 纳 塔 莎*

美丽的夏天衰萎啦,衰萎啦;
明朗的日子正飞逝过去;
在松林微睡的阴影中
阴霾的云雾在弥漫延长。
肥沃的田地荒凉了;
嬉戏的溪涧寒冷起来;
浓茂的树林斑白了;
连苍穹也显得暗淡无光。

纳塔莎——我的光亮①!你现在在哪儿?
我怎能不流着辛酸的泪?
难道你就不肯和你心上的朋友
共享一会儿时光?
无论在起着涟漪的湖上,
无论是清晨还是夜晚的时分,
在菩提树的清香覆盖下,
我都遇不见你的踪影。

不久,不久,冬天的寒冷

---

* 这首诗是模仿德米特里耶夫的感伤歌体写成的。普希金的同学普希钦在回忆录中说,诗中所提到的纳塔莎是沃尔孔斯卡娅公爵小姐的美丽的侍女。沃尔孔斯卡娅是宫廷女官,每年夏季携带侍女随同皇室到皇村消夏,入秋即返回京城。当时普希金正热恋纳塔莎,因此在夏去秋来时写成此诗。

① 在俄文中,"光亮"(свет)亦可作"亲爱的心上人"讲。

就要访问灌木林和田野,
在充满烟气的茅舍里,
马上就会射出明亮的火光。
我看不见我的美人儿啦!
我将像关在笼子里的一只金丝雀,
坐在家里面悲伤,
尽在将纳塔莎思念回想!

一八一五年

致巴丘什科夫*

　　从前有个时候,我诞生在
赫利孔①的山洞里;
是提布卢斯②以阿波罗的名义
给我施了洗礼,
于是我从童年时起
就畅饮明澈的希波克瑞涅的清泉③,
在春天的玫瑰花荫下
我成长为一位诗人。

　　赫尔墨斯的快乐的儿子④
很喜欢我这个小孩,
在黄金的淘气的年代里
就送给了我一支芦笛。
我很早就熟悉它,
不停地吹奏着这支笛子;

---

* 巴丘什科夫(1787—1855)是俄国十九世纪初叶著名的抒情诗人,诗歌作品多歌颂人间的欢乐、爱情与友谊,并使文学语言接近于口语,对普希金的创作有过影响。普希金在皇村中学读书时,曾于一八一四年写了一首《致巴丘什科夫》("机灵的哲学家和诗人")献给诗人。一八一五年二月初巴丘什科夫访问皇村时,曾和普希金相见,建议他写作歌颂战争的诗章,据说大诗人曾参加普希金朗诵《皇村回忆》一诗的那次考试。后来普希金在二月到五月间写成这首《致巴丘什科夫》,讲出他怎样成长为诗人和他自己对诗歌的早期信念。

① 赫利孔山位于希腊中部,是古希腊神话中太阳神和诗歌与文艺之神阿波罗居住的地方。
② 提布卢斯是公元前一世纪的古罗马诗人,写有歌颂爱情和田园生活的诗歌作品。
③ 相传这是阿波罗长着双翼的神马珀伽索斯在赫利孔山下用马蹄踢出的一道泉水,转意为诗歌的灵感之泉。
④ 赫尔墨斯是古希腊神话中的神使和畜牧之神,他的儿子潘是牧神和山林之神,曾用芦苇削成芦笛和排箫。

虽然我吹得还不连贯,
但缪斯们①并不因此感到厌倦。

可是你啊,欢乐的歌手,
你是珀耳墨索斯河女仙们②的好友啊,
你希望我飞跃上
诗坛的荣誉道路,
你要我同阿那克瑞翁③分手,
去追随马罗④的诗章,
在竖琴音响的伴奏之下
去歌颂战争血染的疆场。

福玻斯⑤赐给我的并不多:
我心有余而才不足。
我远离开自己的祖先,
在异国的天空下歌唱,
我害怕跟鲁莽的伊卡罗斯⑥
去作枉然的飞翔,
我要按自己的道路前进:
让每个人都照自己的心愿去行事那样。⑦

一八一五年

---

① 缪斯一共九人,是管诗歌、音乐、戏剧、舞蹈等的文艺女神。
② 珀耳墨索斯河发源于赫利孔山,女仙们即指缪斯们而言。
③ 阿那克瑞翁是公元前六至前五世纪古希腊诗人,写有歌颂爱情的诗歌作品。后人称他的诗体为"阿那克瑞翁体"。
④ 马罗指公元前一世纪的古罗马诗人维吉尔,他著有史诗《埃涅阿斯纪》。
⑤ 福玻斯指太阳神阿波罗,意译为"光辉灿烂"。
⑥ 伊卡罗斯是古希腊神话中名匠代达罗斯的儿子,他和他的父亲被关在克里特岛的迷宫里。后来他们用蜂蜡和羽毛粘制成翅膀,装在肩和背上,飞离克里特岛,但伊卡罗斯飞得太高,蜡翅被太阳融化,他坠海而死。
⑦ 引自诗人茹科夫斯基写给巴丘什科夫的《安乐与欢娱之子》一诗,但用字稍有改动。

我的墓志铭*

这儿埋葬着普希金；他和年轻的缪斯，
在爱情与懒惰中，共同度过了愉快的一生，
他没有做过什么好事，可是他心地善良，
　　却实实在在是个好人。

一八一五年

---

* 这首诗是十六岁的普希金在彼得堡皇村中学读书时写成的，当时正盛行写作这种幽默体的墓志铭。

玫 瑰*

我们的玫瑰在哪儿,
我的朋友们?
玫瑰凋谢啦,
这曙光之子。
不要说:
"青春就这样衰萎啦!"
不要说:
"这就是人生的欢乐!"
要向花儿说:
"再见吧,我怜惜你!"
并且指给我们看,
百合花正在那儿开放。

一八一五年

---

* 这首诗的前几句受了维亚泽姆斯基公爵《致友人》一诗的暗示。在那首诗中,维亚泽姆斯基讲到作为青春象征的玫瑰,说玫瑰"清晨以自己的美色为骄傲",但"到了夜晚的时候,美丽的花儿就凋谢了"。在后四句诗中,普希金用百合花的形象来和玫瑰相对立,因为百合花象征永不凋谢的美和生命力。这个形象大概取材自卡拉姆津《一个俄国旅行家的书简》中的第三十四封信。

给黛丽娅*

哦,亲爱的黛丽娅!
快来吧,我的美人啊;
金色的爱情的星辰
已经出现在天空啦;
月亮静悄悄地滚过去;
快来吧——你的阿尔古斯①远走开,
深梦已经把他所有的眼睛都紧闭上。

在槲树林静寂的
隐秘的荫影下,
一条孤寂的小溪
滚着银色的波浪,
还和忧郁的夜莺②一起歌唱,
那是谈情的愉快的隐避所在,
正照耀着月色的清光。

黑夜把自己的暗影
笼罩在我们身上,
灌木林的荫影微睡,

---

* 黛丽娅本来是罗马诗人提布卢斯《哀歌集》中一位女主人公的名字,她的丈夫是位军官,当时正出勤远行,普希金的这首诗大概取材于此。普希金的同学科尔萨科夫曾将这首诗的第一节谱成歌曲,用吉他伴奏,流行于皇村中学。
① 阿尔古斯是古希腊神话中的百眼巨人,此处又作"机警的守护人"讲。
② 此字原文为菲洛美拉。据古希腊神话传说,菲洛美拉本系雅典国王潘狄翁的女儿,遭到其姐夫的奸污并被割掉舌头,后来变为夜莺。

爱情的瞬息迅速飞逝——
我全身都燃烧着欲望,
快来相会吧,哦,黛丽娅!
快来到我的怀抱里吧。

一八一六年

歌　者[*]

你可曾听见在小树林后面那夜间的歌声，
一个歌者在歌唱自己的爱情和悲哀不幸？
黎明时田野里寂静无声，
芦笛又响起了凄切而朴素的哀音，
　　　你可曾听见？

你可曾在荒凉的树林的黑暗中遇见那个人，
一个歌者在歌唱自己的爱情和悲哀不幸？
你可曾注意到他的泪痕、微笑，
还有那充满了忧愁的平静的视线？
　　　你可曾遇见？

你可曾叹息，当你听到那轻轻的歌声，
一个歌者在歌唱自己的爱情和悲哀不幸？
当你在树林里见到那个年轻人，
看见他那双黯然无光的眼睛，
　　　你可曾叹息？

一八一六年

---

* 这首诗与茹科夫斯基歌唱"一位可怜的歌者"的诗《歌者》(1811)有关，开头的问句形式也是模仿茹科夫斯基的诗句。普希金在皇村中学读书时曾热恋同学巴库宁的姐姐——宫廷女官巴库宁娜，他在日记(1815年11月29日)中写道："我曾经幸福过！……不，我昨天并不幸福；我一大早就被一种期望所折磨着，我以一种无法描写的激动，站在小窗口，看着铺盖着白雪的道路——没有见到她的踪影！——最后，我失掉了希望，突然间我意外地在楼梯上同她相遇——多么甜蜜的时辰啊！'他歌唱着爱情，但声音是悲伤的。/唉！他知道的爱情只是一种痛苦！——引自茹科夫斯基的诗'她是多么可爱啊！黑色的连衣裙紧贴着可爱的巴库宁娜的身体！但是我已经十八个小时没有见到她——哎呀！什么样的处境，什么样的折磨！——但是我幸福了五分钟——"当时普希金才十六岁，这是他的初恋，他这一时期写过二十首哀歌，都与巴库宁娜有关。

"再见吧,忠诚的槲树林!"*

再见吧,忠诚的槲树林!
再见吧,田园无忧无虑的宁静,
还有那迅速飞逝了的日子的
轻快的欢乐之情!
再见吧,三山村,在那儿
快乐曾多少次将我相迎!
是不是我领略了你的甜美,
只为了将来要永远和你分别?
我从你们那儿带走了回忆,
但把心儿留给你们。
也许(这是一个多么甜美的梦想!),
我这个友情的自由、
欢乐、优美与智慧的崇拜者,
会重新回到你的田园,
来到菩提树的荫蔽下,
在三山村的斜坡上行走。

一八一七年

---

* 普希金一八一七年于皇村中学毕业后,曾在当年七月至八月第一次到米哈伊洛夫斯克村消夏,住了五个星期,常访问三山村的近邻。三山村是女地主奥西波娃的产业,与普希金父母的领地米哈伊洛夫斯克村相毗邻。这首诗是普希金在返回彼得堡之前写在奥西波娃的纪念册上的。普希金一生都和奥西波娃全家保持着友好的关系。此诗原无题,为方便读者,取首句为题,下同。

列昂尼德·谢苗诺维奇·希仁斯基 绘

童　话*

圣诞节颂歌①

乌拉!② 一位游荡的暴君，
正向俄罗斯驰奔。
救世主③在苦痛地哭泣，
全国的人民也跟着他悲泣。
马利亚④急忙地吓唬救世主：
"别哭啦，宝贝；别哭啦，我主：
瞧，妖怪，妖怪来啦——这是俄罗斯的沙皇！"
沙皇走进来，就开口宣讲：

"你们该知道，俄罗斯的人民，
全世界都知道的大事情：
我为自己缝了一套
普鲁士和奥地利的军装⑤。
哦，庆幸吧，人民：我饱满、健康、肥壮；

---

* 相传普希金曾写过好几首圣诞节颂歌的讽刺诗，这首诗是现在保存下来的唯一的一首，曾以手抄本形式流传，其中讥讽了沙皇亚历山大一世。在一八一二年拿破仑入侵俄国失败之后，亚历山大一世雄视欧洲，在一八一四年参加了维也纳会议，后又发起组织"神圣同盟"，用俄、普、奥三国的联合兵力来制止欧洲革命势力的兴起，起了"欧洲宪兵"的作用。一八一八年三月十五日波兰第一次议会开幕时，亚历山大一世发表了一篇立宪演说，许诺在全俄推行立宪政府的统治形式，表示要"赐给"俄国人民宪法，当时曾得到欧洲报界的赞扬。当年九月在亚琛会议上，俄、普、奥三国又签署了宣言，声称要维护现存的秩序。当年十二月二十二日亚历山大一世才回到彼得堡的皇村，因此诗人维亚泽姆斯基曾说，沙皇亚历山大一世是"在驿站上统治俄罗斯"。普希金的讽刺诗中正是暗示了当时所发生的许多重大事件。
① 原文为法语(Noël)，圣诞节颂歌是法国民间流行的一种讽刺形式的诗歌。
② 乌拉，俄语中的欢呼词，意为"万岁"。
③④ 据福音书记载，马利亚从圣灵怀了孕，生下圣婴耶稣，马利亚通称为"圣母"，耶稣通称为"救世主"。
⑤ 亚历山大一世去普鲁士和奥地利时，经常穿着同盟军的军装，故有此语。

办报的人到处在将我颂扬；
我又喝,又吃,又许下愿——
　　　干什么事情我都不知道疲倦。

你们再听我附带补充几句,
我今后还要干些什么事情:
我要让拉甫罗夫①退职,
把索茨②送进精神病院；
我要给你们法制,来代替戈尔戈利③的统治,
我要给人民以人的权利,
这是遵照我沙皇的仁慈,
这完全是出于我的好意。"

躺在床上的婴孩,
高兴得跳了起来:
"难道这是真的吗?
难道这不是在开玩笑?"
妈妈对他说:"睡吧,睡吧! 快闭上你的小眼睛吧；
　　这该是睡觉的时候啦,
　　咴,听着吧,沙皇爸爸
　　　　在给你讲美妙的童话。"

一八一八年

---

① 拉甫罗夫是警察厅执行处处长。
② 索茨是警察厅特别审查委员会全俄部秘书,又是戏剧审查官。
③ 戈尔戈利是彼得堡的警察局长(1811—1821)。

致恰阿达耶夫*

爱情、希望、平静的光荣

并不能长久地把我们欺诳,

就是青春的欢乐,

也已经像梦、像朝雾一样地消亡;

但我们的内心还燃烧着愿望,

在残暴的政权的重压之下,

我们正怀着焦急的心情

在倾听祖国的召唤。

我们忍受着期望的折磨,

等候那神圣的自由时光,

正像一个年轻的恋人

在等待那真诚的约会一样。

现在我们的内心还燃烧着自由之火,

现在我们为了荣誉献身的心还没有死亡,

我的朋友,我们要把我们心灵的

美好的激情,都呈献给我们的祖邦!

---

* 恰阿达耶夫(1794—1856)是俄国唯心主义的哲学家和政论家,一八二一年参加十二月党人的秘密团体"幸福同盟"。一八三六年他发表著名的《哲学书简》,其中批判了俄国的农奴制度,表达了反对沙皇暴政的思想,被沙皇尼古拉一世宣布为精神病患者,遭受到严厉的迫害。普希金在皇村学校读书时即与恰阿达耶夫相识。当时恰阿达耶夫是驻扎在皇村的近卫骑兵团的军官,他的自由思想对普希金有很深的影响。普希金在一八一八年十九岁时写成《致恰阿达耶夫》这首政治诗,当时他并不打算发表,但是诗的手抄本却流传非常广,特别是在十二月党人中间起了很大的鼓动作用。一八二〇年普希金因为这首诗和《自由颂》等几首歌颂自由的诗章,被沙皇当局流放到俄国南方。一八二五年十二月党人起义失败以后,大批的十二月党人被流放到西伯利亚去做苦役,在他们身上藏着的秘密徽章上都刻着这首诗中的"同志,相信吧:迷人的幸福的星辰就要上升,射出光芒"。

同志,相信吧:迷人的幸福的星辰
就要上升,射出光芒,
俄罗斯要从睡梦中苏醒,
在专制暴政的废墟上,
将会写上我们姓名的字样!

一八一八年

缪　斯*

　　当我幼年的时候她很喜爱我，
还给了我一支七管的芦笛；
她含着微笑谛听着我；
我已经会轻轻地,用我纤嫩的手指,
按着空芦管上发出响声的洞眼,
奏出受了神灵启示的庄严的颂歌,
和弗利基亚①牧人的平和的山歌。
从清晨到黄昏,我在槲树静寂的浓荫下
勤奋地细听着这位神秘的少女所授的课程；
为了用偶尔的嘉奖来使我高兴,
她就把可爱的前额上的卷发往后一撩,
亲自从我的手中拿开这支牧笛。
芦管因为神灵的气息而有了生命,
还用圣洁的迷醉之情充满了我的心灵。

一八二一年

---

*　这首诗是法国诗人谢尼耶的一首牧歌的改作。
①　弗利基亚位于古代小亚细亚西北部的地区。

哀　歌*

　　我体验了自己的愿望，
我厌倦了自己的幻想；
现在就只是一片痛苦，
那心灵空虚的果实留在我的心上。

　　在残酷命运的风暴之下，
我的灿烂的花冠已经凋零；——
我悲伤地、孤独地生活着，
我等待着：是不是我的末日即将来临？

　　这就像受着晚来严寒的吹打，
听到冬日风暴的啸响，
一片迟凋的树叶，
在光裸的枝干上颤抖一样！……

一八二一年

---

* 这首诗写于达维多夫家的领地卡曼卡村，原稿上注有"一八二一年二月二十二日于卡曼卡村"（日期似应是俄历）。这首《哀歌》最初是作为长诗《高加索的俘虏》第二部分中俘虏向高加索女郎的倾诉而写的。

"忠诚的希腊女儿呀!别哭啦
——他作为一个英雄倒下去"*

忠诚的希腊女儿呀!别哭啦——他作为一个英雄倒下去,
  是敌人的铅弹穿透了他的胸膛。
忠诚的希腊女儿呀!别哭啦——那不是你在最初的战斗之前,
  为他指定了流血的光荣的征程?
那时候,你的丈夫预感到离别的痛苦,
他向你伸出了庄严的手,
还含着眼泪为自己的婴孩祝福了安全无恙;
但是黑色的旗帜正为了自由在喧响飘扬。
于是他就像阿里斯托吉同①一样,用桃金娘的绿叶裹着利剑,
冲进战斗的疆场——他倒下去了,但他却完成了
  伟大而又神圣的事业。

一八二一年

---

* 一八二一年希腊人民为了保卫自己的祖国,举行起义反对土耳其人的奴役统治。普希金当时被流放在南俄的基什尼奥夫,经常和希腊的革命志士们来往,关心希腊人民的起义,甚至自己也梦想能参加进去。这首诗是为了悼念一位在起义中牺牲的无名英雄而写的。

① 阿里斯托吉同是公元前六世纪的雅典青年,他和弟弟曾企图刺死暴君希皮阿斯,未遂,弟弟当场被打死,阿里斯托吉同被捕并被判处死刑,后希腊人尊他们为爱国英雄。

囚　徒*

我坐在潮湿的牢狱的铁栅旁。
一只在束缚中饲养大了的年轻的鹰鹫,
它是我的忧愁的同伴,正在我的窗下,
啄着带血的食物,拍动着翅膀。

它啄着,扔着,又朝着我的窗户张望,
好像在和我想着同样的事情。
它用目光和叫声召唤着我,
想要对我说:"让我们一同飞走吧!

我们都是自由的鸟儿;是时候啦,弟兄,是时候啦!
让我们飞到那儿,在云外的山岗闪着白光,
让我们飞到那儿,大海闪耀着青色的光芒,
让我们飞到那儿,就是那只有风……
　　　同我在游逛着
　　　的地方!……"

一八二二年

---

* 据普希金一八二一年五月左右的日记记载,他被流放在南俄时曾经参观过基什尼奥夫的监狱,这首诗不仅写出了他当时的印象,也写出了他个人的心情。俄国作曲家阿利亚比耶夫曾将这首诗谱成歌曲,现已成为民歌。

"只剩下我孤零零的,孤零零的一个人啦"*

只剩下我孤零零的,孤零零的一个人啦,
所有的酒宴、爱人和朋友
都已经和轻柔的幻梦一起消亡——
就是我的青春
也带着它飘忽不定的才能暗淡下去。
这正像在漫漫长夜中
为了那些愉快的少男少女点的蜡烛,
当狂热的欢宴将尽时
在白昼的光辉之前显得苍白无光。

一八二二年

---

* 这首诗大概写于一八二二年四月,其中反映出了普希金当时压抑的心情。

小　鸟*

在异乡,我虔诚地严守着
祖国的古老的风习:
在晴朗的春节
让一只小鸟恢复了自由。

我心里感到无限的慰藉;
为什么还要对上帝埋怨不休,
即使当我能把自由的生活
赐给一个造物的时候!

一八二三年

---

* 一八二三年,普希金正被流放在南俄的基什尼奥夫。他在这一年的五月写了一封信给诗人格涅季奇:"你知道俄国农民的那个动人的风俗吗?就是在复活节要将一只小鸟放生。现在奉上这样的一首诗给你。能否不署名登在《祖国之子》杂志上?"从这封信中我们不难猜想出普希金写这首小诗的心情和原因。就在这一年春天,普希金曾向沙皇当局请求,允许他返回彼得堡。复活节之前不久,他接到外交部长的通知,说沙皇亚历山大一世对他的北返"不表同意",因此他就写了这首小诗,间接地讽刺了沙皇的毫无仁慈。至于发表时不署名,是怕检查通不过。后来这首诗没有发表在《祖国之子》上,而是刊登在《文学之页》上。

皇 村*

美好的情感与往日的欢乐的守护者啊,
哦,你啊,槲树林的歌者早就熟悉的保佑神,
记忆啊,请你在我的面前
描绘出那些我用心灵生活的迷人的地方,
还有那些我曾经热爱过,我的情感在那儿
  发展成长的树林,
在那儿,我的童年和最初的青春融合在一起,
在那儿,由于受到大自然和幻想的抚养,
我认识了诗歌、欢乐与宁静……

带领我,带领我去到那菩提树的清荫,
那里最适合我的自由散漫的习性,
带领我到湖边去,到那幽静的斜坡上去!……
我将重新看到浓密如茵的草场,
还有几株苍老的树木,还有明丽的山谷,
还有我熟悉的肥沃的湖畔的景象,
在那静静的湖面上,在波光闪耀之中,
一群高傲而又平静的天鹅在游荡。

---

* 皇村位于圣彼得堡的郊外,建有皇家宫殿夏宫,风景非常优美。普希金于一八一一至一八一七年在当地的皇村学校读书,并于一八一五年以当众朗诵《皇村回忆》一诗闻名。普希金在诗中除描写了皇村的风景之外,也歌颂了叶卡捷琳娜女皇和历代将领的丰功伟绩;但他在一八二三年(一说写于一八一九年)写的这首回忆皇村的诗中,却只描绘了风景,而认为歌颂英雄的辉煌业绩对他是"格格不入"。这首诗在他生前没有发表,后来的诗集也很少收入这首诗。

让别的诗人去歌颂英雄和战争吧,
我却谦逊地热爱着这生动幽静的地方,
由于我和辉煌业绩的幻影格格不入,
你啊,皇村美丽的槲树林啊,
从现在起,我这位缪斯的默默无闻的朋友。
要把和平的诗歌和美好的空闲时光都向你献上。

一八二三年

尼古拉·瓦西里耶维奇·伊林　绘

"我是荒原中的一个播种自由的人"*

> 有一个撒种的出去撒种①
> ——《马太福音》

我是荒原中的一个播种自由的人，
我出去得很早，在黎明的晨星之前；
我用清洁而无罪的手
在被奴役的田畴上，
撒下了有生命的种子——
但我浪费了的，只不过是时间、
有益的思想和劳力……

去吃青草吧，你们这些爱和平的人民！
正直的呼声还不能把你们唤醒。
为什么要给牲畜以自由？
它们只该被屠宰和剪毛。

---

* 普希金写这首诗时，正被沙皇流放在南方。就在这时候，以沙皇亚历山大一世为首的"神圣同盟"（俄、普、奥三国），镇压了全欧洲人民的革命力量：他们让法国国王派军队镇压了西班牙的革命，又让奥国的军队镇压了意大利烧炭党人在那波里发动的起义；沙皇本人更加强了国内的统治。普希金目击了这一切，不得不怀着悲观的情绪，并且得出了这样一个结论：群众的力量还没有成熟到能争取自由的时候，最容易被强有力的反动力量所镇压，虽然他撒下有生命的种子，但并不能立即长出他所希望的果实。他曾在一八二三年十二月把这首诗寄给他的朋友亚·屠格涅夫，并且称它是篇"模仿温和的民主主义者耶稣的寓言"。第一句诗中的"荒原中的"亦作"孤独的"解释。这首诗的最后五句应作反话来看，它们正表现出普希金当时的苦痛心情。

① 这一句话引自《马太福音》第十三章第三节，是耶稣讲道时说的一个比喻，全文是："有一个撒种的出去撒种。撒的时候，有落在路旁的，飞鸟来吃尽了。有落在土浅石头地上的。土既不深，发苗最快。日头出来一晒，因为没有根，就枯干了。有落在荆棘里的，荆棘长起来，把它挤住了。又有落在好土里的，就结实，有一百倍的，有六十倍的，有三十倍的。"

它们世世代代相传下来的遗产，
就是那挂着铃铛的重轭和皮鞭。

一八二三年

致 大 海*

再见吧,自由奔放的大海!
这是你最后一次在我的眼前,
翻滚着蔚蓝色的波浪
和闪耀着骄美的容光。

好像是朋友的忧郁的怨诉,
好像是他在临别时的呼唤,
我最后一次在倾听
你悲哀的喧响,你召唤的喧响。

你是我心灵的愿望之所在呀!
我时常沿着你的岸旁,
一个人静悄悄地、茫然地徘徊,
还因为那个隐秘的愿望而苦恼心伤![①]

我多么热爱你的回音,

---

* 普希金因为写作歌颂自由的诗,于一八二〇年被沙皇流放到南方。在南俄时,又因为继续写作充满反抗激情的诗,并与敖德萨总督沃龙佐夫不和,于一八二四年七月间被宪警押送到他父母的领地米哈伊洛夫斯克村去,前后禁居有两年之久。这首诗是在他离开敖德萨时就已经起笔,而在米哈伊洛夫斯克村完成的。其中写出了他对于拿破仑和拜伦的追念,复又写出他想逃亡到海外去的想法。诗人维亚泽姆斯基公爵曾经屡次请普希金写一首悼念拜伦的诗,普希金一直没有写,当年十月他把这首诗寄给公爵,并且写道:"奉上悼念上帝的奴仆拜伦的短诗一首。"又,这首诗,也表现出他是受了拜伦的《恰尔德·哈罗尔德游记》的影响,可能还受了法国大诗人拉马丁《向大海告别》一诗的影响。

① 指普希金想秘密逃到海外去的愿望。一八二四年一月,普希金曾写信给他的弟弟:"我想静悄悄地拿着芦杖和礼帽,乘船去一游君士坦丁堡。神圣的俄罗斯在我觉得是太难受了。"

尼古拉·瓦西里耶维奇·伊林 绘

热爱你阴沉的声调,你的深渊的音响,
还有那黄昏时分的寂静,
和那反复无常的激情!

  渔夫们的温顺的风帆,
靠了你的任性的保护,
在波涛之间勇敢地飞航:
但当你汹涌起来而无法控制时,
大群的船只就会被覆亡。

  我曾想永远地离开
你这寂寞和静止不动的海岸,
怀着狂欢之情祝贺你,
并任我的诗歌顺着你的波涛奔向远方——
但是我却未能如愿以偿!

  你等待着,你召唤着……而我却被束缚住;
我的心灵的挣扎完全归于虚妄:
我被一种强烈的热情①所魅惑,
使我留在你的岸旁。……

  有什么好怜惜呢?现在哪儿
才是我要奔向的无忧无虑的路径?
在你的荒漠之中,有一样东西
它曾使我的心灵为之震惊。

  那是一个峭岩②,一座光荣的坟墓……
在那儿,沉浸在寒冷的睡梦中的,

---

① 指普希金对敖德萨总督沃龙佐夫美丽的夫人的感情。
② 指拿破仑去世的地方圣赫勒拿岛。

是一些威严的回忆:
拿破仑就在那儿消亡。

  在那儿,他长眠在苦难之中。
而紧跟他之后,正像风暴的喧响一样,
另一个天才,又飞离我们而去,①
他是我们思想上的另一位君王。

  为自由之神所悲泣着的歌者消失了,
他把自己的桂冠留在世上。
阴恶的天气喧腾起来吧,激荡起来吧:
哦,大海呀,是他曾经将你歌唱。

  你的形象反映在他的身上,
他是用你的精神塑造成长:
正像你一样,他威严、深远而阴沉,
他像你一样,什么都不能使他屈服投降。

  世界空虚了……大海洋呀,
你现在要把我带到什么地方?
人们的命运到处都是一样:
凡是有着幸福的地方,那儿早就有人在守卫:
或许是开明的贤者,或许是暴虐的君王。

  哦,再见吧,大海!
我永不会忘记你庄严的容光,
我将长久地,长久地
倾听你在黄昏时分的轰响。

---

① 指英国大诗人拜伦因参加希腊的革命于一八二四年四月间患寒热病死于米索隆基。

我整个的心灵充满了你,
我要把你的峭岩,你的海湾,
你的闪光,你的阴影,还有絮语的波浪,
带进森林,带到那静寂的荒漠之乡。

一八二四年

致巴赫奇萨拉伊宫的水泉*

爱情的水泉,活跃的水泉!
我给你带来两朵玫瑰作礼品。
我爱你絮絮不休的细语
和充满诗意的清泪。

你那银白色的水尘
像寒露洒满了我全身:
哦,流吧,流吧,你快乐的清泉!
用淙淙的流响,对我诉述你的隐情……

爱情的水泉,悲哀的水泉!
我也问过你的大理石:
我读过对那远古的国度的赞美,
但你却缄默了关于玛丽亚的事迹①……

你这后宫的苍白的星光呀!

---

* 普希金于一八二〇年九月自古尔祖夫前往辛菲罗波尔时路过巴赫奇萨拉伊,并访问了当地的巴赫奇萨拉伊宫及水泉,这首诗是一八二四年十一月在米哈伊洛夫斯克村写成的。在当年十二月他这样写给诗人杰尔维格道:"我带着病到了巴赫奇萨拉伊。我以前曾听说过关于那位恋爱的可汗所建的这座奇怪的纪念碑。K.诗意地把这件事叙述给我听,称它是'la fontaine des larmes'(法文:泪泉)。当我走进宫殿时,我看见那座已经毁坏了的水泉;从它生了锈的铁漏斗里,水一滴一滴地在掉下来。……"信中的"K.",据推测指拉耶夫斯基将军的长女叶卡捷琳娜·尼古拉耶夫娜·拉耶夫斯卡娅,她后来嫁给十二月党人奥尔洛夫将军。当时普希金正随着他们一家人在南俄旅行。

① 巴赫奇萨拉伊宫的水泉建于十八世纪,据说当时克里米亚的可汗吉列伊西侵波兰,俘房了波兰公主玛丽亚·波托茨卡娅,其前妻扎列玛甚为嫉妒,于深夜潜入玛丽亚的内室,将其杀害。可汗为了纪念玛丽亚,在宫中建了这座水泉,亦名"泪泉"。

难道你在这儿竟被忘怀了吗?
或者玛丽亚和扎列玛
只不过是两个幸福的幻影?

　　或者这只是一个想象的梦,
在荒漠的黑暗之中
绘出了自己一瞬间的幻影,
那心灵的暧昧的理想?

一八二四年

西班牙浪漫曲[*]

夜晚的和风
在空中吹荡。
瓜达尔基维尔河①
　　在奔流,
　　在喧响。

金色的月亮升起来啦,
轻一些……听……吉他琴声在响……
这时候,一个年轻的西班牙姑娘
正倚靠在阳台上。

夜晚的和风
在空中吹荡。
瓜达尔基维尔河
　　在奔流,
　　在喧响。

可爱的天使啊,抛开你的披肩吧,
像明亮的白天一样,露出你的脸庞!
还把你的一只纤美的小脚
伸出铁栏杆旁!

---

*　这首诗是模仿西班牙曲调的小曲,曾由魏尔斯托夫斯基谱成歌曲。
①　瓜达尔基维尔河是西班牙西南部流经科尔多瓦、塞维利亚等城的一条大河。

夜晚的和风
在空中吹荡。
瓜达尔基维尔河
　　在奔流，
　　在喧响。

　　　　　　　　　　　　一八二四年

致 凯 恩*

我记得那美妙的一瞬：
在我的面前出现了你，
有如昙花一现的幻影，
有如纯洁之美的天仙。

在那无望的忧愁的折磨中，
在那喧闹的浮华生活的困扰中，
我的耳边长久地响着你温柔的声音，
我还在睡梦中见到你可爱的倩影。

许多年代过去了。暴风骤雨般的激变
驱散了往日的梦想，
于是我忘却了你温柔的声音，
还有你那天仙似的倩影。

在穷乡僻壤，在囚禁的阴暗生活中，
我的日子就那样静静地消逝，

---

* 一八一九年,二十岁的普希金第一次在彼得堡奥列宁(当时任艺术学院院长和公立图书馆馆长)的家里和安娜·彼得罗夫娜·凯恩(1800—1879)相见,那时她才十九岁,已经嫁给一位五十二岁的将军。诗中的第一句即指这次初见而言。当普希金一八二五年被囚禁在他父母的领地米哈伊洛夫斯克村时,凯恩来到邻近的三山村探望她的亲戚奥西波娃,与普希金再次相见。凯恩离开三山村返回里加的这一天,普希金送了《叶甫盖尼·奥涅金》中的一章给她,其中就夹了这首诗,署的日期是"一八二五年七月十九日"(俄历)。凯恩曾在自己的回忆录中记述了当时的情景。俄国著名作曲家格林卡把这首诗谱成歌曲,它便成为俄国最有名的一首情歌,流传至今。

尼古拉·瓦西里耶维奇·伊林 绘

没有倾心的人,没有诗的灵感,
没有眼泪,没有生命,也没有爱情。

如今心灵已开始苏醒:
这时在我的面前又重新出现了你,
有如昙花一现的幻影,
有如纯洁之美的天仙。

我的心在狂喜中跳跃,
心中的一切又重新苏醒,
有了倾心的人,有了诗的灵感,
有了生命,有了眼泪,也有了爱情。

一八二五年

"假如生活欺骗了你"*

假如生活欺骗了你,
不要悲伤,不要心急!
忧郁的日子里须要镇静:
相信吧,快乐的日子将会来临。

心儿永远向往着未来;
现在却常是忧郁:
一切都是瞬息,一切都将会过去;
而那过去了的,就会成为亲切的怀恋。

一八二五年

---

* 这首诗是普希金写在三山村女主人奥西波娃的十五岁的小女儿叶甫普拉克西娅的纪念册上的。

酒 神 祭 歌*

  为什么欢乐的声音静息?
  奏起吧,酒神祭歌的叠唱曲!
  祝那些爱我们的温柔的少女
和年轻的妻子,万岁!
  把酒杯斟得更满吧!
    向发出响声的杯底,
    向浓烈的葡萄酒,
  投进那些誓言的戒指①!
举起酒杯来,让我们碰杯吧!
祝缪斯们万岁,祝理智万岁!
  你,神圣的太阳,燃烧起来吧!
  正像在明亮的朝霞上升之前,
  神像前的油灯显得苍白无光,
在智慧的不朽的太阳之前,
  虚伪的学识也会暗淡和死灭。
太阳呀万岁,黑暗呀隐退!

一八二五年

---

* 酒神在希腊语中名为巴克科斯,亦名狄俄尼索斯,是古希腊神话中的酒神与欢乐之神。希腊各地建有他的神庙,而且每年举行狂欢的酒神节。
① 指当时秘密集社的成员所戴的刻有誓言的戒指。普希金是"绿灯社"的成员。

冬天的夜晚*

风暴吹卷起带雪的旋风,
像烟雾一样遮蔽了天空;
它一会儿像野兽在怒吼,
一会儿又像婴孩在悲伤,
它一会儿突然刮过年久失修的屋顶,
把稻草吹得沙沙作响,
一会儿又像个迟归的旅客,
在敲着我们的门窗。

我们的那所破旧的小茅屋,
又黑暗,又凄凉。
我的老妈妈,你为什么
沉默无语地靠在窗旁?
你,我的朋友,
是风暴的呼啸声使得你困倦?
还是你自己的纺锤的喧响声,
把你催进了梦乡?

我们来同干一杯吧,
我不幸的青春时代的好友,
让我们借酒来浇愁;酒杯在哪儿?

---

* 普希金在米哈伊洛夫斯克村囚禁的两年间,全家人都离开了当地,只有他的老奶娘阿琳娜·罗季翁诺夫娜(1758—1828)陪伴着他。诗中"我的老妈妈""我不幸的青春时代的好友",都指老奶娘。

尼古拉·瓦西里耶维奇·伊林 绘

这样欢乐马上就会涌向心头。
唱支歌儿给我听吧,山雀
怎样宁静地住在海那边;
唱支歌儿给我听吧,少女
怎样清晨到井边去汲水。

风暴吹卷起带雪的旋风,
像烟雾遮蔽了天空;
它一会儿像野兽在怒吼,
一会儿又像婴孩在悲伤。
我们来同干一杯吧,
我不幸的青春时代的好友,
让我们借酒来浇愁;酒杯在哪儿?
这样欢乐马上就会涌向心头。

一八二五年

风　暴

　　你看见那个站在峭岩上的少女吗,
穿着白色的衣裳,高临在波涛之上,
就是当大海在风暴的烟雾中喧腾,
和海岸在嬉戏,
就是当雷电的金光
时时刻刻用赤红的光芒照亮了她,
而风在打击和吹拂
她飘荡着的轻纱的时光?
在风暴的烟雾中的大海,
在闪光中失掉蔚蓝的天空,都是美丽的;
但是相信我吧:就是那个站在峭岩上的少女,
她比波浪、天空和风暴,还更漂亮。

一八二五年

先　知*

我忍受精神饥渴的折磨，
独自徘徊在阴暗的荒原——
于是我看见一位六翼的天使
出现在我前面的十字路上。
他用轻柔如梦的手指，
触了我的眼珠：
我的两只有预见能力的眼睛就突然睁开，
像是受了惊吓的雌鹰一样。
他又触了我的耳朵——
使它们充满了喧声和音响：
于是我就听见天体在战栗，
天使们在高空飞翔，
大海的蛇虫在水底潜行，
深谷的葡萄枝藤在蔓延伸长。
他又俯着身子靠近我的嘴唇，
拔出我那个有罪的、
爱空谈的狡猾的舌头，

---

* 这首诗取材自《以赛亚书》第六章，其中有这样的话："当乌西雅王驾崩的那年，我见主坐在高高的宝座上。他的衣裳垂下，遮满圣殿。其上有天使侍立，各有六个翅膀，用两个翅膀遮脸，两个翅膀遮脚，两个翅膀飞翔。……因为我是嘴唇不洁的人，又住在嘴唇不洁的民中……有一位天使飞到我跟前，手里拿着红炭，是用火剪从坛上取下来的。将炭沾我的口，说：'看哪，这炭沾了你的嘴，你的罪恶便除掉，你的罪恶就赦免了。'我又听见主的声音，说：'我可以差遣谁呢？谁肯为我们去呢？'我说：'我在这里，请差遣我。'……"普希金的朋友波戈廷说，这首诗是普希金在一八二六年九月间去莫斯科之前写成的。他原准备写四首题名为《先知》的组诗，内容是反对沙皇统治和献给十二月党人的，但其他三首未被保存下来，现仅存此一首。普希金在这首诗中提出，诗人应为人民歌唱："用语言去把人们的心灵烧亮。"

再用染了血的右手
把智慧之蛇的巧舌
放进我麻木不仁的口腔。
他又用利剑剖开我的胸口,
摘出我那颗跳跃的心,
再把一块炽燃的炭火,
塞进我被剖开的胸膛。
我就像死尸似的躺在荒原上,
于是我听见了上帝的声音在召唤我:
"起来,先知,瞧吧,听吧,
按照我的旨意行事吧,
走遍陆地和海洋,
用语言去把人们的心灵烧亮。"

一八二六年

给 奶 娘*

我严峻的岁月中的女伴,
我的年迈了的亲人!
你一个人独自在松林的深处
长久地、长久地等待着我。
你坐在自己房间的窗口悲叹着,
像一个哨兵守在岗位上,
而拿在你满是皱纹的手里的编针
每分钟都因为悬念而迟疑。
你凝视着那早就被遗忘了的大门
和那黑暗而遥远的路程:
哀愁,预感,忧虑,
一阵一阵地紧压着你的胸膛——
于是你觉得……

一八二六年

---

* 这是首未完的诗。普希金答应奶娘阿琳娜·罗季翁诺夫娜这年夏天回到米哈伊洛夫斯克村过夏,因此奶娘就焦渴地期待着他。奶娘是不识字的,她曾在这年三月用口述的方法请奥西波娃的女儿代笔写了一封信给普希金:"你永远不断地存在于我的心头和记忆中,只有当我睡着的时候,我才忘记你和你待我的恩爱。你答应夏天到我们这儿来,这使我很高兴。来吧,我的天使,到我们米哈伊洛夫斯克村来吧——我要把所有的马都派到大路上去迎接你。"普希金这年夏天在米哈伊洛夫斯克村住了两个半月,十月才离开当地。此后不久,奶娘也到彼得堡去,住在普希金的姐姐奥莉加·谢尔盖耶夫娜(即帕夫利谢夫夫人)家里,一八二八年底在她家中去世。

列昂尼德·谢苗诺维奇·希仁斯基 绘

致普希钦*

　　我的第一个朋友,我的最珍贵的朋友!
我赞颂过命运,
就是当我孤寂的庭园
盖满了凄凉的白雪时,
响起了你马车的铃声。

我祈求神圣的上苍,
愿我的声音能带给你的心灵
以同样的慰藉,
愿它曾用皇村学校时代那些明丽日子的光辉
照耀着你流刑的牢房!

一八二六年

---

* 普希钦(1798—1859)是普希金在皇村学校时的同学及十二月党人,一八二五年年初当普希金被幽禁在米哈伊洛夫斯克村时,他专程去访问诗人,前几行诗就讲这次相会。十二月党人起义失败后,普希钦被捕,翌年七月由最高法院判处二十年苦役,流放到西伯利亚。普希金在十二月党人起义一周年的前夕写成这首诗,托十二月党人尼吉塔·穆拉维约夫的妻子,把这首短诗连同《致西伯利亚的囚徒》一起带到西伯利亚去。普希钦于一八二八年年初在赤塔接到这首诗,他后来这样回忆道:"当我抵达赤塔的那一天,亚历山德娜·格里戈里耶夫娜·穆拉维约娃招呼我到栅栏旁边去,把一张小纸头交给我……普希金的声音在我的心里引起了安慰的回声!……亚历山德娜·格里戈里耶夫娜又急速地从栅栏那边向我说,她是在离开彼得堡的前夜,才从自己的一位朋友那里接到这张纸头的,她一直把它保留着,等到和我见面,她非常高兴终于完成了诗人的嘱托。"

冬天的道路*

穿过波浪似的云雾,
露出了一轮明净的月亮,
它凄凉地倾泻出清光
照在那凄凉的林间空地上。

一辆快速的三套马车
飞驰在冬天的、寂寞的大路上,
那单调的铃声呀,
发出了令人疲困的音响。

在马车夫的悠长的歌声里,
可以听见某种亲切的声音在回荡:
一会儿是豪迈的快活的歌唱,
一会儿是倾吐出内心的悲伤……

既看不见灯火,也看不见黑暗的茅舍,
到处是一片白雪和荒凉……
我一路上迎面碰到的,
就只有那漆成条纹的标志里程的木桩……

寂寞呀,忧愁呀……明天,尼娜,
明天我才能回到亲爱的人身旁,

---

* 这首诗是普希金在从普斯科夫省到莫斯科去的途中写成的。诗中提到的尼娜身份不详。

我要百看不厌地凝视着你，
在火炉旁边把一切都遗忘。

钟上的时针带着响声
走完了它匀称的一周，
午夜使厌烦的人们走开，
但怎样也不能使我们分手。

忧愁呀，尼娜：我的路程是那样寂寞，
我的马车夫也因为困倦沉默不响，
只有铃声还单调地在响着，
这时云雾也遮盖了月亮的清光。

一八二六年

致西伯利亚的囚徒*

在西伯利亚矿坑的深处,
望你们坚持着高傲的忍耐①的榜样,
你们的悲痛的工作和思想的崇高志向,
决不会就那样徒然消亡。

灾难的忠实的姊妹——希望,
正在阴暗的地底潜藏,
她会唤起你们的勇气和欢乐,
大家期望的时辰不久将会光降:

爱情和友谊会穿过阴暗的牢门
来到你们的身旁,
正像我的自由的歌声
会传进你们苦役的洞窟一样。

---

* 一八二五年十二月十四日,在彼得堡爆发了贵族革命家——十二月党人的起义。这次起义不幸为沙皇当局镇压,包括诗人雷列耶夫在内的五个主要领袖被判处绞刑,其他一百多个人被流放到西伯利亚,在赤塔一带的矿坑里做苦役。十二月党人的起义虽然失败了,但对俄国的革命运动却发生了巨大的影响。正如列宁所说:"贵族时期最出色的活动家是十二月党人""他们的事业没有落空""贵族中的优秀的人物,却促进了人民的觉醒"。当十二月党人起义时,普希金正被囚禁在他父母的领地米哈伊洛夫斯克村,他虽然没有参加十二月党人的组织,但他同十二月党人有亲密的交往,而且非常同情十二月党人。他在一八二六年年底至一八二七年年初写成了这首诗,在一八二七年一月初托十二月党人尼吉塔·穆拉维约夫的妻子带到西伯利亚去。十二月党诗人奥多耶夫斯基曾和诗一首,其中有这样的诗句:"我们的悲痛的工作决不会就那样徒然消亡,从星星之火会燃烧成熊熊的火光。"列宁一九〇〇年在国外创办革命报刊时即采用了《火星》作为报名,并在报头旁边引用了奥多耶夫斯基写的这句诗作为题词。

① 在被流放的十二月党人中有普希金在皇村学校的同学如普希钦。"坚持着高傲的忍耐"这句诗引自另一位同学——诗人杰利维格写的《皇村学校毕业生歌》。

沉重的枷锁会掉下，
黑暗的牢狱会覆亡——
自由会在门口欢欣地迎接你们，
弟兄们会把利剑送到你们手上。

一八二七年

夜莺与玫瑰*

在亭园的寂静中,春夜的阴暗里,
一只东方的夜莺站在玫瑰上歌唱。
但是可爱的玫瑰既无感觉,也没有倾听,
只在慕恋的颂歌中摇摆着身子和微睡入梦乡。
你不就是这样为了无情的美人儿在歌唱?
想一想吧,哦,诗人,你追求的是什么?
她既没有倾听,也没有感觉到你这位诗人;
你瞧,她在开花;但对你的招呼——却毫无回音。

一八二七年

---

* 这首诗是模仿东方诗歌中夜莺与玫瑰的传统题材而写成的。

三 注 清 泉

在平静、凄凉和一望无边的草原上，
神秘地涌流着三注清泉：
一注是急速而狂烈的青春之泉，
它闪着银光，发出喧响，在沸腾和奔流；
一注是诗歌之泉①，它用灵感的波涛
饮了那些在平静的草原上的放逐者；
最后一注清泉——就是冰凉的忘怀之泉，
它比一切都能更甜蜜地滋润心头的焦渴。

一八二七年

---

① 诗歌之泉原文为卡斯塔尔水泉，据古希腊神话传说，帕尔纳斯山是诗神阿波罗的住所，诗泉即在当地。

阿 里 翁[*]

我们很多人同坐在一条木船上；
有些人紧拉着帆，
另一些人同心协力地
摇晃着插在深水里的有力的桨。
我们聪明的舵手，在静寂中倚着舵，
一声不响地驾驶着满载的船；
而我——充满了毫无忧虑的信心，
在向水手们歌唱……
突然间，喧响的旋风狂袭过来，
皱起波涛的胸膛……
舵手死了，水手们也死了！——
只剩下我一个隐秘的歌者，
被暴风雨扔到海岸上，
我一边唱着往日的颂歌，
一边把我潮湿的衣裳，
晾晒在太阳下的岩石旁。

一八二七年七月十六日

---

[*] 据传说，阿里翁是公元前七至前六世纪的古希腊诗人与音乐家，有一次他带了很多财宝从意大利乘船到科林斯去，水手们在途中为了要抢掠他的财宝，准备把他推进大海。他就要求水手们，允许他再唱一次歌，然后跳进大海自尽，海豚听了他的歌声深为感动，就把他救回岸边。这首诗是普希金为了纪念十二月党人行刑一周年而写的。普希金在诗中以阿里翁自称，舵手和水手们俱指十二月党人，舵手即指五个起义的领袖之一——诗人雷列耶夫（1795—1826）。十二月党人起义失败了，但他不能忘记朋友，因此仍然一个人孤独地在唱着往日的颂歌。这首诗最初发表时未署名，以免当局从作者的名字猜出诗中的含义。

"美人儿,不要在我的面前再唱"*

美人儿①,不要在我的面前再唱
那悲哀的格鲁吉亚的歌吧:
它们使我回想起
另一种生活和遥远的海岸。

唉! 你残酷的歌声
使我回想起了
那草原,那黑夜,和在月光照耀下的
那远方可怜的少女②的情影!……

当我看见你时,
我就忘记了那可爱的命运的幻影;
但当你歌唱时——又在我的面前,
我就重新想起了它。

美人儿,不要在我的面前再唱
那悲哀的格鲁吉亚的歌吧:

---

* 一八二八年夏天,普希金时常到距离彼得堡十八俄里远的奥列宁家的消夏别墅去,并在当地见到了俄国著名的作曲家格林卡。格林卡有一次在钢琴上弹了一段格里鲍耶多夫告诉他的格鲁吉亚曲调,在座就有人建议最好请谁为它谱上词,普希金当时就答应了。后来格林卡在歌曲的原稿上写道:"这首格鲁吉亚的民族歌曲,是由格里鲍耶多夫告诉格林卡的。至于大家早就熟悉的这首歌的歌词,是普希金在偶然听了它的旋律时写成的。"这首诗是献给奥列宁娜的。当时她正跟格林卡学习,并演唱了这支格鲁吉亚歌曲,这使普希金回想起一八二〇年夏天同拉耶夫斯基一家人游览高加索的情景。
① 美人儿指奥列宁娜,请参看本书第66页注。
② 少女指拉耶夫斯卡娅,请参看本书第39页注。

它们使我回想起了

另一种生活和遥远的海岸。

一八二八年

预　感

　　乌云又重新在静寂中
聚集在我的头顶上；
嫉妒的命运又重新拿灾厄
来将我威胁……
我要对命运保持蔑视吗？
或者就用我骄傲的青年时代的
不屈不挠与忍耐的精神，
去和它相抗？

　　我因为狂暴的生活而疲乏啦，
正平心静气地等待着风暴的来临：
也许，我还会得救，
又重新找到避难的码头……
但在预感到那分别，
那不可逃避的威严的时辰，
我的天使呀，我便最后一次
赶忙地紧握住你的手。

　　温柔娴静的天使①呀，
你轻轻地对我说：再见吧，
你悲伤啦：把你温柔的视线

---

① 据说"温柔娴静的天使"指彼得堡艺术学院院长的幼女安娜·阿列克谢耶夫娜·奥列宁娜（1807—1888），普希金当时正和她相爱。

抬起来或是垂下来吧；
而在我的心灵中，
将用对你的回忆
来代替我年轻时代的力量、
骄傲、期待和勇敢。

                          一八二八年

一 朵 小 花

我看见一朵被遗忘在书本里的小花,
它早已干枯,失掉了芳香;
就在这时,我的心灵里
充满了一个奇怪的幻想:

它开在哪儿?什么时候?是哪一个春天?
它开得很久吗?是谁摘下来的,
是陌生的或者还是熟识的人的手?
为什么又会被放到这儿来?

是为了纪念温存的相会,
或者是为了命中注定的离别之情,
还是为了纪念孤独的漫步
在田野的僻静处,在森林之荫?

他是否还活着,她也还活着吗?
他们现在栖身的一角又在哪儿?
或者他们也都早已枯萎,
就正像这朵无人知的小花?

一八二八年

"在格鲁吉亚的山岗上,夜色一片苍茫"*

在格鲁吉亚的山岗上,夜色一片苍茫;
　　阿拉格瓦河①在我的面前喧响。
我感到忧郁而又轻快;我的哀愁是那样明亮;
　　我的哀愁充满了对你,
对你,只对你一个人的思念……
　　没有什么能打扰我的忧愁。
我的心啊又重新在燃烧,在爱恋——
　　因为它啊不可能不爱恋。

一八二九年

---

*　这首诗是普希金一八二九年在前往埃尔祖鲁姆途中写成的,诗中回想到他在一八二○年随拉耶夫斯基将军一家人到高加索的旅行,他思念的对象就是拉耶夫斯基将军的三女儿玛丽亚·尼古拉耶夫娜(后嫁给十二月党人沃尔孔斯基)。
①　阿拉格瓦河流过格鲁吉亚的中南部。

顿　河[*]

在辽阔的原野中间闪着光，
那就是它在滚流着！……你好啊，顿河！
从你遥远的孩子们那里
我给你带来了敬礼。

正像一个有名的兄长一样，
所有的河流都知道静静的顿河；
从阿拉克斯河和幼发拉底河①那里
我给你带来了敬礼。

顿河的骏马逃避了恶意的追击，
暂时喘息一会儿，
嗅到故乡的泥土，它们已经在饮着
阿尔帕察伊河②的水流。

久远的顿河啊，
为了那些大胆的骑手
准备好你葡萄园的
沸腾着和冒着火星的酒浆吧。

一八二九年

---

[*] 普希金于一八二八年四月向纳塔利娅·冈察罗娃求婚，遭拒绝后立即启程前往高加索，参加当时正在进行的俄土战争。同年六月底，俄军开抵土境埃尔祖鲁姆，普希金在当地住了三个多星期，即启程北返，这首诗就是北返之后写的。
① 阿拉克斯河流经土耳其、亚美尼亚等国，幼发拉底河流经土耳其、叙利亚、伊拉克等国。
② 阿尔帕察伊河是阿拉克斯河的支流，是条划分亚美尼亚和土耳其的疆界河。

冬天的早晨

严寒和太阳;真是多么美好的日子!
你还在微睡吗,我的美丽的朋友——
是时候啦,美人儿,醒来吧:
睁开你为甜蜜的梦紧闭着的眼睛吧,
去迎接北方的曙光女神①,
让你也变成北方的星辰吧!

昨夜,你还记得吗,风雪在怒吼,
烟雾扫过了混沌的天空;
月亮像个苍白的斑点,
透过乌云射出朦胧的黄光,
而你悲伤地坐在那儿——
现在呢……瞧着窗外吧:

在蔚蓝的天空底下,
白雪在铺盖着,像条华丽的地毯,
在太阳下闪着光芒;
晶莹的森林黑光隐耀,
枞树透过冰霜射出绿色,
小河在水下面闪着亮光。

---

① 拉丁文为"阿芙罗拉",是古罗马神话中的曙光(或黎明)女神,相当于古希腊神话中的厄俄斯女神。

整个房间被琥珀的光辉照得发亮。
生了火的壁炉
发出愉快的裂响。
躺在暖炕上想着,该是多么快活。
但是你说吧:要不要吩咐
把那匹栗色的牝马套上雪橇?

滑过清晨的白雪,
亲爱的朋友,
我们任急性的快马奔驰,
去访问那空旷的田野,
那不久以前还是繁茂的森林,
和那对于我是最亲切的河滨。

一八二九年十一月

"我曾经爱过你:爱情,也许"*

我曾经爱过你:爱情,也许,
在我的心灵里还没有完全消亡;
但愿它不会再去打扰你;
我也不想再使你难过悲伤。
我曾经默默无语地、毫无指望地爱过你,
我既忍受着羞怯,又忍受着嫉妒的折磨;
我曾经那样真诚、那样温柔地爱过你,
但愿上帝保佑你,另一个人也会像我爱你一样。

一八二九年

---

*　这首诗是写给谁的,至今无从查考。

"我们一同走吧,我准备好啦"*

我们一同走吧,我准备好啦;
朋友们,无论你们去到哪儿,
凡是你们想去的地方,到处我都准备跟随着你们走,
只要躲避开我那傲慢的人儿①:
哪怕是去到遥远的中国万里长城边,
哪怕是去到喧腾的巴黎,哪怕是最后就去到那些地方,
在那儿②,午夜的船夫不再歌唱塔索③的诗章,
在那儿,古代城市的遗迹在灰烬下假寐,
在那儿,柏树林在散发出清香,
无论去到哪儿我都准备好啦。我们一同去吧
……但是,朋友们,
请你们告诉我:我的热情会不会在浪游中消亡?
我会不会忘掉我的那骄傲的使人苦痛的少女,
或者就拜倒在她的脚前,向她年轻气盛的愤怒投降,
把我那惯常的贡礼——爱情,重新给她献上?
…………

一八二九年

---

* 普希金在一八二九年年底写成这首诗,并于一八三〇年一月写信给负责主管他的宪兵总督本肯多夫将军说:"我目前还没有结婚,也没有参加官职,我很想到法国或意大利去旅行。假如这个请求得不到许可,那么我请求允许我随同到中国去的使团一同访问中国。"当时普希金正被俘于宫廷,沙皇当局拒绝了他所有的请求。
① 指普希金当时追求的莫斯科少女纳塔利娅·冈察罗娃。
② "那儿"指意大利的水都威尼斯。
③ 塔索(1544—1595),意大利著名诗人。

致 诗 人*

　　诗人！不要重视世人的爱好。
狂热的赞美不过是瞬息即逝的喧声；
你将会听到愚人的批评和冷淡的人群的嘲笑，
但你应该坚决、镇静而沉着。

　　你是帝王：你要独自生活下去。
你要随着自由的心灵的引导，沿着自由之路奔向前方，
致力于结成那可爱的思想的果实，
不要为你高贵的功绩索取任何褒赏。

　　它们都存在你的心中。你自己就是最高的法官；
你善于比谁都更严格地评价你的劳作。
严厉的艺术家啊，你对它们满意吗？

　　你满意吗？那么就让世人去责备好了，
让他们向燃着你的圣火的祭坛唾痰，
让他们孩子气地摇晃着你的三脚香炉吧。

一八三〇年

---

* 这首诗是普希金的愤慨之作，其写作动机请参阅本书《魏列萨耶夫撰〈普希金传略〉》。如若再看他去世半年前所写的《纪念碑》一诗和其他许多关于诗人的诗，就晓得他并不是和人民对立，而是为人民歌唱的。他所憎恨的"世人"指上流社会中那一批卑鄙和不学无术的人。

圣 母[*]

  我从不想用许多古老巨匠的名画
来装饰我自己的住家,
好让来访者因为它们迷信般地感到惊讶,
还听取鉴赏家们的那一本正经的评价。

  在我的朴素的一角,当我在缓慢工作时,
我只想永远看着一幅名画,
就只有这幅名画:最圣洁的圣母和我们神圣的救世主,
他们从画布上,好像从云端里望着我——

她端庄美丽,他的两眼闪耀着理智的火光——
他们那样和蔼,周身笼罩着荣誉和光辉,
他们站在锡安①的棕榈树下,并没有天使在陪伴。

我的愿望终于实现啦。是创世主把你赐给了我:
你是最纯洁之美的最纯洁的形象,
你啊,就是我的圣母。

一八三〇年

---

[*] 普希金在一八三〇年夏写给他妻子的信中说:"我感到安慰的,就是一连几小时站在金黄头发的圣母像前,她同你那样相像,就好像是两滴水一样;假如它不是要价四万卢布的话,我就把它买下来了。"据科卡在《普希金站在拉斐尔的名画前》(1864)一文中的考证,这幅画像是当年在彼得堡斯廖宁书店出售的拉斐尔所画《布里奇沃特圣母像》的古老的复制品。

① 锡安亦译郇山,是耶路撒冷的一处圣山。

茨　冈*

在树荫浓密的河岸上，
当夜晚寂静的时光，
篷帐下面响起了喧声和歌唱，
点燃起的篝火在闪着光亮。

你们好啊，幸福的民族！
我认得出你们的营火；
假如在另一个时候，
我真会过着你们这种篷帐的生活。

明天随着初升的曙光，
你们的自由的踪迹就跟着消失，
你们走啦——可是你们的诗人
却不能跟着你们同行。

他忘记了那流荡的夜宿生活
和往日的恶作剧，
只为了乡村的安逸
和家居生活的宁静。

一八三〇年

---

* 普希金被流放到南俄的基什尼奥夫时，曾非常熟悉茨冈人的生活，并在一八二三年至一八二四年写成了著名的长诗《茨冈》。普希金在写作这首诗时，刚读了英国诗人华兹华斯的《茨冈》和鲍尔斯的《茨冈人的帐篷》。这首诗可能是由于一八三〇年在波罗金诺村看到茨冈人的篷帐而写下的，但在普希金生前发表时注明"译自英文"，大概是普希金想借此掩盖诗中的自传成分。

回　声

无论是野兽在浓密的森林里咆哮，
无论是角声响起，雷声吼鸣，
无论是少女在山坡那边歌唱——
　　　对一切的声音
你都会在空旷的天空中
　　突然发出你的回响。

你倾听着雷声的轰鸣，
你倾听着风暴和浪涛之声，
你倾听着村中牧童的呼喊
　　而传出你的回答；
但对你自己啊你却没有回响……
　　而你呢，诗人，也是一样！

　　　　　　　　　　一八三一年

"是时候啦,我的朋友,是时候啦!
心儿要求安静——"*

  是时候啦,我的朋友,是时候啦! 心儿要求安静——
日子一天天地飞逝过去,每一小时都带走了一部分生命,
而我和你两个人还想长久地生活下去,
但也可能——就突然死亡,
在世界上没有幸福,但却有安静和志向。
我早就对那个令人羡慕的命运抱着幻想——
我这个疲倦的奴隶啊,早就打算逃避到
那能从事写作和享受纯洁的安乐的遥远的地方。

一八三四年

---

* 这首诗大概是普希金在一八三四年六月写给他的妻子的。他曾在当年六月至七月四次写信给主管他的本肯多夫将军,同时在七月两次写信给诗人茹科夫斯基,请求允许他辞职,回到农村去从事写作,但未得到沙皇当局批准。在他这时期写给住在外地的妻子的信中,也提起这件事。这首诗未曾写完,原诗后面还附有一个提纲:"年轻时没有 at home 的必要,成年时害怕自己的孤独生活。幸福的是找到女伴的人,那时他们就想回到家里去。哦,我什么时候才能把我的家搬到乡村里去——田野、果园、农民、书籍;从事诗歌的写作,家庭、爱情等等,还有宗教,死亡。"

尼古拉·瓦西里耶维奇·伊林　绘

夜　莺*

　　我的夜莺啊，我的小夜莺，
你这只树林里的小鸟儿！
你啊，你这只小鸟儿啊，
你有着三支始终不变的歌，
我啊，我这个年轻人啊，
有着三件大心事！
第一件大心事啊——
是年轻人很早要成婚；
第二件大心事啊——
是我的黑马已经疲困；
第三件大心事啊——
是恶毒的人们
把我和美丽的姑娘拆散开。
在田野里，在宽阔的田野里，
你们为我掘一个坟墓吧，
在我的头顶上
栽上几株鲜红的花朵，
而在我的脚边
引来一道清澈的水泉。
当美丽的姑娘们走过，
她们要为自己编起花冠。

---

* 这是普希金译的《西斯拉夫人之歌》中的第十首歌，取材自塞尔维亚民间文学研究家卡拉吉奇编的《塞尔维亚民歌集》。

当年老的人们走过,
他们就会掬饮清凉的水泉。

一八三四年

"我又重新访问了"*

……我又重新访问了
那一角土地,我曾经作为一个被放逐者
在那儿度过了两年不知不觉的岁月。
自从那时起已经过去十年啦——
对于我,生活中起过很多的变化,
而我自己呢,遵从着普遍的法则,
也有了很多的改变;——但在这儿,
那往日的一切又重新生动地围绕着我;
就好像昨天
我还在这些树丛中漫步过一样。

这儿是那间贬居时的小屋,
我和我可怜的奶娘在那儿同住过。
老妈妈早就不在啦——隔着墙壁
我再也听不见她小心巡视时的
沉重的脚步声。

这儿是那座多树的山坡,
我时常寂然不动地坐在上面——

---

* 普希金一生中曾到过他父母的领地米哈伊洛夫斯克村好几次:最早的一次是在一八一七年;第二次是一八一九年;一八二四年至一八二六年他被囚禁在当地两年,这是他住得最长的一个时期;一八二七年他到过当地一次;一八三五年五月和九至十月间,他去过两次,这首诗就是在第二次去的时候写的。他当时还写信告诉他的妻子:"在米哈伊洛夫斯克村,一切都依旧,只是那儿已经没有我的奶娘啦。此外,当我不在的时候,在我熟识的那几棵松树的旁边,又长起了一个青绿的松树的家庭。"

凝视着湖水,还带着哀愁
回想起另一些海岸,另一些波浪……
在金黄色的田地和绿色的原野中间
它闪着青光,在辽阔地伸展着;
一个渔夫驾着扁舟
横过那未知莫测的湖水,
还在身后拖着一面破旧了的渔网。
在倾斜的岸旁,散布着许多村庄,
在它们后面歪立着一所磨坊,
迎风吃力地旋转着它的翅膀……

      在祖传的领地的边界上,
就是那条被雨水冲坏了的大路
在伸向山坡的地方,
立着三棵松树———一棵稍远一点,
其他两棵紧紧地并排着——
当我在月色的清光下
骑着马经过它们的身旁,
它们的树顶就用熟悉的喧响声将我欢迎。
现在我沿着这条大路走过去,
我又看见它们在我的前方。它们还是那样,
还是同样地传出了我的耳朵所熟悉的喧响——
但在它们衰老的树根旁
(从前那儿是空旷的、光裸的),
现在已经长起一片年轻的树丛,
绿色的家庭;小树像孩子一样
拥挤在它们的荫影下。
而在远方,站着它们的一位忧郁的同伴,
像个年老的独身者,它的四周围
还是像以前一样地空旷。

　　　　　　你们好啊，
年轻的和不熟识的家族！
我不会看到你们日后的壮大的成长，
就是当你们长得高过了我的老同伴，
并且把它们的老树顶
从过路人的眼前遮蔽了的时光。
但当我的孙子从朋友家闲谈归来，
充满了高兴和愉快的思想，
并且在夜色中走过你的身旁，
让他那时听见你欢迎的喧响
还会把我回想。

　　　　　　　一八三五年九月二十六日（俄历）

"我为自己建立了一座非人工的纪念碑"*

我建立了一座纪念碑①

我为自己建立了一座非人工的纪念碑,
在人们走向那儿的路径上,青草不再生长,
它抬起那颗不肯屈服的头颅
　　高耸在亚历山大的纪念石柱②之上。

不,我不会完全死亡——我的灵魂在遗留下的诗歌当中,
将比我的骨灰活得更久长和逃避了腐朽灭亡——
我将永远光荣不朽,直到还只有一个诗人
　　活在这月光下的世界上。

我的名声将传遍整个伟大的俄罗斯,
它现存的一切语言,都会讲着我的名字,
无论是骄傲的斯拉夫人的子孙,是芬兰人,

---

* 这首诗是普希金在彼得堡的石岛写成的,距他因决斗而死不到半年时间。他在这首诗中写出了自己的崇高志向和使命,为自己一生的诗歌创作活动作了最后的总结,而且预言了他的名字将永不会被人们遗忘。但这首诗在普希金逝世以后不能按原文发表,而是经诗人茹科夫斯基修改过的,如"亚历山大的纪念石柱"改为"拿破仑的纪念柱";如"在我这残酷的时代,我歌颂过自由"改为"是因为我的诗歌的生动的优美对人民有益",从而贬低了普希金原诗的战斗精神。

① 拉丁文,引自古罗马大诗人贺拉斯的颂歌《致司悲剧的缪斯墨尔波墨涅》的第一句。
② 亚历山大的纪念石柱高二十七米,一八二二年建于彼得堡的冬宫广场,至今犹存。当一八三四年十一月举行揭幕典礼时,普希金因为不愿参加,前五天曾避离彼得堡。

《我为自己建立了一座非人工的纪念碑》手稿

甚至现在还是野蛮的通古斯人,和草原上的朋友卡尔梅克人①。

我所以永远能为人民敬爱,
是因为我曾用诗歌,唤起人们善良的感情,
在我这残酷的时代,我歌颂过自由,
　　并且还为那些倒下去了的人们,祈求过宽恕同情。②

哦,诗神缪斯,听从上帝的旨意吧,
既不要畏惧侮辱,也不要希求桂冠,
赞美和诽谤,都平心静气地容忍,
　　更无须去和愚妄的人空作争论。

一八三六年

---

① 卡尔梅克人是多年来居住在伏尔加河下游和里海西北岸一带草原上的一个蒙古血统的游牧民族。
② 这四行诗的初稿是:
　　　我所以永远能为人民敬爱,
　　　是因为我给诗歌获得了新的声音,
　　　我追随拉季谢夫之后歌颂过自由,
　　　　并且赞扬过宽恕同情。
　这里提到的拉季谢夫(1749—1802)是俄国革命作家,以《从彼得堡到莫斯科的旅行记》一书闻名。就在这本书中他写了一首《自由颂》,指出俄国的主人不是沙皇,而是人民。他曾因此书被流放到西伯利亚。

二、魏列萨耶夫撰《普希金传略》

[英]赖特·托马斯 绘

(一)童年和少年时代

亚历山大·谢尔盖耶维奇·普希金于俄历一七九九年五月二十六日(新历六月六日)生于莫斯科。

他的父亲谢尔盖·利沃维奇·普希金是一个出身于古老的贵族家庭的地主,但不爱经营生产,因而从自己衰落的田庄上所得到的收入就非常有限。谢尔盖·利沃维奇生活得很安闲,耽于世俗的享乐。他善于用法文和俄文写诗,爱好文学,拥有丰富的藏书,主要是法文书籍,并且还和当时许多有名的俄国作家,如卡拉姆津[1]、德米特里耶夫[2]、茹科夫斯基[3]和维亚泽姆斯基[4]等人有交往。

普希金的母亲娜杰日达·奥西波夫娜,是"彼得大帝的黑奴"——阿伯拉姆·汉尼拔[5]的孙女。汉尼拔原是阿比西尼亚一位有权力的亲王的儿子,被质于君士坦丁堡,后来被俄国公使从那儿带到俄国。彼得大帝让他受了洗礼,加以教育,并且把他安置在自己的宫廷里。普希金在外表上就保留了他这位非洲先祖的很多特征。

普希金的父母很少关心子女们的教养,他们都是法国家庭教师带养大的。普希金的俄国奶娘阿琳娜·罗季翁诺夫娜给了他真正的热爱和关切,普希金

---

[1] 卡拉姆津(1766—1826),当时的名作家及历史学家,代表作有感伤主义的小说《苦命的丽莎》《一个俄国旅行家的书简》以及十二卷《俄国史》。
[2] 德米特里耶夫(1760—1837),诗人,写过很多寓言诗。
[3] 茹科夫斯基(1783—1852),诗人,曾任皇室教师多年,译有荷马的史诗,以及席勒、拜伦等人的作品,创作的诗篇有《斯维特兰娜》等。
[4] 维亚泽姆斯基(1792—1878),诗人及批评家。
[5] 普希金的小说《彼得大帝的黑奴》(1827),就是讲他这位外曾祖父的。

直到临死前都对她怀着热烈的眷念之情。普希金对功课并不勤勉,尤其不喜欢数学。但他很早就酷爱书籍,时常偷偷地钻进他父亲的藏书室,在那儿一连消磨好几个钟头,读他所能拿到的每一本书。八岁的时候,他就开始用法文写诗。在普希金的家庭里,也正像当时一般的贵族家庭一样,法语是家常的语言。普希金从童年时起,法语就比俄语讲得更为流利。他是一个聪慧、机敏和顽皮的孩子。他的父母不喜欢他;他也从没有得到过他们的爱抚和同情。

一八一一年,普希金被送到皇村学校去,这是当时在彼得堡近郊皇村(现名普希金城)专为特权阶级子弟新创办的一所学校。

一年之后,学校的教员和学监们给普希金作了这样一个正式的学行考语:

> 他有着华而不实的才能和激情,纤细但又并不深沉的智慧。……他仅见长于那些不费脑力的功课,因此他的进步就很小……非常不用功……机智是有的,但可惜仅用于空谈……生性浮躁。

这就是普希金一生中给那些肤浅的和不大深知道他的人的印象。实际上,他在学生时代就已经写作、阅读和思索过很多了。像在一八一四年所写的《小城》一诗中,普希金就列举出了许多他心爱的作家的名字,每个人都很惊奇这个十五岁的小孩子是多么博学。他喜欢的作家,是荷马、维吉尔、贺拉斯、塔索、莫里哀、拉辛、伏尔泰、卢梭、巴尔尼。在俄国作家中,有杰尔查文①、冯维辛②、卡拉姆津、德米特里耶夫和克雷洛夫③。

有几个同学不喜欢普希金,因为他说话尖刻,但也有许多非常热爱他的同学。在后一类的同学当中,就有伊万·普希钦(后来的十二月党人)、杰利维格男爵(后来的诗人)和狂热的维利亚·久赫里别克尔。普希金对学校的态度是完全独立不羁的,在第一年他就成为学潮的煽动者,结果驱逐了一个最不孚众望的学监马尔丁·皮列茨基。

在学校里,当时出了几种手抄的刊物,很多学生都为这些刊物写诗。其中特别出名的诗人有两个:伊利切夫斯基和普希金。伊利切夫斯基后来成了一位才气不大的诗人,普希金却一年比一年地获得更多人的推崇,同学们都怀着敬意注视着他蓬勃发展的天才。在中学里他写了很多的东西,并且从他初期

---

① 杰尔查文(1743—1816),著名的古典主义诗人。
② 冯维辛(1745—1792),著名剧作家,代表作有喜剧《旅长》《纨绔少年》。
③ 克雷洛夫(1769—1844),著名寓言作家。

的试作中,识者就感觉到他像一只年轻的鹰,充满信心地展开自己强有力的双翼,准备直冲云霄。

一八一五年一月八日(俄历),学校里举行了一次从初级班升到高级班的公开考试。在参加这次考试的贵宾中,就有一位十八世纪俄国最有才华的诗人——老前辈杰尔查文。普希金被点名进去。他站在离杰尔查文只有两步远的地方,朗诵他用杰尔查文的爱国颂歌体写成的《皇村回忆》。这首诗引起了全场人的兴奋。杰尔查文眼睛里含着眼泪,冲出来想吻这个孩子。可是羞涩得不知所措的普希金早已跑掉了,杰尔查文赞叹道:"这就是那将要接替杰尔查文的人!"

普希金这时也日益引起当时著名的作家们的注意。卡拉姆津、巴丘什科夫①、茹科夫斯基和维亚泽姆斯基公爵,都对他抱着很大的希望。一八一六年春天,卡拉姆津和维亚泽姆斯基公爵,还有普希金的伯父——诗人瓦西里·利沃维奇·普希金②,一同去参观皇村学校。伯父把普希金叫到自己面前来,说道:"你要像一只鹰似的翱翔呀,不要在中途停止飞行。"

在学校的高级班时,普希金认识了驻扎在皇村的近卫骑兵团中的几个军官。近卫团中大多数的军官对政府都抱着极端反对的态度。经由这些军官,普希金就读到了当时的秘密宣传品。

其中有一个军官对普希金有很大的影响,这就是后来闻名的、杰出的,特别有修养的思想家——恰阿达耶夫③。他在当时充满革命情绪,在普希金的政治教育上起了很大的作用。恰阿达耶夫对于普希金的教育和思想发展都有很大的影响。据普希金一位同时代人的看法,恰阿达耶夫在这一方面所给予普希金的,要比整个学生时代所给予他的还多。

一八一七年六月,普希金和他的同学们在皇村学校毕业了。

(二)在彼得堡

普希金作为一个成绩不很优良的学生从学校毕业,只得到十等文官的官

---

① 巴丘什科夫(1787—1855),诗人。
② 瓦西里·利沃维奇·普希金(1766—1830),曾以喜剧诗《危险的邻人》闻名。
③ 恰阿达耶夫(1794—1856),哲学家及政论家,著有《哲学书简》,宣扬反对沙皇暴政的思想。普希金后来写过《致恰阿达耶夫》一诗献给他。

衔。(成绩优良的,在毕业时可以得到九等文官的官衔。)他被派到彼得堡的外交部去服务,年俸七百卢布。在当时,年轻的贵族们供职,只是挂个空名:他们什么事也不做,差不多完全不到差办公,他们这样供职,只不过是为了升官而已。因此,普希金有的是空闲时间。

普希金的父母在几年之前迁居到彼得堡来,他就跟他们一同住在卡林金桥附近的枫塘卡。由于亲戚的关系和交游,他就侧身到当时上流社会的上层人的圈子里去。在这种上流社会里混就需要花钱;他的微薄的薪俸是不够用的,而他父母的境况,正像往常一样窘困。再加上他的父亲又是小处着眼,吝啬成性。

普希金这时候没头没脑地投身在彼得堡沸腾的社会生活里。他在舞会上跳舞,闹恋爱,好游逛。喝起酒来,总要充好汉,表示不落人后。还又盛气凌人地去向人家挑衅。在戏院里,他就像他后来所写的诗体小说《叶甫盖尼·奥涅金》里的主人公奥涅金一样,"踏着人家伸在座位当中的脚上",或者就站在一排排的座位中间,挡住观众的视线,要是有人请他让开,他就口出粗言。他可以为了每一件极小的事情向人家挑战决斗,但在大多数的场合都因为他朋友的调解了事。同时,他和迁居到彼得堡来的恰阿达耶夫一同消磨了许多夜晚,和他讨论各种最严肃的问题,或者就访问卡拉姆津,以他的智慧和博学惊动在座的人。

最奇怪的,就是他怎样还有那么多的时间来写作,并且还又写得很多。他一章接着一章地完成了《鲁斯兰和柳德米拉》以及许多抒情诗。老作家们都怀着狂喜的心情注意着他的天才的迅速发展。茹科夫斯基这样写给维亚泽姆斯基:"惊人的天才!怎样的诗呀!他的天赋像魔鬼一样地苦恼着我!"

一八二〇年三月,普希金完成了《鲁斯兰和柳德米拉》。这个诗篇的出版,成为当时文坛的一件大事。轻快而典雅的诗句,画面的艺术性,性格描写的清楚明晰,朴素、不加修饰而又不避用最"通俗化"表现的语言——所有这一切,都是俄国诗歌中完全异乎寻常的现象。

可是同时,暴风雨已经聚集在普希金的头顶上。沙皇亚历山大一世的政策愈来愈反动。内政部的头目是阿拉克切耶夫伯爵,他幻想把俄国变成一所兵营。国家因为不断的战争而日益贫困。那些参加过国外战争的青年将校,尤其是到过不久之前刚发生过资产阶级大革命的法国的人,他们有机会看到西欧较为自由的政治制度,这就引起了他们对政府抱着一种极端敌视的态度。

在自由主义的贵族当中,就产生了许多以限制专制政体为宗旨的秘密集社,普希金本人就像一个敏感的回声似的,反映出了社会中这种反抗情绪。他把他的许多讽刺诗撒到沙皇亚历山大一世和他的奴才们的头上去。在《自由颂》中,他对那些自称"蒙上帝的恩惠"的统治者沙皇说道:

> 统治者们!授予你们皇冠和宝座的
> 是法律——而不是什么天神——
> 你们站在人民之上,
> 但是永恒的法律更高于你们。

在《乡村》一诗中,普希金用明显的色彩,描绘出农奴生活的可怕情景。他又这样写给恰阿达耶夫:

> 同志,相信吧:迷人的幸福的星辰
> 就要上升,射出光芒,
> 俄罗斯要从睡梦中苏醒,
> 在专制暴政的废墟上,
> 将会写上我们姓名的字样!

这几行诗句相互传抄立即迅速地传遍了全俄罗斯,甚至军队中稍识几个字的旗手,没有一个人不熟读这几行诗。

最后,他的自由的诗歌终于传到了政府。彼得堡总督米洛拉多维奇伯爵就把普希金召到自己面前来。普希金去了。米洛拉多维奇当着他的面,命令警察局长去搜查他的住宅。普希金晓得这是怎么一回事,就说道:"伯爵!你这样做是枉然的。那儿你找不到你所需要的东西!还是拿纸笔来给我吧,我在这里都给你写出来。"

普希金坐下来,写出了自己所有非法的禁诗。

事态急转直下。沙皇亚历山大一世决定把普希金充军到西伯利亚去,或者是把他囚禁在白海孤岛上的索洛维兹克修道院里。普希金的许多朋友都为之惊愕了。由于卡拉姆津和茹科夫斯基两人的奔走,才改变了把普希金充军到西伯利亚或是囚禁在索洛维兹克岛的决定,而把他改送到南俄的叶卡捷林诺斯拉夫——现名第聂伯罗彼得罗夫斯克,在南俄移民总督英佐夫将军手下服务。

一八二〇年五月六日,普希金就离开了彼得堡。

（三）在南方

尼古拉·尼古拉耶维奇·拉耶夫斯基骑兵上将，是拿破仑战争时期的著名俄国将领，这时正从彼得堡出发，到高加索矿泉区去旅行。伴着他同行的，是他的两个女儿和幼子——近卫骑兵团的大尉尼古拉。普希金在彼得堡时就和拉耶夫斯基一家人相识，和尼古拉结交为朋友则是他早在皇村学校读书时的事，当时近卫骑兵团正驻扎在皇村。

这家人在叶卡捷林诺斯拉夫停下来休息。尼古拉知道普希金被放逐到当地，就出去寻找他。结果他在城市近郊一家犹太人可怜的陋舍里找到了普希金。普希金正患着疟疾，躺在一张木板凳上，胡须满面，苍白而又瘦削。在这种情况下，他给了尼古拉一个非常感伤的印象。普希金本人因为高兴而流出了眼泪。

拉耶夫斯基将军得到了英佐夫的允许，就带着普希金一同到高加索去了。

普希金和拉耶夫斯基一家人在矿泉区度过了整个夏天。八月初，应拉耶夫斯基一家人的邀请，普希金随着他们到克里米亚去，和他们在古尔祖夫过了三个星期。这三个无限幸福的星期，在他的一生中留下了很深的印象。

九月初，普希金跟拉耶夫斯基将军离开了古尔祖夫。这时候，英佐夫将军的司令部已经由叶卡捷林诺斯拉夫迁到比萨拉比亚的基什尼奥夫，普希金就向该地出发。在旅途中，他又发了疟疾。行经巴赫奇萨拉伊时，他病得很厉害，可他还是扶病游览了可汗的皇宫和有名的"泪泉"，九月底左右到达基什尼奥夫。

南方军的一个师团的参谋部当时正驻扎在基什尼奥夫。师长就是秘密集社"幸福会"的会员米哈伊尔·费奥多罗维奇·奥尔洛夫将军。他在自己的各团队里实行所谓兰卡斯特制的教练法，极力反对体刑。在普希金到达之后不久，奥尔洛夫就和拉耶夫斯基的长女叶卡捷琳娜·尼古拉耶夫娜结了婚。据普希金的评价，这是一个"不同凡俗的妇女"。普希金受到奥尔洛夫将军一家人的热烈欢迎。他在这儿认识了奥尔洛夫师团的许多军官，其中有不少非常聪明而有才华的人，弗拉基米尔·费多谢耶维奇·拉耶夫斯基（与拉耶夫斯基将军并无亲戚关系）就是这些军官当中最杰出的人物。他也是"幸福会"的会员。他是一个非常有教养的、不屈不挠的革命家。在俄国，他是第一个在士兵中间进行革命宣传工作的人,虽然在当时并没有将这种宣传列为秘密集社的策略工作之一。

"幸福会"共分为两派:一派的中心在彼得堡,另一派的中心在南方的图尔钦,就是南方军总部所在地。彼得堡的北方派反映了自由主义贵族阶级的情绪,他们希望能有一个保持贵族特权和地主土地所有权的宪法。比较激烈的南方派则主张建立民主共和国,完全取消贵族特权,在政治权利上则是一切人民平等。

南方派的领袖是佩斯杰利上校。当他到基什尼奥夫城来的时候,普希金方在当地和他相见。一八二一年四月的一天,普希金在日记中写道:"我和佩斯杰利一同消磨了早晨的时光……他是我所知道的最富有独创智慧的人。"

普希金有好几次从基什尼奥夫到基辅省去,访问拉耶夫斯基将军母亲的富庶的领地卡曼卡村。她再嫁后生的儿子瓦西里·利沃维奇·达维多夫,是南方派的一个活跃分子,就住在当地。每年在十一月底时,秘密集社的所有会员就假借庆祝他母亲的生日之名,到卡曼卡来集会。普希金有一次偶然碰到这样的集会,并且又重新见到过去在彼得堡相识的雅库什金。雅库什金也是秘密集社的活跃分子。

和当时这些卓越的革命分子的来往接触,对于普希金的政治发展有很大的影响。他的反抗情绪更加坚强起来,而当时在欧洲所发生的事情也给了他鼓舞。在西班牙和意大利的那波里已经燃烧起革命之火,希腊也起来反对土耳其。普希金狂热地注意着希腊人民的起义,并且梦想自己也参加进去。

普希金从没有像这个时期这样充满革命的激情。他写道:

> 你,狂风,暴雨,掀起巨浪,
> 摧毁那死亡的堡垒吧——
> 你,雷雨,那自由的象征,你在哪儿?
> 高飞过不自由的水浪吧!

在基什尼奥夫时,普希金写了革命诗《短剑》,号召实行革命的恐怖手段。他的另一首辛辣讽刺沙皇亚历山大一世的诗——《在鼓里长大的……》,也是在这个时期写成的。普希金还草成了一个剧本的计划,在这个剧本里写一个主人在赌牌时怎样输掉了自己忠心的老仆人;他又开始写一篇为了伟大的诺夫戈罗德城的自由解放而斗争的传说中的战士——瓦季姆的诗篇。普希金像在彼得堡一样,在表示个人对于政治的意见时丝毫不谨慎。秘密侦探们就向彼得堡报告,说"普希金公开地,甚至在咖啡馆里,不只是骂军官,而且还骂政府"。

普希金虽然在观点上和情绪上接近秘密集社,但他并不是集社的一员。后来那些在革命运动史上以十二月党人闻名的许多人,从没有一个人把秘密告诉普希金:一方面是大家都担心他的轻率和不谨慎,另一方面是大家都爱惜他的伟大天才,认为他用他的笔就足够为他们的目的尽力了。

普希金在彼得堡的朋友们,都尽力为他设法,想将他从基什尼奥夫调到另一个文化较高的城市。正在这时候,一位有教养的人物沃龙佐夫伯爵被任命为敖德萨总督。由于俄国历史家亚历山大·伊万诺维奇·屠格涅夫①的斡旋,外交部长就把普希金从基什尼奥夫调到敖德萨去,而沃龙佐夫也同意做他的保护人,并给他的天才以最适宜的发展条件。

普希金怀着愉快的心情离开了基什尼奥夫,到敖德萨去。沃龙佐夫伯爵非常殷勤地招待他,并邀他常去自己家,介绍他和自己美丽的妻子叶丽萨威塔·克萨威里耶夫娜认识。在普希金的面前,又重新敞开了他所喜欢的上流社会的大门。

普希金的经济情况并不很好。他在沃龙佐夫伯爵的办公厅供职,每月的薪俸不过五十八卢布多一点儿。由于普希金不善于节省,在他生活的那种阔场面中,这一点儿钱当然是不够的。

环境又逼得普希金走上一条在当时贵族作家认为新而又不屑走的路。在普希金所属的这个有钱的贵族社会中,靠自己的文艺作品卖钱被视为可耻的事。这就等于说是"出卖灵感"。普希金坚决地反对这种贵族的成见,"灵感不能出卖,但可以出卖文稿",这是他的一句名言。

普希金在南方时写了很多东西。这时候,正像他自己所承认的,他"因为拜伦而发了狂"。

他的《高加索的俘虏》《巴赫奇萨拉伊的泪泉》《强盗兄弟》等诗篇,都是在拜伦的影响之下写成的,并且描绘出了许多具有狂烈的热情和深刻的体验的忧郁魅人的英雄人物。在当时,醉心于拜伦已成为普遍的时尚。普希金用美的诗句和充满了华丽与明显的艺术画面而写成的诗篇,曾获得很大的成功。

---

① 指史学家及作家屠格涅夫(1784—1845)。

批评界狂热地赞扬他,读者把他的诗都熟记在心里。普希金的名声一年一年地增长起来。当在敖德萨时,他就开始了他最重要的一部作品——诗体小说《叶甫盖尼·奥涅金》。

到敖德萨来访问普希金的许多基什尼奥夫的朋友都觉得,他一个月一个月地愈来愈阴郁和易怒了。他和沃龙佐夫伯爵的关系非常不融洽。在当时的俄国行政长官中,沃龙佐夫伯爵是以自己的教养、精力和才干出名的。但他是个阴谋家和极端的自私自利者,冷酷而又背信,充满了烦琐的自尊,爱阿谀和谄媚。在沃龙佐夫的衙门里,普希金只是一个小官,但他却保持着独立的身份,要求平等的待遇,不肯阿谀沃龙佐夫,不像其他那些专门挑选的训练优良彬彬有礼的青年官员那样讨他喜欢。沃龙佐夫开始对普希金表示冷淡和傲慢。

一八二四年五月,沃龙佐夫把普希金当作自己衙门里的一个属员,给了他一个正式的委任状,派他到各县去搜罗有关发现蝗虫的消息,并设法消灭蝗虫。普希金气得发疯。这就是说,沃龙佐夫想把他变成一个真正的官吏。普希金想拒绝这个任命。他的朋友们都劝他不要这样做。普希金就动身了,当他回来的时候,据说他向沃龙佐夫作了这样的一个报告:

　　飞蝗飞呀飞,
　　飞来就落定。
　　落定一切都吃光,
　　从此飞走无音讯。

普希金立刻就提出了辞呈,决定此后靠文学写作生活。

流放者的不自由的生活,沃龙佐夫的压制,由于检查制度而无写作的自由——所有这一切,都逐渐使得普希金决意逃出俄国。他准备乘船潜逃到君士坦丁堡去。有几个朋友帮助着他。但是出于某些原因,这个逃跑的计划终于未曾实现。

因为普希金是在外交部正式供职的,他的辞职书就转呈到彼得堡去。可是同时沃龙佐夫也没有忽视这件事。他接二连三地送了许多关于普希金的谍报到彼得堡去。他极力想使政府相信:敖德萨的社会对于普希金是绝对危险的,它能使他沾染上"迷误和危险的思想",最好让普希金远离开他的崇拜者的阿谀,因为这些人搅昏了他的头脑,使得这个年轻人相信自己是伟大的作家,其实"当时,他不过是拜伦爵士的一个浅薄的模仿者,至于这个作家,也很少有益处可说"。

普希金静候着辞职书的批准。但在他头顶上的乌云是愈来愈浓密了。莫斯科警察局截留了普希金写给朋友的一封信,因为他在这封信中写了一些不相信有上帝的存在和灵魂不朽的话。同时沃龙佐夫也接到彼得堡的命令:普希金行为不端,立即撤职,并押送到普斯科夫省他父母的领地,交由当地长官监视。当把沙皇的命令拿给普希金看时,他茫然不知所措。这个命令的严厉,也使得他所有的朋友感到惊讶和愤慨。一八二四年七八月间,敖德萨卫戍司令就把普希金解送到普斯科夫省去了。

(四)在米哈伊洛夫斯克村

普希金启程了,按照官厅的命令,沿途任何地方不得停留,这样在八月九日(俄历)他就到了他父母的领地米哈伊洛夫斯克村。

在这个乡村里,他和他的唯一的陪伴者老奶娘阿琳娜·罗季翁诺夫娜寂寞地度过了将近两年。他早晨起身后先用冷水洗澡,然后就坐下来写作。午饭吃得很晚,饭后出去骑马,晚上因为烦闷就独自一个人打弹子①,或者是听老奶娘讲故事。有一次他愉快地写给他的朋友们道:"那些故事是多么美丽迷人呀!每个故事都是一篇叙事诗……奶娘——这就是塔吉雅娜的奶娘的原型。② 她是我唯一的女友,只有和她在一起时我才不寂寞。"

偶逢节日时,普希金有时就穿上俄国式的红衬衫,腰里扎一条皮带,到邻近的圣山修道院的市集上去,和盲乞丐们坐在一起,听他们唱关于拉撒路③或是圣者阿列克谢的歌,并且还把它们记录下来。

普希金和邻近的地主们不相往来,只结识了邻村三山村的女地主普拉斯科维亚·亚历山德罗夫娜·奥西波娃。她的年纪已经不小了,但却非常有教养和聪颖。普希金非常爱她,终生都和她保持着友谊关系。

普希金因为忧郁和寂寞而苦恼着。他一向是喜欢热闹、活跃、上流社会和

---

① 弹子即台球。
② 塔吉雅娜是普希金诗体小说《叶甫盖尼·奥涅金》中的女主人公,普希金将奶娘的形象都体现在塔吉雅娜的奶娘身上。
③ 典出《圣经·新约全书·路加福音》第十六章。

紧张的智慧气氛的。他从米哈伊洛夫斯克村寄出来的信都写满了这一类的话:"我得了忧郁症,我的头脑里一点儿思想都没有","米哈伊洛夫斯克村对于我是太气闷了","我们这里时常下雨,刮风,树林喧响着,喧闹而又寂寞",等等。他心里极端怨恨政府不断的迫害,把他从这个地方放逐到另一个地方。于是在普希金的面前,又重新浮现出那个作为唯一出路的逃到外国去的思想。可是这一次他的计划也没有能得到实现。

一八二五年一月,普希金的老同学伊万·伊万诺维奇·普希钦到米哈伊洛夫斯克村来探望他。① 他是清晨到的。普希金从窗里看见这位老友的来临,还没有穿好衣服,只穿着一件睡衣就冒着严寒去迎接。他们两个人都因为这次相见异常高兴。普希钦带了一本格里鲍耶多夫的喜剧《聪明误》的手抄本②,给他的朋友作为礼品。在午饭之后,他们就坐下来朗诵这个剧本。

他们的谈话也涉及秘密结社。普希钦是秘密组织北方派中有力的分子。在这之前,他是把自己参加秘密集社的事情瞒着普希金的。现在他隐约地暗示了普希金:自己是秘密集社的一员。普希金激动得从椅子上跳起来。他回想起他在基什尼奥夫时代的朋友拉耶夫斯基少校被监禁在季拉斯波尔斯克堡垒里已经五年了,但他们从他的嘴里逼不出什么口供来。

"不错,这一切都和拉耶夫斯基少校有关!"普希金叫道。接着他平静下来,又补充说道:"不过,亲爱的普希钦,我并不勉强你说出来。也许,你是对的,你不能信任我。的确,我有许多轻举妄动的地方,不值得你信任。"

他们一直坐着谈到深夜。普希钦的马已经备好。两个朋友互相拥抱话别——从此就永远分别了。这一年的年底,就是在一八二五年十二月十四日的起义之后,普希钦被逮捕,流放做苦役去了。

乡村中那些平静而寂寞的生活,对于普希金的创作是非常有益的。他写了很多的东西,对自己的要求也更大了,他这样写道:"我觉得,我的智力已达到了全熟的程度,我可以创作了。"

一八二四年十月,普希金在米哈伊洛夫斯克村完成了他在南方就已经开始的长诗《茨冈》。他在这个村子里,又完成了一部花了很多时间和心血的大

---

① 普希钦写有《关于普希金的杂忆》,记述他们学生时代的生活和这次会晤。关于普希钦的简介参见本书第56页注。
② 格里鲍耶多夫(1795—1829),俄国剧作家,以讽刺俄国贵族社会的喜剧《聪明误》闻名。这个剧本作于一八二二年至一八二四年,在当时未得检查当局的通过,只能以手抄本形式秘密流传。

作品——历史悲剧《鲍里斯·戈都诺夫》。在这之前的俄国文学中是无所谓悲剧的,剧场完全是靠了"俄国拉辛们"①所写的一些小玩意儿来维持场面,这都是些模仿法国伪古典主义形式而没有任何艺术价值的作品。普希金主张要把戏剧推动到莎士比亚所开辟的道路上去。他写道:

> 我坚决地相信:我们陈旧了的戏剧形式,需要加以改造,因此我就按照我们鼻祖莎士比亚的体系来写自己的悲剧。……我模仿莎士比亚的地方,是在于他对人物的自由与宽广的性格描写,是在于典型的平凡而单纯的配合,以及朴素性。……我深信,对于我们的戏剧最适合的,是莎士比亚戏剧的人民原则,而不是拉辛悲剧的宫廷风习。……时代的精神,需要在话剧舞台上有很大的转变。

一八二五年秋天,普希金完成了《鲍里斯·戈都诺夫》。他自己高声朗读了一遍,然后拍手高兴地叫道:"啊呀呀,普希金啊!啊呀呀,你这小子啊!"

在米哈伊洛夫斯克村的时候,普希金继续写作在敖德萨就已经开始的《叶甫盖尼·奥涅金》。他完成了第三章,开始写第四章和第五章。一八二五年十二月,他花了两个早晨的工夫又写好叙事诗《努林伯爵》。

一八二五年十一月十九日(俄历),沙皇亚历山大一世突然逝世。他的继承人本该是他的兄弟康斯坦丁,但后者早就放弃了继承皇位的权利。可是不知什么缘故,这件事始终是保持着秘密的。于是就应该由另一个兄弟尼古拉来继承。军队最初对康斯坦丁宣誓,尼古拉本人也对他宣誓过;继而他们又向尼古拉宣誓。秘密集社的会员就决定利用这次所发生的混乱局面举行军事政变,来达到限制或者甚至是推翻沙皇政权的目的。他们就暗示军队,说康斯坦丁是被迫离位的,在十二月十四日这一天就率领军队到枢密院广场去反对尼古拉。可是这次起义终为尼古拉的炮火所镇压。

新皇的登位引起了普希金心中极大的希望。他决定呈请准其自由。可是选在这个时候请求并不适当。不错,普希金本人并不是秘密集社的一员,但在差不多所有被捕的人那里都有他所写的革命诗歌的抄本。根据所有这些文件,政府就非常清楚地看出:在这次起义的准备酝酿上,普希金是起着很大的鼓动作用的。大家也许觉得奇怪:为什么当时他们竟没有逮捕普希金,为什么

---

① 拉辛(1639—1699),法国伪古典主义的悲剧作家。

没有把普希金作为这次运动的最危险的鼓励者而加以惩罚?据说是因为卡拉姆津和茹科夫斯基两个人想拯救普希金,就向沙皇尼古拉提议,最好是设法把普希金争取到自己的一边来,利用他的笔来做有利于政府的事情。因此,沙皇就接受了普希金的请求书。

审讯结束:五个主要的十二月党人被处绞刑(其中有佩斯杰利和雷列耶夫),一百多人被流放到西伯利亚去做苦役。普希金和大部分处绞刑的人都相识,并且还认识很多被流放的人。这些人被处严刑,给普希金留下了一个震骇的印象。他这样写道:"判处绞刑的人都被绞死了,但是一百二十个朋友、兄弟和同志去做苦役,那也是可怕的。"①在这件事发生之后很久,普希金在自己的原稿②上画了一个绞架,上面挂了五个人的尸体,并且若有所思地写着:"我也会……我也会……"

一八二六年九月三日(俄历),普希金在三山村的邻人家里消磨了一晚。天气非常好。普希金很愉快,和姑娘们一同散步;夜晚十一点钟的时候,她们才沿着大路把普希金送回米哈伊洛夫斯克村。第二天黎明时,普希金的老奶娘阿琳娜·罗季翁诺夫娜就披头散发、惊慌失色、泪流满面地奔到三山村去。她告诉她们,夜里有一个人骑马到米哈伊洛夫斯克村来,也不知道是军官还是士兵,把普希金带到什么地方去了。

就在这时候,普希金正和沙皇的传令兵乘着马车向莫斯科急驰而去。他们日夜赶程,九月八日(俄历)就到了当地。他们既不让普希金休息一会儿,也不让他换一换衣服、剃一剃胡须,就把这位忍受着饥寒和满身污泥的普希金,一直带到皇宫中尼古拉的书房里去。

沙皇尼古拉非常仁慈地接待了他。接着在他们之间就是一场很长的谈话。沙皇问他:

"普希金,假如你在彼得堡,你也会参加十二月十四日的那次起义吗?"

普希金大胆地回答道:

"一定的,皇上。我所有的朋友都参与事谋,我不会不参加的。只因我不在当地才得免于难。"

尼古拉又问起他的思想方式是不是改变了,假如给他自由的话,能不能改

---

① 出自普希金一八二六年八月写给诗人维亚泽姆斯基的信。
② 指《叶甫盖尼·奥涅金》第五章的原稿。

变他的思想和行动。普希金沉默了很久,最后允诺了。

沙皇又问道:

"你现在写什么呢?"

"差不多什么都没有写,陛下,因为检查得太严厉了。"

"那你为什么要写检查通不过的东西呢?"

"检查也不放过那些最无辜的东西。"

"咳,好吧,那么我自己来当你的检查官。把你所写的东西都送到我这儿来。"

沙皇挽着在激动中的普希金的手,走出了书房,并且向那些聚集在会客厅里的侍臣说道:

"诸位先生!这是一位新的普希金。让我们把旧的忘掉吧。"

但这只不过是尼古拉的空话。普希金的一切行动都证明,他并没成为"新的"。

在请求书里,普希金讲到自己的"真诚的改悔",但他并没有背弃他的过去,没有责备他的朋友,也没有对沙皇的仁慈表示感激,而是在动摇着、怀疑着……

很明显,他永不会变成杰尔查文、卡拉姆津或是茹科夫斯基①,沙皇也永不能对他表示信赖。

(五) 在沙皇的监视下

普希金获得了自由之后,就在莫斯科定居下来。莫斯科狂热地欢迎着普希金。当他第一次在戏院里出现时,各排的座位上都发出了一阵轰响,重复叫着他的名字;所有的视线,所有的望远镜,都对着他,谁也不瞧着舞台了。在各种集会和舞会上,全体的注意也集中在他身上,妇女们包围着他,不断地请他跳科梯里昂舞或是玛祖尔卡舞②。每天早晨,普希金的会客室里都挤满了访问者。全城都知道他,全城都对他感兴趣。最出名的人都以和他相识为荣。

此后的几年当中,普希金有时住在莫斯科,有时住在彼得堡。他醉心于大

---

① 这三个人都是当时的宫廷文人。
② 科梯里昂是种法国式的八人四组的舞蹈,玛祖尔卡是在波兰流行的一种民间舞蹈。

都会的享乐。同时,他还写作得非常之多。《叶甫盖尼·奥涅金》一章接着一章地写出来。一八二八年阴霾多雨的秋天,在两三个星期中他就写成了《波尔塔瓦》全诗。的确,当他写这首长诗时,"充满了音响与沉醉的心情"。他天天不断地写,甚至在睡梦中也哼着诗句,因此他有时在夜里从床上跳起,立刻就在黑暗中写下来。凡是来不及写成诗句的构思,他就先用散文写出来,然后再仔细地分章断句、涂改、重写,又再涂改。一句话,普希金对于自己的作品是下过很多功夫的。他的原稿上纵横地涂满和写满多次修改过的句子。

自从流放归来之后,普希金对于沙皇和政府的关系,务求做到不至于引起任何非难。不管他当时对于专制政体的真实态度怎样,但绝没有给沙皇以口实,疑惑他是政治上的嫌疑犯。可是沙皇尼古拉一世对他仍然极不信任。普希金不久就确信沙皇尼古拉一世赐给他的那些"仁慈"是完全虚幻的。这些仁慈,从普希金身上剥夺了甚至是一个普通人所能享受的一切权利。

普希金和沙皇之间的中间人,就是当时直属朝廷的著名的"第三科"的主任官——宪兵长官本肯多夫将军,他是沙皇最亲近的人。在莫斯科时,普希金在他的朋友中间读了他所写的《鲍里斯·戈都诺夫》。本肯多夫那里立即送来一个通知,说事先没有经过沙皇的审查,普希金无权用任何方法"传播"自己的作品。由此可知,普希金似乎比其他任何人都处在一种更为优越的地位,实际上他得不到事先的批准甚至不能向自己的朋友诵读自己的作品!

为了决意将《鲍里斯·戈都诺夫》付印,普希金就把自己的剧本送给沙皇审查。他很快得到了本肯多夫的通知,说皇上非常高兴地读了他的剧本,并且在签奏上写下了对于这个剧本的意见:"我认为,假如普希金先生把他的悲剧加以必要的修削,改成类似华尔特·司各特①的历史中篇小说或是长篇小说,那么他的目的就能完全达到了。"

这位愚昧无知的沙皇竟想建议诗人按照他的意旨来修改自己的天才的作品。假如我们还记得,普希金写《鲍里斯·戈都诺夫》的主要目的,是在于改造俄国的戏剧,那我们就可以知道沙皇这个愚蠢的意见是多么滑稽可笑了。不久之前我们才弄清楚,原来尼古拉甚至没有读过这个剧本,而是本肯多夫交给自己办公厅里的人写的意见。根据各种材料推测,这个意见是当时在"第

---

① 华尔特·司各特(1771—1832),英国著名小说家,即《撒克逊劫后英雄略》(现通译《艾凡赫》)的作者。

三科"供职的一位专事告密的新闻记者布尔加林①所写的。尼古拉就在自己的决定中重复表示,建议将这部悲剧改为长篇小说。普希金就以辛辣的讽刺口吻回复本肯多夫:"我很同意沙皇的意见,我的诗剧与其说是悲剧,毋宁说是更接近历史小说。惋惜的就是,我没有力量能改写我已经写好的东西。"专制暴君的建议就等于命令:因此剧本付印的事就只好搁置起来。

这样就开始了宪兵与万恶的君主对于这位天才诗人的监视,直到他死为止。被监视的不只是他的文艺活动,而且包括他生活中的一举一动。

当时在审判中,又从两个军官身上搜查出了普希金所写的《安德烈·谢尼耶》②一诗被审查掉的部分,题名为《纪念十二月十四日》。普希金因为这首诗被提到案,受到一番审讯。这个案子拖了将近两年。普希金终于证明了这首诗的片段与十二月党人的起义无关,而是远在十二月十四日之前很久就写成的。结果,他的作品在没有事先得到审查的许可的情况下,严格禁止公开发表,而他本人则被警察厅秘密监视。

当这一件案子还没有结束时,另一件更严重的反对普希金的新案件又发生了。普希金在基什里奥夫所写的一首嘲笑基督圣胎的诗《加甫利里亚德》传到了政府当局的手里。因为这首亵渎上帝的诗,普希金有被终身禁闭在一所最可怕的修道院牢狱中的危险。在多次的审问当中,普希金坚决否认这是他所写的,但他的内心却是异常不安。从《预感》一诗中,我们可以看出普希金当时是多么疲于这些不断的追究:

> 乌云又重新在静寂中
> 聚集在我的头顶上;
> 嫉妒的命运又重新拿灾厄
> 来将我威胁……
> 我要对命运保持蔑视吗?
> 或者就用我骄傲的青年时代的
> 不屈不挠与忍耐的精神,
> 去和它对抗?

---

① 布尔加林(1789—1859),沙皇当局雇用的无耻文人,写过两本长篇小说,并创办有《北方蜜蜂》杂志。
② 谢尼耶(1762—1794),法国诗人,一七九〇年参加法国大革命,接近吉伦特党人,一七九四年三月被捕,在狱中仍继续写诗,七月二十五日上断头台,普希金曾写过诗纪念他。

> 我因为狂暴的生活而疲乏啦,
>
> 正平心静气地等待着风暴的来临……

可是后来因为某些不十分明了的原因,这件案子就中断没有进行。

(六)高加索之行

二十年代末期,普希金的亲友们发觉他的性格中起了某种变化。他不再高兴到交际场中去,开始觉得需要守在一个角落里过家庭的生活。

一八二八年在莫斯科的一次舞会上,他认识了十六岁的少女纳塔利娅·尼古拉耶夫娜·冈察罗娃。这是一位莫斯科的小姐,她所有的学问就在于讲一口流利的法国话和善于跳舞。但是她的美却是惊人的。普希金狂热地爱上了她,见过她的父母,经常出入他们家。据说在当时,纳塔利娅·尼古拉耶夫娜甚至从没有读过普希金的作品,基本上她一生中对诗歌都是极其冷淡的。在她和普希金之间并没有任何精神上的共同点。他直觉地感到她"虔诚地拜倒在神圣的美丽之前",为爱情所燃烧着,但是他也感觉到,这个少女对他是冷淡的,他没有什么可以使她发生兴趣和吸引她的地方,而当他和她在一起时,他有些害羞、胆怯,就好像初恋时的小伙子一样。

一般地讲,在冈察罗娃家,他感到冷淡与拘束。少女的母亲纳塔利娅·伊万诺夫娜并不喜欢普希金。他曾经多次地表示出他对于宗教和过世的沙皇亚历山大一世的那种自由的想法,而纳塔利娅·伊万诺夫娜却是非常笃信宗教的,并且对亚历山大一世非常恭敬。普希金不顾这一切,就在一八二九年四月底向纳塔利娅·尼古拉耶夫娜求婚。当时大家都没有直接地拒绝他,只是说纳塔利娅还很年轻,等一些时候再说。

这一天夜里,普希金就启程到高加索,参加到正在当地作战的部队里去。

这时候,俄国正和土耳其交战。在高加索战场上的总指挥帕斯克维奇,已经冲进土耳其的边界,进攻埃尔祖鲁姆要塞。普希金的老友——尼日尼·诺夫戈罗德骑兵团的团长尼古拉·拉耶夫斯基,正在他的军队中供职,普希金的弟弟列夫又是他的副官。五月底,普希金到了第比利斯,在那儿逗留了两个星期,就启程去追赶部队,及至赶上时,谒见了帕斯克维奇,就在拉耶夫斯基的营帐里住下来。

普希金急于参加作战,不久就有了这样一个机会。土耳其的骑兵袭击了俄国军队的前哨阵地。当听到这个消息时,普希金就冲出营帐,跳上马,飞驰而去。担着心的拉耶夫斯基就派了两个军官去寻觅普希金。这时候哥萨克人正和土耳其的骑兵激战,龙骑兵向土耳其人的侧翼急驰过去。这两位军官看见普希金离开了龙骑兵,单独一个人手持长矛向着迎面而来的土耳其骑兵冲过去。刚从后方来的枪骑兵迫得土耳其人退却了,那两个军官费了很大的力气才把普希金从前线上拖回来。

普希金非常喜欢野营的生活。他这样写道:

> 大炮在黎明时把我们唤醒。营帐里的睡梦特别熟。午饭时,我们吃亚洲风味的烤羊肉串,喝用塔甫里山的雪冰冻过的英国啤酒和香槟酒。

普希金骑着哥萨克马,手里拿着鞭子,身上穿着黑色的大礼服,头上戴着圆筒帽,在军人中间显成一种奇象。兵士们都把他当作外国牧师。

军队在一八二九年六月二十七日开抵埃尔祖鲁姆,并没有遭到任何抗拒就占领了它。普希金在埃尔祖鲁姆城住了三个多星期。城里面发现了瘟疫,他就决定启程离开当地。帕斯克维奇想留住普希金,请他目睹战争的更进一步的发展。但显然地,普希金已经完全明了这次战争的性质,就向帕斯克维奇告别了。

当普希金的创作愈加成熟和愈加深入,并且他愈向前进时,批评界就开始愈不了解他,读者对他的态度也就愈加冷淡。

《波尔塔瓦》就没有得到普通人士的热烈欢迎,布尔加林办的《北方蜜蜂》幸灾乐祸地写道:"普通读者对于《波尔塔瓦》的冷淡,清楚地证明出某些盛名的迷惑力已经消失了。"

在一八三〇年终于获得出版的《鲍里斯·戈都诺夫》,也遭到了冷遇。批评界这样写道:"诗歌是种创造;而在这个剧本里面,丝毫没有一点儿独特的创造。至于鲍里斯和舒伊斯基两个主角,只不过是从卡拉姆津的有韵的散文改编为诗句而已。"关于《叶甫盖尼·奥涅金》最好的一章——第七章,他们称它是"一个完全的失败!"。

普希金蛰居于冷淡而寂寞的孤独之中,他这样写道:

> 诗人!不要重视世人的爱好。
> 狂热的赞美不过是瞬息即逝的喧声;
> 你将会听到愚人的批评和冷淡的人群的嘲笑,

但你应该坚决、镇静而沉着。

普希金对于社会与人生的观点的转变,还是远在十二月党人起义之前就已经发生的事,现在是愈来愈显著了。

他依旧悲切地同情那些被流放的十二月党人,希望他们能够得到赦免,并且向西伯利亚的十二月党人们致热烈的敬礼,预言着那幸福日子的来临:

> 沉重的枷锁会掉下,
> 黑暗的牢狱会覆亡——
> 自由会在门口欢欣地迎接你们,
> 弟兄们会把利剑送到你们手上。

他还把自己描写成沉舟时得救的歌者阿里翁:

> 舵手死了,水手们也死了!——
> 只剩下我一个隐秘的歌者,
> 被暴风雨扔到海岸上,
> 我一边唱着往日的颂歌,
> 一边把我潮湿的衣裳,
> 晾晒在太阳下的岩石旁。

现在他对于旧日的那些赞美诗已再没有信心。他认为十二月党人的事件是无望的失败了。

(七)在莫斯科和波罗金诺

一八三〇年初春,普希金的一位莫斯科的朋友在舞会上和纳塔利娅·冈察罗娃,还有她的母亲谈起了普希金。母女两人都对普希金表示好感,并请这位朋友代为致意。普希金的心神重又兴奋起来,立刻就整理行装启程到莫斯科去。他访问了冈察罗夫一家人。他们亲热地接待了他。从此普希金又常到他们家里去,四月六日就再度求婚。这一次,普希金的求婚终于被接受了。

一八三〇年五月六日,普希金和纳塔利娅·尼古拉耶夫娜·冈察罗娃正式举行了订婚典礼。普希金的父亲为了他的婚事,还把尼日尼·诺夫戈罗德省基斯捷涅沃村有着两百个没有被质的"农奴"的领地,分给了普希金。秋初时,普希金就到尼日尼·诺夫戈罗德省去接受产业和处置业务。他打算在那里只耽搁很短的时间。可巧当时在伏尔加河上游一带发生了瘟疫。在离开莫斯科的第二站时,普希金就知道瘟疫已经传入尼日尼·诺夫戈罗德城。及至当他抵达他父亲的领地波罗金诺村时,邻近的村子已被卫兵封锁,到处都设立了检疫站,人民怨声载道,各地方发生了骚动。

一个星期接着一个星期地过去了,一个月接着一个月地过去了,普希金还是滞留在波罗金诺。瘟疫到处蔓延着,一直传到莫斯科附近,防疫站阻断了所有的大路,莫斯科全被军队的警卫线包围起来,传说瘟疫已蔓延到莫斯科城中。普希金非常担心他未婚妻的健康和安全;此外还传来一种谣言,说是婚事另有变化,纳塔利娅·尼古拉耶夫娜已经嫁给另外一个人。他想冲到莫斯科去,两次已从波罗金诺启程,满望能越过检疫站的封锁线,但两次都被逼得退回来。

普希金在波罗金诺村度过了整个秋天。他觉得秋天是最宜于写作的时期。他许多最重要的作品,差不多都是在秋天写成的。在这个波罗金诺的秋天里,普希金的创作高潮是异常惊人的——他的创作就像从一个永远无尽的喷泉里涌流出来一样。在波罗金诺村滞留的三个月当中,他写了四个小悲剧:《吝啬的骑士》《莫扎特和萨列里》《瘟疫流行时的宴会》和《石客》,全部《别尔金小说集》、叙事诗《科洛姆纳的小屋》、《叶甫盖尼·奥涅金》的最后两章,还写了将近三十首抒情诗。当我们看这些作品的写作日期时,我们简直不敢相信:十月五日完成长诗《科洛姆纳的小屋》,十二至十四日完成小说《射击》,二十日完成《暴风雪》,二十三日完成《吝啬的骑士》,二十六日完成《莫扎特和萨列里》,等等。因此普希金称这个秋季是"多产的秋季"。

普希金在这一个时期所写的作品,不仅以数量之多和质量之高惊人,同时还以从这一种情绪转变为另一种情绪的易变性惊人。像他所写的《村姑小姐》《暴风雪》等明快的小说,或是《科洛姆纳的小屋》《吝啬的骑士》《莫扎特和萨列里》及《瘟疫流行时的宴会》等深刻严正的剧本,都是更迭地写出来的。他在这个秋天所写的抒情诗,也充满着多样的而又相互对立的情调。

最后,他只有在十二月间才能离开波罗金诺。十二月五日就到了莫斯科。婚礼是一八三一年二月十八日在大尼基茨克大街(现名赫尔岑大街)的升天大教堂里举行的。和前一个时期的情形恰好相反,普希金是愉快高兴的,笑着亲切地接待友人。当举行仪式交换戒指时,普希金的戒指掉在地上,接着他手里的蜡烛熄灭了,迷信的普希金脸色发白,小声地说道:"这一切都不是好兆呀!"

(八)结婚以后

普希金打算和他的妻子居留在莫斯科。他们就在阿尔巴特街上租了一所舒适的带家具的房子。这所房子一直保留到今天;它的号数是五十三号。普希金当时这样写信给普列特尼奥夫①:

> 我结婚了,非常快活。我唯一的愿望就是在我的一生中不要有什么变动:更好的都不再期望了。这种情况对于我是这样新鲜,是好像我再生了一样。

但是他和岳母的不睦是愈来愈厉害了,纳塔利娅·伊万诺夫娜常促使自己的女儿去反对普希金,并尽可能地诽谤他。这些口舌之争使得普希金再不能容忍下去。他于是就放弃了莫斯科的那所住宅,在五月中旬带着妻子到彼得堡去。他决定在当地住下来。他们还在彼得堡近郊的皇村租了一间消夏别墅过夏。

普希金很爱他的妻子。但在他们两个人之间丝毫没有一点儿精神的共同点,并且也不可能有。纳塔利娅·尼古拉耶夫娜最感兴趣的,只是时髦的装束和上流社会的活动。她对于丈夫的紧张创作工作和精神生活,丝毫不能有任何帮助。当普希金充满了创作的激情,跑到她面前去,把自己的新诗读给她听的时候,她就叫道:"我的天哪,普希金,你为什么总是拿自己的诗来麻烦我!"

在冬天沉息下去的瘟疫,又以新的力量跟着春天卷土重来,向彼得堡蔓延过去。沙皇尼古拉和宫廷都迁到皇村去。普希金写信给普列特尼奥夫道:"皇村沸腾起来了,变成了京城。"

有一次在皇村公园里,普希金遇到了沙皇尼古拉。尼古拉对普希金极为亲热,问起他的工作,并且还提出了一个问题:为什么他不供职?普希金回答道,他准备供职,但是除掉文学的职务以外,他是什么都不懂的。这时候沙皇

---

① 普列特尼奥夫(1792—1865),小说家及诗人,曾在彼得堡大学担任俄国文学史教授一职,是普希金最亲近的朋友。

就向他建议,要他写一部彼得大帝的历史。

普希金的美丽妻子,非常得皇后的欢心;沙皇远在莫斯科时,就在各种宴会上见过纳塔利娅·尼古拉耶夫娜,当时她还是少女,沙皇那时就已经觉得她可爱而又有趣了。皇后表示了这样的愿望,希望纳塔利娅·尼古拉耶夫娜到宫廷里来。

一八三一年的秋天,普希金从皇村迁回彼得堡。他被正式派到外交部,不久就晋升一级,规定薪俸为每年五千卢布。但对于普希金当时的需要,这个数目是太少了。宫廷因为他妻子的美丽而全在狂欢中;纳塔利娅·尼古拉耶夫娜马上就成了彼得堡上流社会最时髦的女人。而上流社会的漂亮的太太们,都必须要有典雅的服装、漂亮的马车、宽大的住宅和建在附近时髦岛屿上的消夏别墅。这样一来,费用的预算就完全不可思议了:普希金每年要有两万五千到三万卢布才敷家用。

纳塔利娅·尼古拉耶夫娜的生活,是在不断的娱乐、欢宴和舞会中消磨掉的。她早晨四五点钟才回家,起身很迟;晚上八点钟进午餐;午餐之后,纳塔利娅·尼古拉耶夫娜就换装,再出门去。丈夫就伴着她。对于普希金,热衷于跳舞的时代是早已过去了,但又不能让妻子一个人单独出去。他每晚都是在舞会中度过的:站在墙边,困惫地看着跳舞的人,吃着冰激凌,打着呵欠。有一次他对一个相识的女人叹着气说道:

拘束呀,拘束呀,这贵族的官廷!
就只有站着吃,坐着饮!

朋友们日益担心着普希金现在那种可怕的不利于创作的生活环境。果戈理写道:"除掉在舞会上,什么地方都找不到他。他就这样消磨掉了他全部的生活。"而普希金本人也怀着忧虑写信给莫斯科的朋友纳晓金①道:

对于生活的顾虑,使得我无暇感到寂寞。但是我失掉了写作所必须的那种自由独身的生活的闲暇。我的妻子总是打扮入时地在社会里混——这一切都需要钱,而钱只有靠我的写作才弄得到,而写作又必须要有安静的生活。

普希金没有安静的生活好让他写新的作品;出版已经写成的作品也有各

---

① 纳晓金(1801—1854),普希金最亲近的一位朋友。

种阻碍,这就是由于沙皇对普希金的那种"仁慈"所产生出来的——要将自己的作品送给沙皇审查。

普希金曾经以为这会是他的特权,但现在却变成他的义务了。他这样写给本肯多夫:

> 兹有一事,胆敢恳求开恩:此后小作品能否送至普通检察机关审核。

看,普希金当时所请求的是怎样的开恩呀!

普希金在文献档案保管处努力工作,收集他所奉命编辑的彼得大帝历史的材料。但这时候另一件历史工作,把他从准备彼得大帝历史的工作中吸引开了。普希金对十八世纪哥萨克农民起义的领袖——普加乔夫很感兴趣。他想写一部以普加乔夫起义为题材的长篇小说。为此,普希金就必须到俄国东部普加乔夫起义的地方去访问。普希金得到了四个月的假期,一八三三年七月十七日他就从彼得堡启程出发了。紧跟在他后面,他所要访问的几个省区的省长都得到秘密的训令:"通令各地机关派秘密警察,监视九等文官普希金在居留期间之生活情形与行动等。"

普希金访问了喀山、奥伦堡和乌拉尔斯克,向老人们探询关于普加乔夫的事迹,视察了他军事行动的地方。他从奥伦堡就到了别尔地村,在过去这里是普加乔夫的京城。在别尔地村,他找到了一个和普加乔夫相识的七十五岁的老太婆。普希金和她整整谈了一个早晨,询问她,听她唱歌,临别时还给了她一块金币。

普希金走了之后,别尔地村的庸人们就起了疑心:这个异常热心地询问关于强盗的事情的人,是为了什么事来的呢?他为什么给了老太婆一块金币?事情是可疑的,最好不要惹出什么不幸的事情来吧!他们就备车赶到奥伦堡去,带着那个拿了金币的老太婆去见当地长官,并且报告道:"昨天有一个外乡的绅士到我们那儿来。是这样的一个人:身材不很高,头发是黑而卷曲的,面带浅黑色,询问普加乔夫起义的事情,还酬以金币,大概这是个反基督的人,因为在他的手上长着的不是指甲而是长爪。"(大家都知道,普希金是留着很长的指甲的。)

一八三三年十月一日,普希金到波罗金诺去,住下来从事写作。他早晨七点钟醒来,喝了咖啡,就一直写到三点钟。然后出去骑马,五点钟洗澡,吃午饭,此后就读书一直读到九点钟才睡觉。这是一个最适宜的环境,他的创作又像泉水重新涌流出来。他心满意足地写信给他的妻子："我正在写,并且已经写了很多东西了。"

滞留在波罗金诺村的一个半月当中,普希金写成了《渔夫和金鱼的故事》《死公主的故事》《安杰洛》,翻译了密茨凯维奇①的两篇歌谣叙事诗,完成了普加乔夫史,写了他晚期生活中最好的两篇作品——叙事诗《青铜骑士》和中篇小说《黑桃皇后》。

一八三三年十一月中旬,普希金返回彼得堡。

(九)被俘于宫廷

安尼奇科夫宫里经常举行皇室近亲的晚会,照例被邀请参加的仅是那些有宫廷官衔的人。沙皇尼古拉有意给纳塔利娅·尼古拉耶夫娜打开一道参加这种晚会的方便之门,就在一八三四年新年前夜下了一道命令："兹恩赐外交部九等文官亚历山大·普希金以本宫宫廷近侍衔。"尼古拉任命普希金为宫廷近侍,立即达到了两个目的:一来是使自己有可能常和纳塔利娅·尼古拉耶夫娜见面,二来是更低地贬降了他所痛恨的普希金的地位,因为被任命为宫廷近侍的一向都是年轻人,而年纪三十五岁、头发已经斑白的普希金夹在这一群年轻人当中,一定会造成一种非常可笑的现象。

当普希金知道这个"荣任"的消息时,他气得发疯。朋友们只好向他的脸上喷冷水。他这时失了常态,满脸怒火,嘴上还吐着唾沫,他想闯进宫里去斥责沙皇的无理。他深知这种任命的原因,并且小心地在日记里写道:

> 我被任命为宫廷近侍,这对于我的年纪是太不相称了。但是宫廷(其实应该理解为沙皇)希望纳塔利娅·尼古拉耶夫娜常到安尼奇科夫宫去跳舞。

纳塔利娅·尼古拉耶夫娜则是欢天喜地,因为这个任命向她打开了一条出入宫廷的途径。

普希金的心里非常不愉快,并且混乱如麻。他并没有向任何人诉说他自己沉重的生活,但他的朋友常可以从他的脸上看出他那种阴郁不安的心情。

---

① 密茨凯维奇(1798—1855),波兰大诗人。

他时常噘起嘴唇,两手插在宽大的长裤口袋里,阴沉地重复讲着:"忧愁呀!郁闷呀!"

现在差不多再不能看到他快活而无心事的样子了。他愈来愈少像以前那样地诙谐和胡闹了。

普希金的写作生活所处的孤立状态,也愈来愈厉害。他的诗作的严谨和含蓄的朴素性,他的散文作品的简洁的明彻性,都不能满足当时大多数的读者。大众只沉醉于别涅杰克托夫①偏重音乐效果的诗句和马尔林斯基②的华丽的散文,而对普希金则异常冷淡。批评界迁就这种态度,就更加对普希金大施攻击。

普希金写作得很少了,发表得则更少,因为他对自己的作品要求得更严。有许多作品被禁止。普希金一生的最后六年当中,出版了的仅有的大作品,就是《黑桃皇后》和《上尉的女儿》。

上流社会中的一般人士都不喜欢普希金,害怕他那绝不吝啬的讽刺诗句。因此他在上流社会中就结下了许多不共戴天的仇人。

* * *

一八三四年大斋前谢肉祭③的狂欢周时,纳塔利娅·尼古拉耶夫娜因为跳舞过度而得了病,健康恢复之后,就带着孩子们到卡卢加省自己的亲哥哥那儿去,一直住到秋天。

普希金一个人留在彼得堡,监督《普加乔夫起义史》的排印工作。突然间,他接到茹科夫斯基从皇村寄来的一封报急的信,说普希金有一封信落在沙皇手里,以致引起皇上的盛怒。原来这是莫斯科的邮局拆阅了普希金写给妻子的一封信,就把这封信转呈给"第三科"。普希金在这封信里说他不打算参加庆祝皇太子成年的典礼,并且对自己的宫廷近侍官衔表示非常轻视。但这件事终由茹科夫斯基调解了事。

普希金就开始打算辞职。他在一八三四年六月二十五日就向本肯多夫提出辞呈,可是这却引起沙皇的极大愤怒。沙皇把普希金请求辞职的事情告诉了茹科夫斯基,茹科夫斯基惊愕失措,他丝毫不知道普希金所写的这个辞呈,

---

① 别涅杰克托夫(1807—1873),诗人。
② 马尔林斯基(1797—1837),十二月党人别斯图热夫的笔名,曾编过《北极星》文艺丛刊。
③ 俄国东正教的重大节日,又是送冬节和迎春节。

就问沙皇能不能设法弥补一下。沙皇回答道:"为什么不能?我从来不想硬留什么人,我可以允许他退职。但从此之后,我们的关系就算完结了。或者,他还可以收回他的信。"

茹科夫斯基是个好的诗人和善良的人,很得好评。他在宫廷里面处于很高的地位——他是皇太子的老师,住在宫廷里,年俸四万。沙皇非常喜欢他,虽然常因为他给那些失宠的作家和朋友说情而皱眉头。茹科夫斯基于是就从皇村接二连三地写信责备普希金,说服他,要他收回了自己的请求。

为什么沙皇政府对普希金的态度是这样仇视和猜疑呢?从本质上讲起来,普希金是不能见容于沙皇专制政体的。专制政体善于珍视那些为它服务的文化力量。像苏马罗科夫①、杰尔查文、卡拉姆津、德米特里耶夫、茹科夫斯基,都热心为专制政体创造光辉灿烂的诗的荣誉,因此他们就得到政府的关切和尊敬,得到官衔、勋章和恩俸。那么为什么普希金在过去又会"承认了"专制政体呢?其实他们所需要的,并不是承认它,而是毫无批评、毫无保留、毫无后悔地狂热地爱它和颂扬它。普希金在他的《告俄罗斯的诽谤者》和《波罗金诺战役纪念》等颂歌中开始走上这条路,但他马上就调过头来,不再重蹈旧辙了。为什么尼古拉需要这个创造"单纯"的天才作品的"单纯"的天才诗人呢?普希金不能就专制政体的范,这并不是作为它的敌人,也不是作为革命家,而是因为他是一个超越了体制范围的巨大的文化现象。同样地,普希金也不能就宫廷上流社会的范——这并不是因为他是它的否定者,也不是作为革命家,而是因为一个具有高深文化修养和充满优秀素质的人,不善于成为宫廷的奴仆。沙皇看到了这一点,因此觉得普希金是个"不属于自己的外人"。

普希金在逝世的半年前写了《纪念碑》一诗,从他对于诗学所采取的态度和他对于自己诗学的功绩的评价来讲,这是一首惊人的、簇新的诗。从形式上讲,它是杰尔查文一首同名诗的模仿。杰尔查文在自己的《纪念碑》一诗里列举了他认为那些足以使他有权留给后人纪念的功绩。这位"菲丽察女神"②即指女皇叶卡捷琳娜二世的歌者所见到的功绩,就在于:

我第一个人敢于用有趣的俄文的音节

---

① 苏马罗科夫(1717—1777),俄国剧作家,写过一些悲剧、喜剧及歌剧。
② 古罗马神话中的幸福女神,拉丁文为"菲丽齐塔斯"。

> 来赞扬菲丽察女神的美德,
> 以衷心的坦白谈论上帝
> 而且含笑向沙皇们述说真理。

叶卡捷琳娜时代的大诗人,就是这样建立起他的荣光的。普希金则强调指出,他正和杰尔查文相反,而另样地建立起他本人的荣光。他骄傲的地方就在于通到他的纪念碑的那条路径上,因为来往的人多,踏得青草不再生长;并且这个纪念像还抬起不肯屈服的头,高耸在一切帝王的纪念碑之上。他为了什么在等待着人民的承认呢?他这样写道:

> 我所以永远能为人民敬爱,
> 是因为我曾用诗歌,唤起人们善良的感情,
> 在我这残酷的时代,我歌颂过自由,
>   并且还为那些倒下去了的人们,祈求过宽恕同情。

这几行诗引起了许多研究者的误会。而《纪念碑》一诗结尾的几句则引起了更大的误会:

> 哦,诗神缪斯,听从上帝的旨意吧,
> 既不要畏惧侮辱,也不要希求桂冠,
> 赞美和诽谤,都平心静气地容忍,
>   更无须去和愚妄的人空作争论。

假如我们在这首诗中所见到的,不仅是普希金为他以往诗歌活动作了一个总结,并且还为他转变到全新的诗歌立场上去作了一个坚决的声明,那么这首诗的结尾一段就更加容易理解、更为适当了。"唤起人们善良的感情","歌颂过自由","为那些倒下去了的人们,祈求过宽恕同情"——所有这一切,就是普希金在自己过去的活动中所日益开始重视的东西,也就是他为了将来的事业所看到的"上帝的旨意"。当他走上这条新的道路时,他准备了去受"愚妄的人"的嘲笑,去遭受"侮辱"和"诽谤",在这条道路上,他不需要"赞美",也不需要"桂冠"。

普希金现在想和别林斯基[①]接近,他背着自己的许多贵族朋友,把自己编

[①] 别林斯基(1811—1848),俄国著名文艺批评家,对普希金的作品有很高的评价,曾写过一厚卷《论普希金的著作》。

的《现代人》①杂志寄给别林斯基,并打算请他参加这个杂志的编辑工作。这时候普希金在自己的诗中,又开始响起那早已遗忘掉的音调。

* * *

普希金的经济情况是愈来愈糟了。在彼得堡居住,再加上宫廷生活和他的妻子在上流社会的阔绰社交所需的费用,已经完全不是他所能供应的了。普希金到处借债,甚至向他的朋友和不很熟识的人借钱。他欠书店、马车行、时装店,甚至杂货店和自己仆人的钱,债主们围困着他的住宅,讨债的信件更像雪片一样飞来。

一八三五年夏天,普希金又企图从彼得堡逃避开去。他写信给本肯多夫:

> 我觉得我非将这些浪费告一个结束不可,因为这些浪费只有加重我的债务,并且还为我的将来造成异常的不安和困难,就算不是造成穷困和绝望的话。在乡村居住三四年,我可能重新回到彼得堡,为再报皇恩而服务。

沙皇依然是拒绝了他的请求,只允许借给他三万卢布,并从他的薪俸中扣除。这笔钱仅够偿还那些最紧急的债务,普希金从此不再领取薪俸,而收入的唯一来源,就是依靠文学写作了。但他现在所陷入的那种永远焦虑和不快的情况,又不让他有可能写作。他写信给他的父亲道:"在彼得堡,除了受气之外,就什么都干不了。"

每逢秋季普希金都要到乡下去写作的,现在就是在乡村里他也不能写了。一八三五年他到米哈伊洛夫斯克村去过秋天,住了一个月之后他写信给妻子道:

> 这样一个毫无收获的秋天,是我有生以来从未见过的。写的东西都不成样子。为了有灵感,就必须有衷心的安静,而我却完全不能安静。

他又曾这样写给他的妻子:

> 我早就对那个令人羡慕的命运抱着幻想——

---

① 《现代人》是普希金于一八三六年创办的文艺月刊,普希金死后即由普列特尼奥夫接编。一八四七年由诗人涅克拉索夫接办,此后别林斯基、车尔尼雪夫斯基、杜布罗留波夫等批评家均曾参加编撰工作。

> 我这个疲倦的奴隶啊,早就打算逃避到
> 那能从事写作和享受纯洁的安乐的遥远的地方。

但是纳塔利娅·尼古拉耶夫娜对于他的这种"逃避"完全不表同情。她受不了乡村的生活,她一生中从没有一次跟普希金到米哈伊洛夫斯克村或是波罗金诺村去过。为了消夏,他们就在彼得堡附近的某一个漂亮的岛上租一所昂贵的别墅,因为在那儿可以和冬天一样过着喧闹而愉快的上流社会的生活。纳塔利娅·尼古拉耶夫娜在社会上的声誉,一天一天地高上去。现在已不是普希金的名声在替她增光,而是这位人人所激赏的绝世佳人在替他这位低微的九等文官和"作家"增光了。

* * *

一八三四年,有一位名叫乔治·丹特斯的年轻法国男爵来到彼得堡,他是法国波旁王朝的党羽之一。一八三〇年的法国七月革命推翻波旁王朝之后,他就不愿再留在法国了。在彼得堡,他借着各方的联络,得以直接在全国第一的近卫骑兵团中任军官之职。在上流社会当中,他也立刻就占了一个显著的地位。他身材高大,是个长着一对果敢瞩目的眼睛、自负不凡、活泼而又非常机警的美男子,因此到处受人欢迎。

普希金在丹特斯抵达彼得堡之后不久,就和他相识。丹特斯那种法国人的活泼、愉快和机智,是普希金最喜欢的地方。丹特斯常到普希金的家里去。他在普希金交游甚密的那些人家——卡拉姆津、维亚泽姆斯等家庭中,也受到亲热的接待。他们两个人时常见面。丹特斯就爱上了普希金的妻子,她也非常喜欢他。丹特斯善于讲话,使她觉得和他在一起的时候很愉快;同时他也正像她一样,对于普希金所从事的这些诗歌、文学、刊物和政治,是丝毫都不感兴趣的。他们两个人都被狂热的旋风所卷住,头脑也因为相恋而糊涂了。

丹特斯寸步不离地紧追着纳塔利娅·尼古拉耶夫娜,凡是她所到的地方都必有他的踪迹,在舞会上他也只和她一个人跳舞。这样,一八三六年夏天,在叶拉金岛上举行过一两次公开舞会之后,整个彼得堡上流社会都在谈论着丹特斯追求普希金妻子的事。普希金和纳塔利娅·尼古拉耶夫娜作了一番解释,并且拒绝了丹特斯登门。但是这两个恋人还是继续在熟朋友家里和上流社会的舞会上公开相见。

于是"乌龟"这个可怕的字眼,就像讨厌的秋蝇一样,愈来愈执拗地钉在普希金的头上。在一次舞会上,有一位名叫多尔戈鲁科夫公爵的无赖青年,还瞟着眼睛把丹特斯指给朋友们看,并且在普希金的头后面用手指做出乌龟的样子。

(十)决斗

悲剧正在迅速地酝酿成熟。

普希金向来信任自己的妻子,从不对她的贞节有所怀疑。但是社会上有人把"乌龟"这个角色恶意地加在他的身上,这就使他气得发疯。并且社会上所议论的,还不仅丹特斯一个人。沙皇尼古拉就一直不断地公开追求纳塔利娅·尼古拉耶夫娜。普希金曾经告诉他的朋友纳晓金,尼古拉像一个下级小军官在追求他的妻子,早晨有好几次故意地从她的窗前走过,到了夜晚在舞会上便问她为什么经常垂挂着窗帘。

一八三六年十一月四日早晨,普希金接到由本城邮局寄来的一封用法文写的改了笔迹的匿名诽谤信,内容是这样的:

> 最光荣的乌龟团各大骑士、司令官及武士,顷在大团长纳雷什金主席之下,举行全体会议,并一致通过,推举亚历山大·普希金为乌龟团副团长及会史编修。

同样的信也分寄到普希金的许多熟朋友家里去。信中提及的纳雷什金,就是多年来与沙皇亚历山大一世有着密切关系的美人玛丽亚·安东诺夫娜的丈夫。诽谤信中推举普希金为纳雷什金的副团长,完全明显地指出,普希金和沙皇尼古拉的关系正有如纳雷什金和沙皇亚历山大的关系一样。现在已经查明了,这封诽谤信是多尔戈鲁科夫公爵写的;但在他的背后却站着普希金在上流社会中的成群的敌人,显而易见,其中就有当时的教育部长乌瓦罗夫,他被普希金在《祝卢库卢斯①恢复健康》一诗中嘲笑过。但不知道为什么,普希金当时却怀疑到这封诽谤信,是荷兰公使赫克伦写的。赫克伦本是个淫荡之徒,是个恶毒的好搬弄是非的人。他非常钟爱丹特斯,并在半年之前将他收为义子,因此丹特斯就承袭了赫克伦男爵的称号。普希金认为向公使挑战不大方

---

① 卢库卢斯是公元前一世纪的军事将领和富人,普希金写那首诗是借古讽今的。

便,因此就向丹特斯下了挑战书。

老赫克伦非常害怕这场决斗,因为这对于他和他的义子的前程会有各种不好的后果。纳塔利娅·尼古拉耶夫娜的姐姐叶卡捷琳娜·冈察罗娃早就爱上了丹特斯。现在,为了要摆脱因为普希金的挑战所造成的这个困境,他们就扬言说,丹特斯所追求的并不是纳塔利娅·尼古拉耶夫娜,而是她的姐姐,并且准备和她结婚。于是普希金只好收回自己的挑战书。

一八三七年一月十日(俄历),丹特斯和叶卡捷琳娜·冈察罗娃结婚。这样一来丹特斯就成了普希金的亲戚。他就到普希金家里去作新婚后的拜访,但是普希金没有接见他,并且吩咐家里的人转告说不愿和他有任何关系。

可是他们在上流社会的舞会上和公共的朋友家里还是经常相遇。丹特斯更加执着地继续追求纳塔利娅·尼古拉耶夫娜,甚至差不多达到了无耻的地步。普希金的愤怒反而使他高兴,他还当着普希金的面特别热心地向纳塔利娅·尼古拉耶夫娜献殷勤。这就造成了一种印象,好像他想表示出他结婚并不是因为害怕决斗,假如普希金不喜欢他的行为,他随时随地都准备接受因此所造成的一切后果。

这时普希金气得差不多发狂。

一八三七年一月二十六日(俄历),普希金写了一封充满最可怕的侮辱语言的信给老赫克伦。在这封信之后,决斗是不可避免的了。普希金也正要求这样:他觉得除此之外,他再也找不到能摆脱这纷扰境遇的另一条出路。赫克伦和丹特斯协商之后,丹特斯就向普希金提出挑战书。普希金接到挑战书之后,心境就完全安静下来了。决斗指定在第二天举行。

普希金清晨很早就起了床。他还是像昨天一样愉快而平静,喝过了茶之后就坐下来写东西。这时候,丹特斯的决斗助手——达尔沙克①所写的信送来了。他请求普希金派自己的助手去和他磋商一切。但是普希金什么人都还没有找到。他就出门去找助手。在潘杰列伊蒙诺夫斯克大街上,普希金偶然地碰到一位同学,现任工兵中校的丹扎斯,就请他担任助手之职。丹扎斯一口答应了,就到达尔沙克那儿去,两个人拟定了决斗的条件。然后丹扎斯把书面的决斗条件带给普希金。普希金读也没有读,就完全表示同意,并托丹扎斯去买手枪。他自己就愉快地坐下来处理《现代人》杂志的编辑事务。随后又打

---

① 达尔沙克是法国大使馆的随员。

开伊希莫娃所写的《俄国历史童话》来读。

在预定的时刻之前,普希金和丹扎斯在涅夫斯基大街转角的沃尔夫糖果店里相会。他们坐上了雪橇,就向指定的地点——黑溪的卫戍司令官别墅出发。

他们和敌人正好同时到达。于是大家走进矮树丛,选择了一片空地。地面上盖满了白雪。两位助手和丹特斯就开始在雪地上踏出了一条宽大的道路,作为两位敌人对垒之地。普希金裹着熊皮大衣,坐在雪堆上,不耐烦地等待着。两位助手在道上用脚步量好距离,并把他们的大衣放在雪地上作为两道障碍物,然后就装上手枪的子弹。普希金不耐烦地问道:"呶,怎么样?弄好了没有?"

一切都准备好了。两个敌人被安置在恰当的地点上,并把手枪递给他们。丹扎斯挥了一挥帽子,作为信号。

普希金迅速地走到障碍物前,站定了之后就准备开枪。但这时丹特斯在还没有跑到障碍物之前一步的地方就开了枪。普希金应声倒在作为障碍物的大衣上。他面孔朝下一动也不动地伏卧着。两位助手和丹特斯马上跑到他的面前。普希金苏醒过来了,他抬起头来说道:"等一等。我觉得我还有足够的力量开枪。"

丹特斯回到自己的位置上去,侧身站着,并且用右手护在胸前。普希金爬起身来跪着,半斜着身子,就准备开枪。他瞄了好久,枪声响起来了。丹特斯倒地。普希金向空中抛出手枪叫道:"好呀!"接着又重新失掉知觉倒在雪地里。

可是丹特斯仅因为一阵有力的挫伤倒下来:子弹穿过他手上多肉的部分,一直碰到裤子的纽扣上;就是这颗纽扣救了他的命。

普希金在醒过来的时候就问达尔沙克:"我打死他了吗?"

"没有,你只是伤了他。"

"真奇怪,"普希金说道,"我想,我一定可以痛快地把他打死的,但我现在才知道并没有……反正都是一样。等我们恢复的时候再来。"

两位助手共同用力把普希金扶上雪橇。他们在卫戍司令官别墅跟前找到一辆马车,那是赫克伦打发来以备不时之需的。丹特斯和达尔沙克就向丹扎斯建议,将这辆马车供普希金用。丹扎斯接受了他们的建议。他没有告诉普希金是谁的马车,就把普希金扶进车,同他一起驶进城。

纳塔利娅·尼古拉耶夫娜和她的二姐亚历山德拉刚散步回来不久,正等普希金吃午饭。突然间丹扎斯不经通报就跑进来,并且竭力装出镇静的样子报告道:普希金刚和丹特斯决斗受了伤,但很轻微。

纳塔利娅·尼古拉耶夫娜就冲进门廊,这时普希金已由人抬进来了。她当时就昏厥过去。

他们把普希金安放在他书房里的一张长椅上。苏醒过来的纳塔利娅·尼古拉耶夫娜想走进来,但是普希金高声地叫道:"不准进来!"

他不愿意她看见他的伤,他换好衣服安卧着的时候,才叫她进来。

一个个的医生来给他诊视,他的朋友——茹科夫斯基、普列特尼奥夫、维亚泽姆斯基、亚历山大·屠格涅夫,也都来探视他的病况。

(十一) 临终

普希金痛苦得很,但他还时常问起他的妻子:"她这个可怜的人,无辜地忍受一切,可能还要遭到人家的议论。"

他又告诉她本人:"不要因为我的死而责备自己,这只是与我个人有关的事情。"

普希金请求外科御医阿伦德转呈沙皇,不要追究丹扎斯参加决斗的事。丹扎斯没有离开过他。他告诉普希金,他要向丹特斯挑战决斗,为普希金复仇。普希金皱起眉头道:"不要,不要!讲和,讲和。"

近几个月来不断在他心里沸腾着的恶念和愤怒,现在都消逝了:他变得安静、温良而平和。有几个朋友都有这样一种印象,就是普希金在寻求死,乐于死,作为摆脱他自己这种无出路的绝境的最好方法。

普希金的腹部里面留着骨头的碎片,内脏受伤很重。在这种情形之下,医治的第一要义——就是要使得病人的内脏完全休息,并用鸦片来制止它的运动。可是那位外科御医却根据不可解的理由,命令为病人灌肠。结果当然是非常可怕的。普希金的两只眼睛露出凶恶的光芒,就像它们要从眼眶里面跳出来似的,满脸都是冷汗,两只手也变得冰冷。虽然他竭力想抑制自己,但还是高声叫喊起来,大家都为之震骇。那个被吓坏了的当差就去告诉丹扎斯,说普希金吩咐他把写字台上的小抽斗拿给他,然后就退出去,而在这只抽斗里面正放着手枪。丹扎斯赶忙跑到普希金面前去,想夺他的手枪,而他已经把手枪藏到被单下面去了。普希金承认他想自杀,因为这种痛苦实在难受。

清晨时分,痛楚稍减,普希金又恢复原来的样子。他直到临死之前既没有呻吟一声,也没有号叫一声,表出自己的痛苦。

普希金住宅的门前挤满了人。熟识的和不熟识的都挤在门口,不断地探问:"普希金怎么样了?他好了一点儿吗?是不是还有希望?"

大群的人阻塞了普希金住宅前的那条街道,以致无法能挤到他的门前。但在这群人当中,却没有一个来自上流社会的人。

普希金每小时都在衰弱下去。死亡逐渐逼近了,他自己也清楚地知道这一点。朋友们都对他说:"我们都抱着希望,你也用不着灰心。"

普希金回答道:"不,这个世界上没有我活的地方。我一定会死的,显然,并且应该这样。"

一月二十九日(新历二月十日)近午,普希金要了一面镜子,照了一下,挥了一下手。脉搏低落下去,一会儿就完全消失。两只手也开始僵冷起来。突然间他又张开眼睛,要人家把用糖渍过的杨梅拿给他。当拿给他的时候,他又清楚地说道:"叫我的妻子来,让她喂我吃。"

纳塔利娅·尼古拉耶夫娜就两膝跪在普希金的枕边,把小调羹递到他的嘴边,又把自己的面孔挨近他的额角。他轻轻地抚着她的头说道:"咳,咳,没有什么,谢天谢地,一切都好!"

此后,普希金就开始堕入昏迷的状态了。医生兼作家的达利①时时刻刻都守在他的身边,普希金非常爱他。垂危的普希金好几次把手伸给他,握着手说道:"把我抬起来。我们一同去,更高,更高——咳,我们一同去!"

当他苏醒过来的时候他又说道:"我做了一个梦,就好像我跟你一起沿着这些书和书架爬上去,爬到高处去,因此我的头都发昏了。"

有几次他注视着达利,问道:"你是谁?你?"

"是我,你的朋友。"

"为什么我不能认识你。"

他不讲话了,闭上眼睛,又在寻找达利的手,拖着他的手说道:"咳,我们一同去,请,我们一同去!"

---

① 达利(1801—1872),作家兼语言学家,编有《俄国谚语辞典》(1861—1862)及《俄语大辞典》(1863—1866)。

普希金开始垂死挣扎。他要人家把他的身子翻到右边去。达利和丹扎斯仔细地抬着他的两腋,把枕头摆到他的背后面。突然间,他好像醒来的样子,迅速张开眼睛,面孔更加明亮起来,他说道:"完啦,生命!"

达利没有听清楚他的话就回答道:"是的,完啦。我们已经把你翻转过来。"

普希金又清楚地重复了一句:"生命完啦!"

他的呼吸愈来愈慢,只剩最后的一息。生命从此长逝。在场的朋友永世都不能忘记的,就是普希金死时面孔上所流露出来的那种伟大的幸福的安详。

(十二)葬礼

在莫伊卡河边上,就是普希金逝世的那所房子的门前,发生了一种在当时是完全异常的情况。所有那些想向普希金的遗体致敬的人,就像潮水涌涨一样不断地增加起来。据目击当时情况的人说,到普希金的灵前来吊唁的有三万至五万人之多。车辆从城市的各方面向莫伊卡驶过来。雇车的时候只要对车夫说一声"到普希金家去"就行了。

在普希金的灵柩旁,并没有上层显贵们的踪迹。挤向灵前的,都是些大学生、自由职业者、下层官员、商人和新兴的激进民主阶层而后来被称为"平民阶层"的"庶民"。在普希金的葬礼中,这个阶层最初出现于社会活动的舞台,并且觉得自己是一股社会力量。

普希金最后的几年,无论在社会方面、精神方面、文化方面、文学方面和家庭方面,都生活在一个可怕的孤独的圈子里。"一个人孤独地活着吧!"他对自己这样辛酸地说道。但他却没有觉察,就是在他遭受折磨以至于死的那个圈子之外,他有着成千上万的热情恳挚的朋友。

死使得所有的人感觉到普希金的伟大的、无法补偿的价值。他们高声地、坚决地、不用空话而用他们自己的一切行动表示出:"普希金是我们的!"

就在这时,莱蒙托夫这位差不多还不大知名的诗人所写的一首愤激的诗出现了。《诗人之死》——这是篇火一般的诗的宣言。它异常迅速地被传抄和流行着,所有的人都重复背诵着他的诗句:

> 你们,站在宝座周围的这贪婪的一群,
> 全是自由、天才与光荣的刽子手!

> 你们躲藏在法律的荫庇之下,
> 在你们面前,法庭和真理——都得静默闭口!
> 但是,你们这些荒淫的宠臣呀,有着上帝的法庭,
> 　有着威严的审判官,他正在等候,
> 　他不能用钱贿赂,
> 他预先见到了一切思想与行为。
> 那时你们的诽谤是枉然无用:
> 　它不能再帮助你们,
> 你们也不能用你们的污血,
> 　去把诗人的正义之血洗清!

社会愤慨的激发,也使得沙皇尼古拉吃惊和害怕。他起先对普希金的死是冷淡漠视的,并且还完全认可了丹特斯的行为。可是自下而上的这种压力,使得沙皇了解到,问题不只涉及一个低微的"作家",一个他的宫廷里的小官宫廷近侍,而是一个为全国广大民众所高高敬仰的人物。

尼古拉不得不改变了他对于这件事情的态度,假装着说他非常重视普希金的死,认为这是国家的一个莫大的损失。丹特斯被贬为士兵,因为他隶属外国国籍,就把他驱逐出境。至于赫克伦公使,由于沙皇的请求,也由荷兰政府将他从公使任上撤调回国。

另一方面,尼古拉又急忙地阻住一切足以表达社会激烈愤慨情绪的道路。严令各报对普希金的死"保持应有的温和与适切的态度"。有一家报纸因为上面写着"我们诗坛的太阳陨落了""他是死在他伟大行程的中途"等语而遭到处分。普希金住宅邻近的房子都安置了步哨,在他的住宅的大门口和里面,都有暗探来往徘徊着。

在移灵的前夜,一月三十日至三十一日(俄历)夜间,人群散去之后,普希金的住宅里只剩下他的几位近友;这时候宪兵团参谋部长杜别尔特将军带着宪兵前来。他们并不把灵柩移到第二天要举行奠礼的圣伊萨阿克大教堂去,而移到马厩教堂。在举行奠礼的这一天,教堂入口处都布满了警察,只允许那些被邀请参加的人进去。祭奠完毕之后,就把灵柩放到教堂的地下室里去了。

二月二日至三日(俄历)的夜间,有一部灵车和两辆马车开到教堂门口。一辆马车里面坐着宪兵长官,另一辆马车里面坐着普希金的朋友亚历山大·屠格涅夫,他是奉命把普希金的遗体护送到普斯科夫省距离米哈伊洛夫斯克

村不远的圣山镇修道院去安葬的。他们把棺柩装上灵车,就急速地驶出城去。普斯科夫省的省长预先接到皇上的命令——当棺柩经过时,"禁止一切特殊表示、一切迎接,总而言之,禁止一切仪式。"

这个特别的葬礼行列,日夜兼程地在雪地里飞驰前进;就好像罪犯们想急忙秘密地了结掉自己的勾当一样。

在一处驿站上,一位过路的教授夫人看见这些鬼鬼祟祟的宪兵在督促车夫赶快为一辆盖着藁草的车子换马,在这辆车子上就放着一个用草席裹着的棺材。她就问一位在旁边守望的人,这是怎么一回事。

"天晓得这是怎么一回事。听说,一个什么姓普希金的人被打死了,他们就把他包在藁草和席子里沿着驿站飞奔——愿上帝宽恕我,就像他是一条死狗一样。"

尼古拉统治的沙皇俄国就这样在二月六日(新历十八日)的黎明时埋葬了这一位最伟大的俄国诗人。

*　　*　　*

自从普希金逝世以来,已是一百多年了。杀害他的沙皇专制政体已经崩溃,而一些人劳苦和受难、另一些人不劳而获却过着荒淫无耻的生活的那种社会制度,也已经崩溃了。人民对于普希金的敬爱是与年俱增。他对于一切的人都是必要而又无限珍贵的。大家之所以需要他与珍爱他,就是因为他有写诗的天才,他的不屈不挠的反抗性,他对于真理的不知疲倦的追求,他用来灌注生活的那种欢乐与美丽,他的深刻的人性与文化,他的语言的无比的音乐性,他的文字的崇高的明朗性与朴素性。

普希金曾经幻想过的那条通到他纪念碑前的人民的路径,已经变成了宽阔坚实的康庄大道。他的著作被印成千百万册,并且立刻为群众所吸收,好像瀚海里的干沙在吸收水分一样。一切的人都知道他。他的作品被译成苏联境内许多在过去最为落后的民族的文字。普希金的预言实现了:

> 我的名声将传遍整个伟大的俄罗斯,
> 它现存的一切语言,都会讲着我的名字,
> 无论是骄傲的斯拉夫人的子孙,是芬兰人,
> 　甚至现在还是野蛮的通古斯人,和草原上的朋友卡尔梅克人。

三、戈宝权论普希金

1935年戈宝权在莫斯科

每当讲起俄罗斯文学,特别是讲起俄罗斯诗歌的时候,我们首先就会想起普希金的名字,因为他是伟大的俄罗斯诗人,是俄罗斯文学语言的创建者和近代俄罗斯文学的奠基人。

在俄罗斯文学史上,普希金享有极高的声誉和地位,他一向被尊称为"俄罗斯诗歌的太阳"。这正如俄国伟大的革命民主主义者兼文艺批评家别林斯基所说的:"只有从普希金起,才开始有了俄罗斯文学,因为在他的诗歌里跳动着俄罗斯生活的脉搏。"他还把普希金著名的诗体小说《叶甫盖尼·奥涅金》称为"俄罗斯生活的百科全书"。这也正如另一位俄国伟大的革命民主主义者兼政论家赫尔岑所说的,在沙皇尼古拉一世反动统治的"残酷的时代"里,"只有普希金的响亮的和辽阔的歌声,在奴役和苦难的山谷里震响着:这个歌声继承了过去的时代,用勇敢的声音充满了今天的日子,并且还把它的声音送向那遥远的未来"。普希金的同时代人和好朋友果戈理曾经这样讲过:"一提到普希金的名字,马上就会突然想起这是一位俄罗斯的民族诗人……他像一部辞典一样,包含着我们语言的全部宝藏、力量和灵活性。……在他的身上,俄罗斯的大自然、俄罗斯的灵魂、俄罗斯的语言、俄罗斯的性格,反映得那样纯洁、那样净美,就像在凸出的光学玻璃上反映出来的风景一样。"苏联伟大的无产阶级作家高尔基也曾多次讲起普希金,他说:"普希金的创作,是一条诗歌与散文①的辽阔和光辉夺目的洪流。普希金好像在寒冷而又阴沉的国度上空,燃起了一个新的太阳,而这个太阳的光线立即使得这个国度变得肥沃富饶起来。"他还说:"普希金是一个浪漫主义和现实主义相结合的奠基人;这种结合,至今还是俄罗斯文学的特色,它赋予俄罗斯文学以特有的色调和特有的面貌。"正因为这样,普希金的名字和他不朽的文艺创作,不仅在俄罗斯

---

① "散文"一词在俄语中指所有非诗歌的体裁。

的文学和文化史上形成了一整个的时代,同时它们也丰富了俄罗斯文学的宝库,并给予全世界各国的文学以深远的影响。

作为一位伟大的俄罗斯诗人,普希金的才华是多方面的。他一生中写了将近八百首抒情诗、十几篇叙事诗、一部长篇诗体小说《叶甫盖尼·奥涅金》和多篇诗剧。早当他在皇村学校读书时,就从事诗歌的写作,现在流传下来的最早的一首抒情诗是《给纳塔利娅》(1813)。一八一四年他的《致友人》一诗,发表在《欧罗巴导报》上。一八一五年皇村学校举行公开考试时,他当时朗诵了《皇村回忆》(1814)一诗,深得老诗人杰尔查文的赞赏,认为他"就是那将要接替杰尔查文的人"。普希金早期的抒情诗,多半以歌颂爱情、大自然和哀歌为内容,喜欢引用古典,带有模仿的性质。这时他既在吸收前人和当代诗歌的优良传统,同时又重视民间诗歌的语言,逐步打破陈规,为他自己的诗歌创作建立了基础。一八一七年至一八二〇年,他在彼得堡任职期间开始走上独创性的道路。他这时写的政治性的诗歌《自由颂》(1817)、《童话》(1818)和《致恰阿达耶夫》(1818)等诗,歌颂自由,反对农奴制度,抨击沙皇专制暴政。这些诗歌当时以手抄本形式流传,影响很大,他实际上已成为俄国解放运动在诗歌方面的代言人。一八二〇年至一八二四年,普希金因写作歌颂自由的诗歌被流放到俄国南方,这时他深受拜伦的影响,那也是他的浪漫主义诗歌全盛时期。一八二四年至一八二五年,他被囚禁在他父母的领地米哈伊洛夫斯克村,他写过不少优美的抒情诗,如关于他奶娘的《冬天的夜晚》(1825)和《致凯恩》("我记得那美妙的一瞬",1825),都是这时期的名作。从一八二五年起,用普希金的话来说,他走上了"现实的诗人"的道路,他的诗作中的现实主义成分有了进一步的发展。如在《酒神祭歌》(1825)、《先知》(1826)和《致诗人》(1830)等诗中,都写出了他对诗歌的观点。他认为诗人应该像先知一样,要"走遍陆地和海洋,用语言去把人们的心灵烧亮"。就在三十年代前后,他全心地同情十二月党人的革命运动以及他们被流放的遭遇,他用《致西伯利亚的囚徒》(1827)和《阿里翁》(1827)等诗寄托了他对十二月党人的怀念之情。一八三一年普希金结婚以后,被俘于宫廷,写的诗逐渐减少,而偏于写作散文作品和从事研究工作,但他在逝世前半年写成的《纪念碑》(1836)一诗,成为他一生诗歌创作的总结和遗嘱。他预言:"我的名声将传遍整个伟大的俄罗斯","我所以永远能为人民敬爱,是因为我曾用诗歌,唤起人们善良的感情,在我这残酷的时代,我歌颂过自由,并且还为那些倒下去了的人们,祈求过宽恕同情"。

普希金本人曾经说过——"我的无法收买的声音,是俄罗斯人民的回声",这可说是他对于自己的诗歌最好的评价。

海燕——译介高尔基

高尔基像(1931年,维克多·尼古拉耶维奇·杰尼 绘)及签名

一、高尔基诗歌

海燕之歌*

在苍茫的大海上,狂风卷集着乌云。在乌云和大海之间,海燕①像黑色的闪电,在高傲地飞翔。

一会儿翅膀碰着波浪,一会儿箭一般地直冲向乌云,它叫喊着——就在这鸟儿勇敢的叫喊声里,乌云听出了欢乐。

在这叫喊声里,充满着对暴风雨的渴望!在这叫喊声里,乌云听出了愤怒的力量、热情的火焰和胜利的信心。

海鸥②在暴风雨来临之前呻吟着,呻吟着,它们在大海上飞窜,想把自己对暴风雨的恐惧,掩藏到大海深处。

海鸭③也在呻吟着——它们这些海鸭啊,享受不了生活的战斗的欢乐:轰隆隆的雷声就把它们吓坏了。

蠢笨的企鹅④,胆怯地把肥胖的身体躲藏在悬崖底下……只有那高傲的海燕,勇敢地,自由自在地,在泛起白沫的大海上飞翔!

乌云越来越暗,越来越低,向海面直压下来,而波浪一边歌唱,一边冲向高空,去迎接那雷声。

雷声轰隆。波浪在愤怒的飞沫中呼叫,跟狂风争吼。看吧,狂风紧紧抱起一层层巨浪,恶狠狠地将它们甩到悬崖上,把这些大块的翡翠摔成尘雾和碎末。

海燕在叫喊着,飞翔着,像黑色的闪电,箭一般地穿过乌云,翅膀

---

* 《海燕之歌》作为独立作品最初发表于一九〇一年《生活》杂志四号。《海燕之歌》简称《海燕》,原是《春天的旋律》的结尾部分,因"漏审的疏忽"而被允许在当时发表。译自六十卷本《高尔基全集》第六卷。(戈宝权先生为纪念高尔基诞辰九十周年而译。——编者注)

① 暴风雨来临之前海燕就在海面上飞翔,因此俄文中"海燕",有"暴风雨的报信者"或"暴风雨来临前的预告者"的意思。

②③④ 海鸥、海鸭、企鹅是三种海鸟,这里分别象征资产阶级自由派、机会主义者和立宪民主党,他们在革命的暴风雨来临之前呻吟、恐惧、畏缩,被暴风雨吓坏了。

掠起波浪的飞沫。

　　看吧，它飞舞着，像个精灵——高傲的、黑色的暴风雨的精灵——它在大笑，它又在号叫……它笑那些乌云，它因为欢乐而号叫！

　　从雷声的震怒里，这个敏感的精灵，它早就听出了困乏，它深信，乌云遮不住太阳——是的，遮不住的！

　　狂风吼叫……雷声轰隆……

　　一堆堆乌云，像青色的火焰，在无底的大海上燃烧。大海抓住闪电的箭光，把它们熄灭在自己的深渊里。这些闪电的影子，活像一条条火蛇，在大海里蜿蜒游动，一晃就消失了。

　　"暴风雨！暴风雨就要来啦！"

　　这是勇敢的海燕，在怒吼的大海上，在闪电中间，高傲地飞翔；这是胜利的预言家在叫喊：

　　"让暴风雨来得更猛烈些吧！……"

一九〇一年三月

"请你们不要谩骂我的缪斯吧"*

请你们不要谩骂我的缪斯吧,
无论过去和现在我都不知道还有其他的诗神,
我不是为了过去在编写自己的歌曲,
我要向着未来高唱出赞美的歌声。

在我那简单朴素的歌曲里,
我歌唱对于光明的渴望,
但请你们用友爱的态度来对待这歌曲,
和对待我这位自学写作的诗人。

虽然我的歌曲里现在还响着
轻微的悲伤和深沉的忧郁的声音;
也许,孤独的心灵里发出的呻吟与絮语,
会能抚慰你们的心灵。

请你们不要冷淡无情和漠不关心地
来迎接我的诗神,
在这痛苦和不幸的生活里
我要向着未来高唱出赞美的歌声。

一八八〇年至一八九〇年

---

* 高尔基早年所写的诗歌作品很少被保留下来,这是偶然仅存的一首,但在他生前也未发表过,一九四〇年方由皮克萨诺夫初次印在他所写的《高尔基——诗人》一书中。

洛伊科·佐巴尔的歌*

嗨——嗨！胸膛里燃烧着火焰，
　　而草原啊是那样的辽阔宽广！
我的骏马像风一样飞快地奔跑，
　　而我的手臂啊是那样坚强！

嗨，嚆普①——嗨！我的伙伴！
　　我们再向前飞驰过去，你看怎样？！
草原笼罩在严峻的黑暗里，
　　而在那儿等待着我们的是黎明的曙光！

嗨——嗨！我们要飞过去迎接白天的朝阳。
　　一直升上高山之顶！
只要不让鬃毛碰到
　　那美人似的月亮！

嗨——嚆普！突然间白天来到这儿啦，
　　而我们还沉睡在梦乡。
哎，嗨！那时候我们两个人
　　要在羞耻的火焰中被烧伤！

　　　　　　　　　　　　　一八九二年

---

* 这首歌摘自高尔基的处女作《马卡尔·丘德拉》。歌词可能采自茨冈民谣。
① "嚆普"是鼓舞马跳跃时的欢呼声，意即"跳起来吧"。

"太阳上山又落山"*

太阳上山又落山,
我的牢狱永远是黑暗。
不分白天和黑夜,
哨兵都在守望着我的窗眼。

不管你怎样监视,
我总逃不出这牢监。
我虽然想望着自由——
但我不能把沉重的锁链摔烂!

一九〇二年

---

* 这是高尔基的剧本《底层》(又译作《夜店》)第二幕中的囚徒之歌。

"透过铁的窗栏"*

透过铁的窗栏

星星从天空里眺望着我们的窗眼……

唉！在俄罗斯,甚至连星星,

也要透过铁窗从天空里眺望着人间!

一九〇五年

---

* 高尔基在小说《牢狱》中写道:"在高高的黑暗的天空里,小小的和远得可怕的星星闪烁着光芒——透过窗子上面的污脏的玻璃,很难清楚地看见它们。"于是囚徒米沙就念出了这四句美妙而又俏皮的讽刺诗。

凯尔曼尼的诗*

有什么能比鲜花和星星的歌儿更美丽?
每一个人都会立刻说出:那是爱情的诗歌!
有什么能比五月里晴朗的正午的太阳更美丽?
恋爱的人就会说道:这就是我那心爱的姑娘!

啊,我知道——午夜的天空里的星星最美丽!
我知道——夏天里晴朗的正午的太阳最美丽!
我知道——我心爱的姑娘的眼睛比所有的鲜花更美丽!
我知道——她的微笑可爱得赛过了天上的太阳!

可是有一首比一切更美丽的歌儿还没有被人唱过,
那就是赞美世界上万物之源泉的歌儿,
那就是赞美世界的心、神秘的心的歌儿,
我们所有的人都把它叫作母亲!

一九一一年

---

* 凯尔曼尼是生活在十三世纪末、十四世纪初的波斯和塔吉克的诗人。高尔基在《意大利童话》第九篇童话中把凯尔曼尼写成一位乐天诗人,他说过:"没有太阳就不能开花,没有爱情就没有幸福,没有女人就没有爱情,没有母亲——既不能生出诗人,也不能生出英雄!"

"我们都是由亲爱的大地"*

我们都是由亲爱的大地
为了幸福而诞生到人间!
为了使它变得更加美丽,
太阳就把我们赐给了大地!
在这光辉的太阳的庙宇里,
我们是神,我们是祭司,
生命由我们创造出来,由我们创造出来!……

一九一三年

---

* 这几句诗选自高尔基的《俄罗斯浪游记》中的小说《妇女》。高尔基写道:"心灵呻吟着,无可忍耐地要想对什么人讲一些其中充满了为大家受委屈和对大地上的一切东西的热爱的话语——想讲一讲太阳的美丽,当它用自己的光线拥抱着大地,把亲爱的大地带着在蔚蓝的太空中旋转,加以煦育和爱抚的时候,想对人们讲几句能够使他们振奋的话语,于是自然而然地就编成了这些少年的诗句。"

二、高尔基小说

高尔基肖像(1901年,米哈伊尔·瓦西里耶维奇·涅斯捷罗夫 绘)

马卡尔·丘德拉*

从大海上吹过来一股潮湿的寒冷的风,把冲撞着海岸的波涛的拍击声和沿岸灌木丛的簌簌的响声混合而成的沉思般的旋律,散布在草原上。它的一阵阵的劲风,有时带来了一些卷曲的枯黄的落叶,把它们投进篝火,煽旺了火焰;包围着我们的秋夜的黑暗在颤抖着,并且像害怕似的向后退缩着,一瞬间在我们左边展开来的——是一望无际的草原,而在右边——则是无边无涯的大海和正对着我坐的老茨冈①马卡尔·丘德拉的身影——他在看守着距离我们有五十步光景远的他这群流浪者的营地的马匹。

他全没有注意到那寒风的浪涛,吹开了他的高加索的上衣,露出他毛茸茸的胸膛,并且无情地吹打着它;他用一种优美的强健的姿势在斜躺着,他的面孔正对着我,有条理地吸着他那支大烟斗,从嘴里和鼻孔里吐出浓密的烟圈,他一动也不动地把他那双眼睛,穿过我的头顶直凝视着草原的死寂的黑暗中的某个方向,他同我讲着话,既没有片刻的停息,也没有做任何一个动作,来防御寒风的锐利的打击。

"那么你就这样到我们这儿来了吗?这很好!雄鹰②啊,你为自己选择了一个很好的命运。就应该是这样:到处走走,见见世面,等到看够了的时候,就躺下来死掉——就这么一回事!"

---

* 本篇小说最初发表在一八九二年九月十二至十四日的《高加索报》,是高尔基的处女作。译自三十卷本《高尔基文集》第一卷。我国最早的译文都是根据英文翻译的。最先有沈泽民的译文《高原夜话》(原名《马加丘德拉高原故事之一》),发表在一九二一年《小说月报》第十二卷号外。此后有巴金的译文《马加尔周达》,刊载在上海马来亚书店出版的《草原故事》(1931)和文化生活出版社出版的《草原故事》(1935)中。一九三九年至一九四〇年我在重庆根据俄文把这篇小说译为中文。到了一九四二年,在孤岛上海由时代出版社出版的《时代杂志》第四十三期附刊《高尔基研究》第四期,刊载了林陵(即姜椿芳)根据俄文翻译的《马加尔·周达》,后收入同出版社出版的《高尔基早期作品集》(1947)。现在这里所发表的译文基本上是我的旧译,但经过重新校订,译文也作了润饰。

① 亦译吉卜赛。
② 在俄语中雄鹰是对男子汉的爱称。

"生活呢?其他的人呢?"当他带着怀疑的神情听完了我对于他的"就应该是这样"一句话的反驳时,他继续讲道:"哎嗨!这和你有什么关系?难道你自己本身——这不就是生活吗?其他的人呢?他们没有你也正在生活着,他们没有你还会继续生活下去。难道你以为有人需要你吗?你既不是面包,又不是手杖,什么人都不需要你。

"你说,去学习和去教人?而你能够学会使得人幸福的方法吗?不,你不能。你首先得等到头发白了,那时候你再说应该去教别人。你教什么呢?每一个人都知道他所要的是什么。那些聪明点的人,有什么就拿什么,那些蠢点儿的人呢——他们什么都没有拿到,而每个人自己都会学习的。

"你们的那些人啊,他们真是可笑。他们挤成一堆,并且还互相挤压着,而世界上有着这么多的土地。"他用手广阔地指着那草原,"他们老是在工作,为了什么?为了谁?谁也不知道。你看见一个人在耕地,你就会想着:这个人把他的精力随着一滴滴汗水都消耗在田地上,后来就躺进地里去,在那儿腐烂掉。什么东西也没有在上面留下来,他从他自己的田地里什么东西也没有看到就死掉了,这和他生下来的时候一样——真是一个傻瓜。

"那么,他生下来难道就是为了去挖田地,甚至连为自己准备的坟墓都来不及掘好就这样死掉了吗?他知道自由吗?他晓得草原的广阔吗?大海的浪涛的话语使他的心愉快过吗?他是一个奴隶,一生下来就是奴隶,他一辈子都是奴隶,就如此而已!他能把自己变成怎样的一个人呢?即使他稍为聪明一点儿,也不过是自己吊死而已。

"而我呢,你瞧,五十八年来我看见过多少事情,假如要把这一切都写在纸上,那么就是一千个像你那样的旅行袋也装不下。你说吧,什么地方我没有去过?你说不出来的。其实你也不知道我所到过的那些地方。应该这样生活:走啊,走啊——总是在走。不要久待在一个地方——那有什么意思?你瞧,白天和黑夜怎样围绕着地球奔跑着,彼此追逐着,那么你就要逃避开关于生活的思虑,为了不会讨厌它。你愈想着——你就会愈加讨厌生活,事实常是这样的。我也有过这样的情形。哎嗨!有过的,雄鹰啊。

"在加里西亚①我坐监牢。'为什么我要活在世上呢?'——由于寂寞的缘

---

① 历史上的地名,在喀尔巴阡山地区,即现今波兰东南部和乌克兰西部。

故,我曾经这样想过——在监牢里寂寞得很,雄鹰啊,哎,多么寂寞!而忧愁更紧抓着我的心,当我从窗口看着田野的时候,它紧抓我的心,像用钳子紧夹着它似的。谁能说出他为什么要活着呢?谁也说不出来,雄鹰啊!而且也用不着拿这个题目来问自己。生活下去,这就行了。你只管不慌不忙地走着,看看你周围的情形,这样忧愁就永不会抓住你了。我那时候几乎用腰带把自己吊死,真是这样的!

"嘿!有一次,我和一个人谈话。他是你们俄罗斯人当中的一个严肃的人。他说:'不应该像你自己所想的那样生活着,而应该按《圣经》中上帝所说的话那样生活着。服从上帝,他就会把你向他要求的东西全都给你。'而自己呢,穿了一身满是窟窿的破衣服。我就对他说,他应该为自己向上帝要一件新衣服。他发起脾气来,骂着我把我赶开了。可是在这之前他还说过,应该宽恕人和爱他们。假如我的话有伤他的好意,那么他应该宽恕我呀。这也是一位导师!他们教别人少吃一些,而他们自己一昼夜都要吃上十顿。"

他向篝火里吐了一口痰,就沉默不语了,重新把烟斗装满。风在哀怨地和静悄悄地呼啸着,马匹在黑暗里嘶叫着,从流浪者的营地里飘浮出一阵温柔而又热情的抒情歌曲来。这是马卡尔的女儿,美人侬卡在唱着。我知道她出自胸间的沉厚的音色,不管她在唱歌,还是说一声"你好",它总是带着有些奇怪的,充满着不满和严厉的声音在响着。在她那浅褐色的没有光泽的脸上,像一个女皇的傲慢的态度是已经消失了,而在她那双笼罩着暗影的深褐色的眼睛里,还闪耀着她的美丽的不可抗拒的自信和她于她自身以外的一切东西的蔑视。

马卡尔把烟斗递给了我。

"抽吧!这个姑娘唱得好吗?是吧!你想有这样的一个姑娘来爱你吗?不要吗?那好极啦!就应该是这样——别相信女孩子们,并且要离开她们远一些。亲一个姑娘的嘴,当然比抽我这支烟斗好得多,愉快得多,但你一亲吻了她的嘴,你的心里面的自由就死掉了。她用一种你看不见的什么东西把你缚在她的身旁,而要挣脱开——却是不可能,你就把你整个的魂灵都给了她!真的!谨防着女孩子们吧!她们经常撒谎的!她说:'在世界上我最爱你。'呶,要是你用针刺她一下,她就会扯碎你的心。我知道的!哎嗨,我知道的要有多多少少呀!雄鹰,你要我讲一段真实的往事给你听吗?但你要记住它,只要你记住——你一辈子都是一只自由的鸟儿。

"世界上曾经有过一个佐巴尔,是个年轻的茨冈人,他叫洛伊科·佐巴尔。全匈牙利,还有捷克,还有斯拉伏尼亚①,以及所有沿海的地方,大家都知道他,他是一个勇敢的小伙子!在那些地方,没有一个村庄没有五个十个居民不向上帝发过誓要杀死洛伊科,但他还是依旧活着。只要佐巴尔看上了一匹马,即使派一团兵士来看守这匹马——他总会把它骑跑掉的!哎嗨,难道他还怕谁吗?就是撒旦②带了他的全部人马到他面前来,他还不是这样;假如刀子没有刺在他的身上,那大概他会认真地狂骂起来,而对小鬼们的每个嘴脸踢上一脚——一定会是这样的!

"所有茨冈人的流浪群都知道他,或者是听过关于他的事情。他只爱马,其他的东西什么都不爱,但他爱得并不久——骑一阵子,就又把它卖掉了;至于钱呢?谁要,他就让谁拿去。他从没有一样珍贵的东西,假如你要他的心,他会从胸膛里把它挖出来交给你,只要这是对你有点好处的话。他就是这样的一个人,雄鹰啊!

"那时候,我们这群人正在布科维纳③一带流浪——这是十多年以前的事啦。有一次——是一个春天的夜晚——我们大家正坐着:我,那个曾经跟科苏特④一齐打过仗的士兵丹尼洛,老努尔,还有其他的几个人,丹尼洛的女儿拉达也正在那儿。

"你知道我的侬卡吗?她是个女中皇后!咴,要是拿她来和拉达相比是不行的,那就抬高了侬卡的声誉了!关于她,关于这个拉达,简直是没有什么话可以形容的。也许我们只能在提琴上奏出她的美丽,但也只有那熟悉这把提琴如熟悉自己的心灵一样的人才能奏得出来。

"她曾经烧干了多少青年人的心,噢嗬,好多个人呀!在摩拉瓦⑤,有一位年老的留着额发的大财主,一看见了她就呆若木鸡了。他骑在马上,瞧着她,周身像在发高烧似的抖起来。他很漂亮,打扮得像节日的魔鬼,短上衣是用金线绣的,腰间挂着一把佩剑,这把佩剑全部嵌满着珍贵的宝石,只要马蹄顿一下它就像电光在闪耀着,而他帽子上的蓝天鹅绒又像一块青天,这真是一位神

---

① 南斯拉夫历史上的一个地区,指德拉瓦河、多瑙河和萨瓦河之间的大部分地区。
② 据《圣经》传说,撒旦原为天使,后因堕落犯罪被贬到人间成为恶魔。
③ 指现在罗马尼亚东北部和乌克兰西部。
④ 科苏特(1802—1894),匈牙利人民争取民族独立解放战争(1848—1849)的首领之一。
⑤ 摩拉瓦在捷克斯洛伐克中部,有摩拉瓦河流过。

气的老王公呀！他瞧着，瞧着，就对拉达说道：'嗨！亲个嘴吧，我就会给你一袋子钱币，而她却把身子转到一边去，这样就完事了！'原谅我吧，假如我得罪了你，你也该亲切地看我一眼呀。'——这个老财主马上降低了自己的傲气，把一口袋钱扔在她的脚旁——那是满满一大袋呀，雄鹰啊！而她却好像满不在乎地用脚把它踢到污泥里去，这样就完了。

"'哎，你这个女孩子！'他哼了一声，就给马抽了一鞭——只看见尘土像乌云一样扬起来。

"但是第二天他又来啦。'谁是她的父亲？'他雷鸣似的叫声响彻了营地。丹尼洛走了出来。'把你的女儿卖给我吧，你要什么就拿什么！'而丹尼洛向他说道：'只有地主们才什么都卖，从他自己的猪一直到他自己的良心，而我曾经和科苏特一齐打过仗，我什么也不卖！'那位大财主狂吼起来，马上拿起他的佩剑，但不知道我们当中的哪一个人，把燃着的火绒塞到他的马的耳朵里去，于是马就把他带着跑掉了。我们也就收拾起帐篷，往前流浪。我们走了两天，一瞧——他又赶上来了！他说道：'喂，你们，在上帝和你们之前，我的良心是纯洁的，把那个女孩子给我做妻子吧：我所有的东西都可以和你们平分，我是很有钱的！'他周身在发烧，正像在风中的羽茅草一样，在马鞍上摇晃着。我们大家就考虑起来。

"'呶，女儿，你讲吧！'丹尼洛透过胡须这样说道。

"'要是一只雌鹰甘愿飞进乌鸦的窝，那它变成一个什么东西呢？'拉达反问我们道。

"丹尼洛笑了，我们大家都和他一同笑起来了。

"'说得好，女儿！听见了吗，王爷？事情毫无办法！你还是去找些母鸽子吧，它们倒是顺从得多。'于是我们又向前走。

"而这位王爷抓住他的帽子，往地上一掷，就打起马走了，他跑得那样快，连大地都震动起来。你看，拉达就是这样的一个女孩子，雄鹰啊！

"是的！这样有一天晚上，当我们坐着的时候，我们听到有一阵音乐声在草原上漂荡着。多么好听的音乐呀！由于这音乐的声音，我们血管里的血液都在沸腾起来了，并且召唤着我们到什么地方去。我们大家都感觉到，从这个音乐声里好像是渴望着某种什么东西，有了这种东西之后就用不着再活下去了，或者，即使要活下去，那就得做全世界的帝王，雄鹰啊！

"这时候,从黑暗里浮现出了一匹马,在马上坐着一个人,他拉着提琴在向我们走过来。他在篝火旁边站住了,停止拉琴,微笑地看着我们。

"'哎嗨,佐巴尔,原来这是你啊!'丹尼洛快活地向他叫道,'这就是他,洛伊科·佐巴尔。'

"他的胡须一直垂挂到肩头上,和卷发混缠在一起;那双眼睛像明亮的星星在燃烧着,而他的微笑呢,像是整个太阳,我的天哪!他和他的马,好像是用同一块钢铁铸造出来的。在篝火的光照之下,他全身像涂满鲜血似的在站立着,露出闪光的牙齿在微笑着,即使他先前没有向我讲过一句话,或者他简直没有注意到我也生活在这个世界上,我一定会像爱自己一样地爱他,否则我才该受到诅咒呢!

"你瞧,雄鹰啊,竟然有这样的人呢!他只要看你一眼,就抓住了你的心灵,你一点也不觉得这是耻辱,反而更觉得这对于你是骄傲。同这样的人在一起,你自己也会变得好起来的。朋友,这样的人是太少了!咳,即使是太少啦,这也就行了。如果在世界上好的人太多,那么大家就不会认为他是那样的好了。是这样的!那么你再听下去吧。

"拉达说道:'洛伊科,你拉得真好!谁为你做了这样一把响亮而又灵敏的提琴?'可是他笑道:'是我自己做的!我不是用木头做的,而是用一个我热爱过的年轻的姑娘的胸膛做的,琴弦也是我用她的心做成的。这把提琴的音还不怎样太好,但是我知道怎样运用手里的弓去拉它!'

"大家都知道,我们这位弟兄想一下子就把女孩子的眼睛给蒙蔽起来,免得它们会燃烧着他的心,而使得它们为他蒙上一层哀愁,洛伊科就是这样一个人。但是,他却看错了人。拉达把身子转到一边去,打了一个呵欠,说道:'大家还说佐巴尔聪明、伶俐,原来人们都是在撒谎!'说完就跑开了。

"'哎嗨,美人儿,你的口齿好厉害!'洛伊科的眼睛里闪着光,跳下了马,'弟兄们,你们好!我到你们这儿来啦!'

"'客人请!'丹尼洛回答他道。我们大家亲过吻,闲谈了一阵儿,就都躺下来睡了……我们都睡得很熟。但在早上,我们看见佐巴尔的头上扎着一块布。这是怎么回事呢?他说这是当他在睡梦中被马踢了一脚。

"哎,哎,哎!我们都懂了,谁是这匹马,我们大家都在透过胡须暗自微笑着,丹尼洛也微笑起来了。怎么,难道洛伊科配不上拉达吗?绝不是这么一回事!女孩子不管她长得多漂亮,她的心灵还是狭窄而又浅薄的。即使你在她的颈子上挂上一普特①黄金,还不是一样,她怎样都不能变得比她本来更好一点。算了吧!

"我们就在那个地方住了下来,那时候我们的事情都很好,佐巴尔也和我们在一起。这是一个好伙伴!他像老年人一样聪明,他通晓一切事情,并且懂得俄文和马扎尔文②。常有这样的情形,要是他讲起话来,你只想听他的话,可以一辈子不睡觉!当他拉提琴的时候,如果世界上还有什么人拉得这样好,那我宁可给雷打死!有时候当他把弓在琴弦上拉过的时候,你的心禁不住要颤抖起来,当他再拉一次——你的心就陶醉了,你听着,而他却在拉着和微笑着。当你听着他拉,你真想同时又想哭又想笑。这时候你听到好像谁在痛苦地呻吟着;向你求援,又像一把刀子在割着你的胸膛。这像是草原在向天空讲故事,讲的是一些悲伤的故事。这像是一个姑娘在送别年轻的情人时的悲泣!这像是一个可爱的年轻人在呼唤姑娘到草原上来。忽然间——嗨!那自由的生动的歌声正像一阵雷鸣,这时就是太阳,也会随歌声在天空里跳舞了!就是这么样的,雄鹰啊!

"你身上的每一根血管都懂得这支歌,你整个的人都变成了它的奴隶。假如这时候洛伊科高叫一声:'拿起刀子来,伙伴们!'——无论他指的是谁,我们大家都会拿起刀子来对准那个人。他能随便叫人做各种事,大家都爱他,深深地爱他,只有拉达一个人不瞧这个小伙子一眼;如果只是这样,那也就罢了,可是她还时常取笑他。她狠狠地刺伤佐巴尔的心,真是狠狠地呀!洛伊科把牙齿咬得发响,扭着胡须,他的那双眼睛比深渊还更阴沉地看着人,有时候在这双眼睛里闪着一阵光,使得你的心里充满了恐怖。夜里面,洛伊科走到草原远远的地方去,他的提琴一直鸣咽哭诉到天亮,为佐巴尔的自由唱着送葬的歌。而我们大家躺着、听着和想着:'这怎么办呢?'我们深知道,当两块石头互相在滚撞着的时候,站在他们之间是不可能的——一定是两败俱伤。事情正是这样的。

"有一次,我们大家围坐在一起,谈论各种事情。大家都觉得无聊。丹尼洛就请求洛伊科:'佐巴尔,唱支歌吧,给我们大家开一开心!'他向拉达看了一眼,这时候她正仰卧在离他不远的地方,凝视着天空,于是他就碰着琴弦。

---

① 1普特合36.38公斤。
② 即匈牙利文。

155

提琴就这样开始诉说了,就好像这真是一个少女的心。洛伊科唱道:

  嗨——嗨!胸膛里燃烧着火焰,
    而草原啊是那样的辽阔宽广!
  我的骏马像风一样飞快地奔跑,
    而我的手臂啊是那样坚强!

"拉达转过头来,把身子支起,用眼睛向这位歌者微笑了一下。他的面孔,就像朝霞一样红了起来。

  嗨,嗬普——嗨!我的伙伴!
    我们再向前飞驰过去,你看怎样?!
  草原笼罩在严峻的黑暗里,
    而在那儿等待着我们的是黎明的曙光!

  嗨——嗨!我们要飞过去迎接白天的朝阳。
    一直升上高山之顶!
  只要不让鬃毛碰到
    那美人似的月亮!

"他就这样唱着!如今已经没有人这样唱啦!而拉达却像过筛水似的慢慢地说道:'你别飞得这样高呀,洛伊科,你会跌下来的,把鼻子栽在水潭里,弄脏了胡须,你瞧着吧。'洛伊科像野兽一样地看着她,什么话也没有讲——这个年轻小伙子忍着气又唱下去:

  嗨——嗬普!突然间白天来到这儿啦,
    而我们还沉睡在梦乡。
  哎,嗨!那时候我们两个人
    要在羞耻的火焰中被烧伤!

"'这才是歌呀!'丹尼洛说道,'我一辈子都没有听过这样的歌!假如我撒谎,那就让撒旦把我拿了去做他的烟斗吧!'

"老努尔摸着胡子,耸着肩头,勇敢的佐巴尔的歌声都正合我们大家的心意!只有拉达不喜欢。

"'这正像某一次一只蚊子模仿老鹰的叫声,也是这样嗡嗡地唱着。'她说着,这就像给我们身上泼了一桶冰雪一样。

"'拉达,也许你想要吃一顿鞭子吧?'丹尼洛向她伸出手来。佐巴尔把帽子摔在地上,脸色发黑得像泥土一样,接着就说道:'停住,丹尼洛!一匹烈性子的马——应该套上一副钢铁的马勒才行!把你的女儿给我做妻子吧!'

"'现在话已经讲出口了!'丹尼洛微笑道,'假如你能够的话,你就把她娶走吧!'

"'好极啦!'洛伊科回了一声,就对拉达说道,'姑娘,请稍微听我说几句话,不要那么骄傲!我见过你们很多的姊妹们,哎嗨,很多个!可是从没有一个人像你这样打动了我的心。哎,拉达,你俘虏了我的心灵啦!但这又怎么办呢?要来的事,它终会来的,并且……世上也没有这样的马,你可以骑着它奔驰而逃开自己的心意的!……我以自己的真诚,在上帝的面前,在你的父亲和所有的人的面前,娶你做我的妻子。但你得留意,不要妨害我的自由——我是一个自由的人,我想怎么活着,就怎么活着!'他咬紧牙齿,两只眼睛闪闪发光,向她走过去。我们看见他向她伸出手,并且我们大家都以为拉达把马勒套在这匹草原上的骏马的嘴上了!突然间我们看见他两手一扬,扑腾一声后脑勺着地仰倒在地面上!……

"这是怎么一回怪事呢?就像一颗子弹打中了这个小伙子的心似的。原来这是拉达用一根小皮鞭缠住他的两脚,然后往自己身边一拖——于是洛伊科就这样跌倒了。

"这个女孩子又重新躺下去,动也不动地,一声不响地在微笑着。我们等着,看会发生什么事情,而洛伊科却坐在地上,用两只手紧抱着头,好像害怕它会爆裂似的。后来他悄悄地爬了起来,走进草原,对谁也不看一眼。努尔向我低声说道:'去瞧着他!'于是我就顺着草原,在夜色的黑暗中,跟在佐巴尔后面爬行着。就是这么一回事,雄鹰啊!"

马卡尔敲出了烟斗里面的烟灰,又重新把烟丝装满它。我把外套裹得更紧些,躺着,看着他的因为日晒风吹而弄黑了的苍老的面孔。他严峻而又严肃地摇着头,自言自语地喃喃了一些什么;灰色的胡须颤动着,风在吹拂着他头上的头发。他好像是一株被闪电烧焦了的老橡树,但他还是很健壮的、结实的和因为自己的力量而骄傲着。大海还是像先前一样在和海岸私语着,风还是把它的絮语声带过草原。侬卡已经不再唱了,而聚集在天上的乌云使得秋夜变得更加黑暗。

"洛伊科一步一步地走着,低着头,垂着两手,好像两根鞭子一样,他走到峡谷的小溪旁,坐在石头上叹息着。他那样叹息着,使得我的心也因为怜悯而充满了血,但我始终没有走近他的身边。用话语是帮助不了一个人的悲伤的——是不是?!就这样——就这样!他坐了一个钟头,两个钟头,三个钟头,丝毫不动地坐着。

"而我在不很远的地方躺着。夜是明亮的,月亮用它的银光洒满了整个草原,就是远处什么也都看得见。

"忽然间我看见:拉达从营地的帐篷里急速地走来。

"我变得高兴起来了!哎嘿,好极啦!——我这样想着,拉达真是个勇敢的姑娘!这时候她走近他,可是他并没有听见。她把手放在他的肩头上;洛伊科战栗了一下,放开双手,抬起头。一下子跳起来,就拔出刀子!呜嘿,我看见他把刀向这个姑娘刺过去,当我一边想向营地叫喊,一边想向他奔过去的时候,我突然听见:'放手!我会打穿你的脑袋的!'

"我看见:拉达的手里有一支手枪,他正向佐巴尔的额头瞄准着。这真是个魔鬼撒旦似的姑娘!我想,他们两个人现在是势均力敌,再下去不知要发生什么事?'

"'听着!'拉达把手枪插进腰带就向佐巴尔说道:'我不是来杀你的,而是来讲和的,把刀子丢下!'他就丢下了刀子,阴沉地看着她的眼睛。老弟啊,这真是怪事!两个人站着,像野兽一样地互相看着,而他们又是两个多么好的和多么勇敢的人。只有明亮的月亮和我看着他们——就这样罢了!"

"'听我说,洛伊科:我爱你!'拉达说道。他只耸了一耸肩头,就好像手和脚都被绑住似的。

"'我看见不少的年轻人,而你的心灵和面孔比他们都更勇敢更漂亮。他们当中的每个人只要我用眼睛向他瞟一下,就会剃掉自己的胡须;只要我想要的话,他们就会在我的面前跪下来。但这又有什么意思呢?他们本来就不够勇敢,而我会把他们都弄成没有男子骨气的人。在这个世界上勇敢的茨冈人剩下来的是太少啦,少得很,洛伊科。我从没有爱过谁,洛伊科,我是爱你的。但我更加爱自由!洛伊科,我比爱你还更爱自由。没有你我就活不下去,正像你没有我也活不下去一样。因此,我希望你无论是灵魂还是肉体都是我的,你听见了吗?'

"他微笑起来了。'我听见啦!听你讲话,我的心真是愉快!再讲下

去吧!'

"'还有就是,洛伊科:不管你怎样回避我,我会征服你的,你要成为我的人。这样就不要再白费时间啦,我的热吻和爱抚在前面等待着你呢……我要热烈地吻你,洛伊科!在我的亲吻之下,你将会忘记你的勇敢的生活……还有你的生动活泼的歌声;这些歌声使年轻的茨冈人愉快,但它们不会再响遍草原,你将要向我,向拉达唱恋爱的温柔的歌……别再白费时间啦,我说这话,意思就是说你明天要像服从你年长的英雄一样地服从我。你要当着全营地的人跪在我的脚前,而且要吻我的右手——那时候我才会成为你的妻子'。"

"这就是那个魔鬼似的姑娘所想要的!这种事情简直听都没有听说过;据老年人说,这只有古时的门内哥罗①人才有这样的事,而我们茨冈人是从来没有过的!雄鹰啊,不管你怎样想,还有比这更可笑的吗?就是你成年地想破头脑,你也想不出来呀!

"洛伊科跳到一边去,就像胸膛受了伤似的,向整个的草原狂叫着。拉达战栗了一下,但却不露声色。

"'就这样,明天再见,可是你明天要做我吩咐你的事。你听见了吗?洛伊科!'

"'我听见啦!我一定会做。'佐巴尔呻吟了一下,就把手向她伸过去。她并没有回过头来看他一眼,可是他却摇摇晃晃地,像一株被风刮断了的树一样跌倒在地上,又哭着又笑着。

"该死的拉达把这个年轻人折磨到了这个样子。我费了很大的劲才使得他清醒过来。

"哎嗨!是什么样的魔鬼要叫人们这样受苦呢?谁爱听着人的心因痛苦而碎裂时的呻吟声呢?你想想这件事吧!……'

"我回到营地里,把这件事告诉了所有年老的人。大家都考虑了一下,决定要等待着,看这件事会变成什么样子。事情就这样发生了,晚上当我们大家都聚集在篝火的周围时,洛伊科也来了。只一夜的工夫他就变得那样心神不定,并且消瘦得可怕,眼睛也陷了进去;他垂下两眼,没有抬起它们,就向我们说道:

"'事情是这样的,伙伴们:今天夜里我看了自己的心,那儿再也找不到地

---

① 即黑山国,位于巴尔干半岛中西部。

方能容我过去自由地生活了。那儿只有着拉达——这就是一切！这就是她，美人儿拉达，她像女王一样地微笑着！她爱她自己的自由更甚于爱我，而我爱她也更甚于爱我的自由，我已决定跪在拉达的脚前，正像她吩咐的那样，让大家看见她的美丽怎样征服了勇敢的洛伊科·佐巴尔，而在她以前，这个佐巴尔曾经是像鹰鸷玩弄小鸭一样地玩弄着女孩子们的。然后她就成为我的妻子，她要爱抚我和吻我，因此我不再想为你们唱歌了，我也不怜惜自己的自由！对吗，拉达？'他抬起眼睛，阴沉地向她看了一眼。她一句话也不讲，只是严肃地点了一点头，并且用手指着自己的脚。我们大家看着，什么都不懂。甚至想跑到什么地方去，只要不看见洛伊科·佐巴尔拜倒在这个姑娘的脚前，哪怕即使这个姑娘是拉达吧。这真是有些羞耻，惋惜而且又忧伤。'

"'哎！'拉达向佐巴尔叫道。

"'哎嗨，别忙，来得及的，够你厌烦……'他笑着。就好像是钢铁在发出响声一样，他在笑着。

"'伙伴们，所有的事就是这样的！还剩了什么呢？剩下来的，就是要试一下我的拉达的坚硬的心，是不是像她向我所表示出来的那样。我要来试一下，原谅我吧，弟兄们！'

"当我们还没有来得及猜出佐巴尔要做什么的时候，拉达已经躺在地上了，佐巴尔的那柄弯刀竖插在她的胸膛上，一直到刀柄，我们大家都惊呆住了。

"而拉达抽出刀子，把它丢到一边去，用自己的乌黑的丝发堵住伤口，微笑着，大声地和清楚地说道：

"'永别了，洛伊科！我知道你会这样做的！……'接着她就死啦……

"你懂得这个姑娘了吧，雄鹰？！这是怎样的一个姑娘，就让我永远被诅咒吧，这的确是一个魔鬼似的女儿！

"'哎，我现在跪倒在你的脚前，骄傲的女王！'洛伊科声震全草原似的叫道，同时也倒在地上，用嘴贴着死了的拉达的脚，昏厥过去了。

"对这样的事情你能说什么呢？雄鹰啊！对的。努尔说道：'应该把他绑起！……'但大家都不愿举起手来绑洛伊科·佐巴尔，谁都没有举起手来，而努尔也知道这一点。他挥了一下手，就走到一边去了。而丹尼洛把拉达扔在旁边的刀子捡起来，向它看了很久，抖动着灰白的胡须，刀子上拉达的血还没有凝结起来，而刀子又是那样弯、那样尖。接着丹尼洛就走到佐巴尔身边，把刀子向他的背上刺进去，正好对着他的心。这位老兵丹尼洛，毕竟是拉达的父亲呀！

"'做得对!'洛伊科转向丹尼洛这样清楚地说道,接着他就也追随拉达去了。

"可是我们还是看着。拉达躺在地上,手中握着一绺丝发紧压在胸口,她的两只张开的眼睛凝望着蔚蓝的天空,而在她的脚旁躺着的,就是勇敢的洛伊科·佐巴尔。卷发盖在他的脸上,他的面孔完全看不见了。

"我们大家站着,想着。老丹尼洛的胡须在抖动着,浓眉也紧皱起来。他一声不响地看着苍空,而头发白得像亚麻的努尔,俯伏在地上,哭泣着,他的年老的双肩也在抽搐着。

"这是值得一哭的,雄鹰啊!

"……你走吧,唉,你要走自己的路,不要弯到一边去。你要一直走。也许,你不会白白死掉的。这件事就是这样的,雄鹰啊!"

马卡尔静默不语了,把烟斗塞进烟袋,再把高加索的上衣盖住胸口。雨一滴一滴地在漂着,风刮得更强烈了,大海震耳欲聋地愤怒地狂啸着。马一匹跟着一匹地向着快要熄灭的篝火跑过来,用着大而聪明的眼睛看着我们,动也不动地站着,像一个紧密的圈子把我们围绕起来。

"嗬普,嗬普,哎嗨!"马卡尔向他们亲切地叫道,用手掌摸着他最心爱的黑马的颈子,并且转过头来向我说道:"是该睡的时候啦!"接着他把头裹在高加索的上衣里面,使劲地在地面上伸直身子,就一声不响地睡着了。

我不想睡。我看着草原的黑暗,好像拉达的有如女王一样美丽而又骄傲的影子在我眼前的空中飘浮着,她把一绺黑色的丝发,紧压在胸前的伤口上,而鲜血穿过她浅褐色的纤细的手指,像火红的星花一滴一滴地滴到地面上。

而在她后面紧跟着她的脚边的,是勇敢的年轻人洛伊科·佐巴尔;一卷卷的浓密的卷发挂在他的面孔上,而从它们下面,滚流着不断的寒冷和大颗的泪珠……

雨下得更厉害啦,大海在为这一对骄傲的美丽的茨冈人——洛伊科·佐巴尔和老兵丹尼洛的女儿拉达在唱着阴沉而又庄严的赞歌。

而他们两个人在夜色的黑暗中轻快地和无声地飞翔着,但是美男子洛伊科怎样都赶不上那骄傲的拉达。

伊泽吉尔老太婆*

这些故事我是在比萨拉比亚阿克曼城①附近的海边上听到的。

有一天夜晚,当把白天采葡萄的工作做完了的时候,那一群我和他们在一块儿工作的摩尔达维亚人都到海边去了,而我和伊泽吉尔老太婆却留在葡萄藤的浓荫底下,躺在地面上,大家静默不语,望着那些到海边去的人们的背影,

---

* 译自六十卷本《高尔基全集》第一卷。抗日战争期间翻译高尔基的短篇小说《伊泽吉尔老太婆》时,我曾写了一篇后记,因其仍有参考价值,现抄录如下:"《伊泽吉尔老太婆》是高尔基早期的作品之一,同时也是一个最美丽的短篇,可与他的处女作《马卡尔·丘德拉》前后媲美。这篇小说最初发表在一八九五年四月十六日、二十三日和二十七日的《萨马拉报》上,但他写这篇小说的时期更早一些,大概是在一八九四年秋天。柯罗连科在一八九四年十月四日写给《俄罗斯新闻报》编辑萨布拉的信中说:'三天前我把彼什科夫(笔名马克西姆·高尔基)的手稿寄给编辑部,题名是《伊泽吉尔老太婆》。'当即指此而言。关于这篇小说的意义和价值,我们可以从苏联文学批评家吉尔波丁的评语中看出来:'在高尔基的作品里面,我们可以找到对资产阶级的尼采式的个人主义的直接反驳,像《伊泽吉尔老太婆》中的第一篇故事,是篇痛惩尼采式的超人和非难为满足自己而滥用自由和权力的非人道的小说。一个女人和鹰所生的儿子拉那,像'超人'一样地生活着。'于是他就开始像鸟儿一样自由自在地生活着。他跑到部落里去,抢走牲畜和姑娘,抢走他所想要的一切东西。大家用箭射他,但是箭穿不透他的身体……他敏捷,好掠夺,强健而又残暴,他从不和人们面对面地相见。'然而拉那感觉到他自己的孤独的烦闷。他的高傲而孤寂的自由,没有被其他人的亲近所温暖着,反而变成了他的痛苦。他渴望着死,但他不能够死,他的惩罚就在他自己的身上。他是长生不死的。'他既没有生命,死亡就也不再向他微笑了。他在人当中是没有位置的……这就是一个人为了傲慢所遭到的重击!'与其说高尔基是同情拉那,不如说他是同情丹科,这是《伊泽吉尔老太婆》故事中的另一个英雄人物。丹科是个浪漫主义的人物,作者将这个人物和那些生存在不可测的泥沼及森林的黑暗里的大多数无能为力的人的悲剧生活对照着。但是这个骄傲而又爱自由的丹科,除了他自己的唯我主义的骄傲之外,他还有其他的忧虑。他爱人们,而刺激着他的问题就是:'我要为人们做些什么事呢?'他带领他的弟兄们,离开那个潮湿而又黑暗的森林,走向有太阳和自由的地方去。但是当他所带领的那些人,在黑暗中迷失了路而开始低声埋怨起来的时候,他便把他那颗炽燃的心从胸膛里挖出来,把它高高举起,好像一把引路的火炬,他用自己的死来做代价,带领他的弟兄们走向光明的地方去。关于丹科的浪漫主义的传说,是具有政治的意义的。这篇作品发表在《鹰之歌》以前。它具有紧迫性和积极性,因为它号召斗争,号召英雄的事业,它创造了那种奋发的行动性的勇气,那种为公共事业、为受难和受折磨的人们而牺牲自我的决心;没有这种勇气和决心,是永不会有革命的高潮的。"

在我这篇译文中有关丹科的故事,曾单独发表在《新华日报》(1944年6月18日)上,题名为《英雄丹科的传说(伊泽吉尔老太婆所讲的故事)》。

① 一八九一年高尔基曾在这一带流浪。

怎样消失在深蓝的夜色之中。

他们一边走着,一边唱着和笑着;男人们的皮肤都是古铜色的,他们留着漂亮的黑胡须和一直垂挂到双肩的浓密的鬈发,穿着短短的上衣和宽大的灯笼裤;女人们和姑娘们——都是愉快的,灵活的,长着深蓝色的眼睛,皮肤也是晒成古铜色的。她们乌黑的丝发松散着,和暖的微风吹拂着它们,弄响了那些系在丝发上的小铜钱。风像广阔而又平匀的波浪在流动着,但有时候它又好像跳越过了某种看不见的东西,激起一阵强有力的狂风,把女人们的头发吹拂成一些奇形怪状的鬈毛,高耸在她们头顶的四周围。这样一来,就使得那些女人变得更加奇特和像神话故事中的仙女一样。她们离开我们越来越远,而黑夜和幻想又把她们打扮得更加美丽漂亮。

有谁在拉着提琴……一个姑娘用柔和的女低音唱着歌,还可以听见笑声……

空气里浸透着大海的强烈的气息,还有在黄昏不久以前被大量的雨水润湿了的土地所蒸发出来的那种浓郁的泥土香味。在天空里,这时候还飘浮着许多美丽的云片,是各种奇形怪状的并带颜色的:在这儿,是些柔软的像几簇烟似的青灰和淡灰及天蓝色的云片;在那儿,是些尖锐的像山岩的碎片一样的阴黑色和褐色的云片。在这些云缝中间,一小片一小片深蓝色的天空,点缀着一颗颗的金色的星星,在可爱地闪耀着。所有这一切——歌声啊和香味啊,云片啊和人们啊——都是异常美丽而又凄然,就好像是一个奇妙的故事的开头。而这一切东西又好像在它们的成长当中停止了和死亡了;喧嚣的声音消逝了,遥远了,继而又变成为无数凄凉的叹息。

"你怎么不和他们一同去呢?"伊泽吉尔老太婆点了一下头,这样问道。

年纪使得她的腰弯成两节了,她深黑色的眼睛,现在已是暗淡无光和充满着眼泪。她的干燥的嗓声响得很奇特,它发出咯吱咯吱的声音,就好像这个老太婆是用骨头在讲话似的。

"不想去。"我回答她。

"唔!……你们俄罗斯人一生下来就成了老头儿。所有的人都阴森得像魔鬼一样。……我们的姑娘们都害怕你……要晓得,你还正年轻力壮呢?……"

月亮升起来了。月轮很大,是血红色的,它好像是从这片草原的深处钻出来的,这片草原当年曾经吞食了许多人的肉和喝了许多人的血,大概正因为这个,它才变得这样肥沃和富饶。葡萄叶的花边似的影子落在我们身上,我和老太婆就被它们像网子一样地笼罩着,在我们左边的草原上,飘动着一些被月色的青光所照透了的云影,它们变得更加透明和更加明亮了。

"瞧,拉那在那儿走着!"

我向老太婆用她长着弯曲的手指的战栗的手所指的地方望过去,看见在那儿飘动着一些影子,它们多得很,其中有一个比别的更暗和更浓的影子,比它的姊妹们也飘浮得更快和更低——它是从一块比其他的云飘浮得更接近地面,也比它们飘浮得更快的云片里投射下来的。

"那儿什么人也没有!"我说道。

"你比我这个老太婆还更瞎。瞧,在那儿,就是沿着草原在奔跑的那个暗黑的影子!"

我再看了一次,除了影子之外还是什么都看不见。

"这是影子啊!你为什么叫它是拉那呢?"

"因为这就是他!他现在已经变成了影子,——这正是时候啦!他活了几千年,太阳晒干了他的身体、血液和骨头,而风就把它们吹散。这就是上帝惩罚那些傲慢的人的办法!"

"讲给我听吧,这究竟是怎么一回事?"我要求这个老太婆,觉得在我的前面就有一个在草原上所编成的最美丽的故事。

于是,她就把这个故事讲给我听。

(一)

"自从这件事发生的那个时候起,它已经过去好几千年了。远在大海的彼岸,就是在太阳上升的地方,有一个大河的国家,据说在这个国家里,每一片树叶和每一根草茎都投射出人们需要多少就有多少的阴影,足够人在阴影里躲避太阳光,因为那儿酷热得可怕。

"这个国家的土地是多么富饶呀!

"在那儿住着一族强悍的人,他们放牧着牲畜,并用狩猎来消磨他们的精力和表现他们的勇敢,在狩猎之后他们就设宴庆贺、唱歌,同姑娘们嬉戏。

"有一次,在庆宴当中,一只从天空飞下来的老鹰,攫走了其中一个黑头发的温柔得像黑夜一样的姑娘。男人们向这只老鹰射过去的许多支可怜的箭,都落到了地上来。这时候他们就派人去寻找这个姑娘,却始终没有能找到她。后来大家就正像忘掉世界上一切的事情一样,也把她忘记了。"

老太婆叹了一口气就静默不语了。她的咯吱咯吱发响的嗓音,就好像是所有那些被遗忘了的年代在诉苦悲泣,而这些年代是以化成回忆的影子在她的心胸中体现出来的。海静悄悄地重复着这个古老传说的开头部分,也许,这些传说就是在它的海岸边创造出来的。

"但是过了二十年,她自己跑回来了,她已是一个受尽折磨和憔悴了的女人,身边还带着一个青年,美丽和强壮得像她本人在二十年前一样。当大家问她这许多年来她在什么地方,她就告诉他们:老鹰把她带到山里面去,像和妻子一样地同她住在那儿。这是它的儿子,可是父亲已经不在了;当它衰老了的时候,它最后一次高高飞上天空,从那儿收敛起翅膀,沉重地跌到尖锐的山岩上,摔成碎片……

"大家都带着惊奇的眼光,看着这个老鹰的儿子,看来他并没有什么比他们更优越的地方,只是他的那双眼睛,冷酷而又傲慢,正像鸟中之王的眼睛一样。当大家和他讲话的时候;他高兴回答,他就回答,否则就静默不语;当族中的长老们跑来,他和他们讲话就像他们都是平辈一样。这件事侮辱了长老们,他们称他是一支未磨尖箭头的没有装上羽毛的箭;大家就告诉他,有几千个像他那样的人和甚至年纪比他还要大两三倍的人,都是尊敬他们、服从他们的。而他却大胆地看着他们,回答说世界上是再没有像他一样的人;假如所有的人都尊敬他们,那么他也不愿意这样做。哦!……那时候他们差不多全都生气了。他们发着怒说道:

"'在我们当中没有他生活的地方!他高兴到什么地方去,就让他到什么地方去吧。'

"他大笑着,就走向他想去的地方,他走向一个正聚精会神看着他的美丽的姑娘;他向这个姑娘走过去,当走近的时候就一把把她抱住。她是刚才训斥过他的一位长老的女儿。虽然他很美丽,她还是推开了他,因为她害怕自己的父亲。她把他推开就走到一边去,可是他却去追打她,当她跌倒的时候,他就用脚站在她的胸口上,于是鲜血就从她嘴里冒出来,喷向天空,这个姑娘叹息了一声,就像蛇一样蜷曲起来死掉了。

"所有亲眼看见这件事的人都被恐怖所震骇了——在他们眼前这样杀死一个女人,这还是第一次。大家沉默了很久,看着这个大张着眼睛和口流鲜血地躺在地上的姑娘,同时大家也看着他,他是一个人孤独地站在她的身旁,准备对付所有的人。他是那样傲慢,他并没有低下头来,好像在等待因为她而引起的惩罚一样。后来,当大家都定下心来,马上就把他捉住,绑起来放在一旁,大家觉得立刻把他杀死——这未免是太简便了,并且这也不能满足他们的。"

黑夜扩展着和更加深了,充满了各种奇异的轻微的声音。在草原上,金花鼠凄凉地叫着,在葡萄树的叶丛中,蟋蟀在弹着玻璃似的琴弦,树叶子叹息着和私语着;丰满的月轮本来是血红色的,现在变得苍白失色远离开地面了,苍白的光辉愈来愈多地流进了草原的淡青色的黯霭……

"这时候他们都聚集过来,在考虑这种罪行应得的惩罚……大家主张用四马分尸的办法——他们觉得这还是太轻了;他们又想一起用箭来射死他,但是这个办法也被推翻了;他们又建议把他烧死,但是篝火的烟会使得大家看不见他的受难;他们提出了很多的办法,但是始终找不出一个能使大家都满意的办法。而他的母亲就跪在他们前面,沉默不语,因为无论是眼泪,无论是话语,都求不到饶恕。他们讨论了很久,其中一个聪明人想了很久之后才说道:'我们问问他看,他为什么要这样做?'

"大家就问了他。他说道:'放开我,绑着的时候我是不说的!'

"当大家放开他的时候,他问道:'你们要什么?'他这样问着,就好像他们都是奴隶似的……

"'你已经听见了……'聪明人说道。

"'为什么我要向你们解释我的行为呢?'

"'为了让我们了解。你这个傲慢的人,听着吧!不管怎样你终归要死的……让我们了解你做的事。我们还要活下去,我们要知道更多的对我们有益的事……'

"'好吧,我说,虽然我自己也不十分清楚刚才所发生的事。我杀死她,我觉得是因为她推开了我……而我是需要她的……'

"'可是她不是你的呀?'大家问他。

"'难道你们只使用你们自己的东西吗?我想每个人所拥有的只是语言、两手和两脚……而事实上却拥有牲畜、女人、土地……和其他很多很多的东西……'

"大家就告诉他这一点,凡是人所有的东西,都是付出了代价而得来的;这就是他的智慧和力量,有时候还是拿生命换来的,而他回答道,他想保全他自己的完整。

"大家和他谈了很久,最后看出他认为他自己是世界上的第一个人,除了他自己之外,别的什么都没有看见过。当大家了解到他命定了要过孤独的生活时,大家甚至都害怕起来了。他身边从没有过同族人,也没有母亲、牲畜、妻子,他什么都不想要。

"当大家看出这一点时,他们又重新考虑如何来惩罚他。但是这一次他们没有谈得很久——那个聪明人并没有妨碍他们讨论,自言自语地道:'停住! 有了惩罚啦。这是一个可怕的惩罚;你们就是想上一千年也不会想出来的! 对于他的惩罚,就在他自己身上,放了他,让他去自由吧! 这就是对他的惩罚!'

"这时候马上就发生了一个伟大的奇迹。天空里响了一声霹雳,虽然天上并没有一片乌云。这是上天的力量,承认了聪明人的话。大家都弯身行礼,随后就分散开。而这个青年,现在得到一个名字,叫作拉那,意思就是说:他是个被排斥和放逐了的人;这个青年向那些丢下他的人放声大笑起来,他笑着,现在剩下他一个人了,自由得像他的父亲一样。但他的父亲并不是一个人……而他却是一个人啊。于是他就开始像鸟儿一样自由自在地生活着。他跑到部落里去,抢走牲畜和姑娘,——抢走他所想要的一切东西。大家用箭射他,但是箭穿不透他的身体,好像他的身上披了一层看不见的超等的皮膜。他敏捷,好掠夺,强健而又残暴,他从不和人们面对面地相见。大家只能远远地看着他。他长久地、孤独地在人们的周围盘旋着,长久得不止一二十年。但是忽然有一次他走近人群,当大家向他冲过来的时候,他却站着不动,并且丝毫没有想自卫的表示。这时有一个人猜中了他的心意,就高声地叫道:

"'别动他! 他想死啦!'

"于是大家都站住了,既不想减轻这个曾经对他们作过恶事的人的罪过,也不想杀死他。大家站着和对他嘲笑着。而他听到这个笑声时就战栗起来,他总是用力在胸口搜索着什么东西,并且用手紧抓住它。突然间他举起一块石头,向人们冲过去。可是他们都躲避开他的打击,没有一个人还他的手,当他精疲力竭带着苦痛的叫声跌倒在地面上的时候,他们就跑到一边去观察他的情形。这时候他站起来,拾起刚才和他相打的某个人手中掉下来的刀子,用它刺向自己胸膛。但是刀断了,就好像是碰在石头上一样。他又重新跌倒在地上,用头向大地猛撞了很久。但是大地也避开他,因为他的头的撞击而深陷下去。

"'他不能死啊!'人们高兴地说道。

"后来大家走了,把他留下来。他脸朝着天躺着,看在天空有一群巨鹰像黑点似的在高高地浮动着。在他的眼睛里有着那样无限多的忧愁,足以用它来毒害死全世界所有的人。这样,从那时候起,他就一个人孤独地、自由自在地在等待着死亡。现在他在走着,在到处走着……瞧,他已经变成了一个影子,而且会永远是这样!他既不了解人类的语言,也不了解人类的行动——什么都不了解。他总是在寻找着,走着,走着……他既没有生命,死亡就也不再向他微笑了。他在人当中是没有位置的……这就是一个人为了傲慢所遭到的重击!"

老太婆叹了一口气,静默不语了,她的头低垂到胸口,奇怪地摇晃了好几次。

我看着她。我觉得睡梦把这个老太婆征服了。并且也不知道为了什么,异常地怜悯起她来。她是用这样一种高昂的、威风凛凛的音调来讲完她的故事的结尾,可是在这种音调里,依然响着一种胆怯的奴性的调子。

人们在海岸边唱着歌,唱得很奇怪。最初是一个女低音,只唱了两三个音符,接着就传出了另一个声音,又开始再唱这支歌,但是第一个声音还是在它的前面流响着……——第三个,第四个,第五个声音,也顺着同样的顺序加入了歌声。突然间,男声的合唱又重新开始唱起这支歌。

每一个女人的声音,都是完全各自响着,它们都像五颜六色的溪流,从高处的什么地方滚流下山坡,跳跃着,喧响着,流进了那个向上涌流着的男声的浓密的波涛,又沉溺到它里面去,然后从里面迸裂出来,掩盖了它,继而许多清晰而强有力的声音,又一个接着一个地向上高扬起来。

在这些声音之外,再也听不见波涛的喧嚣了……

(二)

"你听过吗,还有什么地方是这样唱的?"伊泽吉尔问道。她抬起头来,用没有牙齿的嘴微笑着。

"没有听过,从来没有听过……"

"你没有听见过。我们是爱唱的。只有美丽的人能唱得好——美丽的人是热爱生活的,我们热爱生活。你瞧,那些在那边唱歌的人,难道没有因为白天的工作而疲困了吗?他们从太阳上山时起一直工作到太阳落山,月亮一出来,他们已经在唱歌了!那些不会生活的人,只有躺着睡觉。对于那些觉得生活是可爱的人,他们就唱歌了。"

"可是健康呢……"我开口说道。

"健康一生永远都是够用的。健康呀!难道你有了钱就不花掉它们吗?健康就是黄金。你知道当我年轻的时候我做了些什么?我从太阳上升一直到太阳落山,都在织着地毯,差不多从来没有站起来过。我那时候活泼得像太阳的光线一样,可是我必须像石头一样坐着不动。我一直坐到全身的骨头发出裂响。可是当黑夜来临了,我就奔到我心爱的人那儿去,和他亲吻。当正是恋爱的时候,我这样奔跑了三个月;在这个时期当中,每一夜我都在他那儿。我这样一直活着——只要心血足够的话!我爱过多少个人呀!我接受过和给过多少个吻呀!"

我看着她的脸。她的那双黑色的眼睛始终是暗淡无光的,就是回想也不能使它们活跃起来。月光照着她干枯的龟裂了的嘴唇,照着她长着白毫毛的尖削的下巴,和有着皱纹的弯曲得像猫头鹰嘴似的鼻子。在她的面额上,有些黑色的小涡,在其中一个小涡里,有一绺从包着她的头的破红布头巾下面挂下来的灰发。她的脸上、颈上和手上的皮肤,完全被皱纹所分裂开,而在老伊泽吉尔的每个动作里,都可以期待着这干枯了的皮肤会全部破裂,分成碎片,而一副长着暗淡无光的黑眼睛的赤裸裸的骨骸,会站在我的面前。

她又重新用她的咯吱咯吱的声音开始讲道:

"我和我的母亲住在法尔米附近,就在贝尔拉特河的岸边上;当他出现在我们农庄上的时候,我那时候才十五岁。他是一个身材高高的、灵活的、长着黑胡须的愉快的人。他坐在小船上,向我们的窗口响亮地高叫道:'喂,你们有没有葡萄酒?……有没有什么给我吃的东西?'我从窗口透过桦树的枝叶看出去,看见整条河都被月亮的照耀变成天蓝色了,而他穿着白衬衫,系着一条带头散挂在腰旁的宽腰带,一只脚站在小船上,另一只脚站在岸边。他身子摇晃着和唱着什么。当他看见我的时候就说道:'在这儿住着一位多么漂亮的姑娘!……而我竟然不知道这件事!'就好像他在知道我以前已经知道所有的美丽的姑娘啦!我给了他葡萄酒和煮熟了的猪肉……可是再过了四天,连我自己也全部都给了他啦……每天夜里,我们两个人都乘着小船游逛着。

他驾船来的时候,就像金花鼠一样地轻轻地吹着口哨,我就像鱼一样地从窗口跳到河里去。这样我们就乘船游逛着……他是来自普鲁特河上的渔夫,后来,当母亲知道了一切事情的时候,痛打了我一顿,而他就劝我跟他到多布鲁加①去,然后再远一点,到多瑙河口去。但这时候我已经不喜欢他了,因为他老是唱歌和接吻,其他就什么也没有了,这多么使人厌烦。这时候,有一伙古楚尔人②的匪徒在当地出没,在他们中间也有很可爱的人……这就是说,当时是很快活的。另外有个姑娘,在等着,在等着她的喀尔巴阡山的青年小伙子,她以为他已经被关在监狱里或者是在什么地方打架时被打死了,但是突然间他一个人,有时候带着两三个伙伴,像从天上一样地掉到她面前。他带来了许多丰富的礼物,难道这些东西完全是他轻易得来的吗?他就在她家里宴饮,当着自己伙伴的面称赞这个姑娘。而这件事很使她高兴。我就恳求有一个古楚尔人的女朋友,把他们介绍给我认识……她叫什么名字呢?我已经忘记怎样叫了……而现在是完全忘记得干干净净的了。从那时候起过去了很多的时间,一切都会忘记啦!她介绍我认识了一个青年小伙子。是个很好的人……头发是火红色的,他整个人都是火红色的——连胡须,连卷发!他还有一颗火一样的脑袋。他又是那样的忧愁,有时候也很温柔,而有时候则像野兽一样地咆哮和乱打。有一次他打了我的脸……而我就像小猫儿一样地跳上他的胸口,用牙齿咬他的面额……从那时候起,在他面额上就留下了一个小涡,当我吻他这个小涡时,他是很高兴的……"

"那个渔夫到哪儿去了呢?"我问道。

"渔夫吗?他呀……在那儿……他加入了他们,加入到这伙古楚尔人中间去。最初他总是想劝说我,并且威胁我说要把我丢到水里去,可是后来什么事也没有,他加入了他们中间去,并且结交了另一个女人……他们这两个人——这个渔夫和那个古楚尔人,都被在一起吊死啦。我去看他们两个人怎样被吊死的。这是在多布鲁加的事。渔夫赴刑的时候,脸色全是苍白的,并且还哭着,可是那个古楚尔人却抽着烟斗。他一边走着一边抽着烟,两只手插在口袋里面,一绺胡须搭在他的肩头上,另一绺胡须垂挂在胸口上。当他看见我的时候,他拿开烟斗,叫道:'永别啦!'……我整年都为他难过。唉!……当

---

① 在多瑙河以南的黑海沿岸地区名。
② 居住在喀尔巴阡山区的乌克兰人,以英勇善战闻名。

这件事发生的那个时候,他们正想动身回喀尔巴阡山的故乡去。当他们跑到一个罗马尼亚人家里去做客告别时,他们就在那儿被抓住了。当时只抓到两个人,有几个人被打死啦,而其余的人都逃走了……可是后来这个罗马尼亚人也终于得到了报应……庄子被烧了,磨坊和所有的粮食也被烧掉了。他变成了一个乞丐。"

"这是你干的吗?"我顺口问道。

"古楚尔人有很多朋友,并不只是我一个人……谁是他们最好的朋友,谁就应该去追悼他们……"

海岸边的歌声已经静息下去了,现在只有海涛的喧嚣声在应和着老太婆的声音——这种沉思的叛逆的喧嚣,好像是应和着这个叛逆生活的故事的优美的第二部和音。黑夜变得愈来愈温柔了,月亮的天蓝色的清光,在黑夜里更加扩展开来,而黑夜中那些看不见的人的忙碌生活的不可捉摸的声音,也愈来愈静息下去,被波浪的增长的响声所淹没了……因为这时风力增强了。

"此外我还爱过一个土耳其人。我在斯库塔里①城他的妻妾们的内室里住过。我整整地住了一个星期——还好……但是太寂寞啦……——全是女人,女人……他一共有八个女人……她们就整天地吃呀、睡呀和讲着各种无聊的蠢话……否则就像一群母鸡一样吵骂呀、咯咯地叫呀……这位土耳其人已经不年轻啦。他的头发差不多快灰白了,他很神气,而且很有钱。讲话的时候,很像个君王……他的眼睛是乌黑的……一双笔直看人的眼睛……它们一直看透你的心。他很喜欢祈祷。我是在布库勒什蒂②看见他的……他像皇帝一样地在市场上走着,他那样神气地、威严地看着人。我向他微笑了一下。在当天晚上,我就在大街上被人抓住和带到他那儿去了。他是卖檀香和棕榈的,这次到布库勒什蒂来想买一些什么东西。'你到我那儿去吗?'他说道,'我,对,我去!''好的!'这样我就去啦。这个土耳其人很有钱。他已经有了一个儿子——是个黑黑的孩子,非常灵活……他已经十六岁啦。我就和他一起从土耳其人那里逃跑掉了……我奔跑到保加利亚的隆-巴兰卡去……在那儿有一个保加利亚女人,用刀子刺伤了我的胸口,为了她的未婚夫还是为了她自己的丈夫——我已经记不得了。

---

① 斯库塔里在土耳其的古都君士坦丁堡(现名伊斯坦布尔)的郊外。
② 即现在罗马尼亚的首都布加勒斯特。

"我在一所修道院里病了很久。这是一所女修道院。有一个波兰姑娘看护着我……那时候,她的兄弟也是一个修道士,从另一所修道院,我记得大概是在阿尔采尔-巴兰卡来看望她……他像条蛆虫老是在我的面前蠕动着……当我病好了的时候,我就和他一起走了……到他的波兰去。"

"等一下!……那个土耳其小孩子在什么地方呢?"

"那个孩子吗?他死掉啦,那个孩子。是因为想家或者是因为爱而死的……他就像一株还没有长结实的小树那样地枯干死的,这株小树被太阳照得太厉害啦……就这样完全憔悴干枯了……我记得他躺着的时候,就已经像冰块一样透明和发蓝,但是在他的心里面还是燃烧着爱情……他老是请求我弯下身子去吻他……我很爱他,我记得,我吻了他很多次……后来他已经完全不行了——差不多不能动弹了。他躺着,像求施舍的乞丐那样哀求我,躺在他的旁边,温暖他的身体。我躺下去了。和他并排睡着……他马上全身就热起来了。有一次我醒转来,而他已经完全冰冷了……死啦……我伏在他身上哭着。谁能说呢?也许,这是我杀死他的。那时候我的年纪已经比他大两倍。我是那样健壮,丰满……可是他呢?还是个孩子!……"

她叹息了一声,而且这是我第一次看见她这样做——她一连画了三次十字,用干枯的嘴唇在絮语着什么。

"那么你就到波兰去啦……"我提醒她一句。

"是的……同那个小波兰人。他是个可笑而又卑鄙的人。当他需要女人的时候,他就像雄猫似的同我亲热起来,并且从他舌头上流出亲热的甜蜜的话语;当他不需要我的时候,就用像鞭笞的话语来抽打我。有一次我们沿着河边走,他向我说了些傲慢的难堪的话。哦!哦!……我生气了!我像柏油一样地沸腾起来!我用手把他像小孩子似的抓住——他是很小的——把他朝上高举起来,紧捏他的腰部,使他浑身都发青啦。这时我挥动了一下,就把他从岸上丢到河里去。他大叫着。他那样可笑地大叫着。我从上面看着他,而他在水里面挣扎着。这时我就走开了。从此以后就没有再和他见过面。在这一点上我是高兴的;就是我此后从没有再遇见过我曾经爱过的那些人。这是些不好的相遇,就像遇见了的都是些死人一样。"

老太婆静默不语了,在叹息着。我那时就想起那些被她复活了的人。这是那个火红头发的长着胡须的古楚尔人,他在去就刑时,还平静地抽着烟斗。大概他有一对冷漠的天蓝色的眼睛,它们用集中而又坚定的眼光看着一切事物。在他旁边的,是从普鲁特河来的长着黑胡须的那个渔夫;他哭泣着,不愿意死,在他因为临死前的忧虑而变得苍白的脸上,两只愉快的眼睛显得黯然无光,被泪水弄湿了的胡须,凄惨地垂挂在歪斜的嘴角上。这是他,那个年老的神气十足的土耳其人,他大概是个宿命论者和暴君,在他旁边的是他的儿子,那是被接吻所毒害死的一朵东方的苍白而又脆弱的小花朵。这是那位充满虚荣心的波兰人,多情而又残酷,善于口才而又冷漠无情……他们所有这些人,只不过是些苍白的影子,而为他们大家所吻过的那个女人,现在却活生生地坐在我的旁边,但是已经被时间耗损得枯萎了,没有肉,没有血,怀着一颗没有愿望的心,两只没有火光的眼睛——差不多也是个影子。

她继续讲道:

"在波兰我的生活困难起来了。那儿住着的,都是些冷漠无情和虚伪的人。我不懂他们那种蛇一样的语言①。大家都咝咝地叫着。他们咝叫些什么呢?这是因为上帝给了他们一条蛇的舌头,因为他们都是好撒谎的。那时候我也不知道要到哪儿去好,眼看着他们准备造反,反对你们俄国人。② 我到了波赫尼亚城③。一个犹太人买下了我;他并不是为了自己买的,而是要拿我去做买卖。我同意了这件事。为了生活,就应该会做些什么事。我什么都不会。因此我就得出卖自己的身体。但是我当时想,假如我能弄到一些钱好回到我的家乡贝尔拉特去,那时候不管锁链是怎样牢固,我一定要弄断它们的。我就在那儿住下来了。许多有钱的地主老爷都到我那儿来,在我那里举行盛宴。这要他们花了很多的钱。他们因为我在打架和破了产。其中一个地主老爷占有了我很久,有一次他做出这样的事:他来了,而听差带了一个钱袋跟在他后面走着。这位地主老爷用手拿起那个钱袋,从我的头顶上倒下来。金币打着我的头,我非常喜欢听到金币落到地板上的响声。但我还是把这个地主老爷赶走了。他有这样一张非常肥胖的而又粗糙的脸,他的肚子就像一个大枕头。他看人时像一头吃饱了的肥猪。是的,虽然他说过,他为了用黄金撒满我全身而卖掉了他所有的田地、房产和马匹,但我还是把他赶走了。那时候我爱着一个面孔有刀伤的体面的地主老爷。他的面孔完全被土耳其人用军刀划成了许多道十字交叉形的伤痕,因为他不久之前曾经为了希腊人和土耳其人打过仗。

---

① 波兰语言中有很多发出咝咝的声音,有如蛇的叫声,因此称为蛇一样的语言。
② 波兰当时受沙皇俄国的管辖,因此波兰经常举行起义反对俄国的统治。
③ 在波兰古都克拉科夫的南边。

他就是这样一个人！……假如他是个波兰人,那么希腊人又与他有什么关系呢！可是他去了,和他们一起反对他们的敌人。当他被用刀砍时,他有一只眼睛被打得冒了出来,左手上的两只手指也被砍断了……假如他是个波兰人,那么希腊人又与他有什么关系呢？这就是因为:他好大喜功。而当一个人好大喜功的时候,他随时都能做到,并且能找到可以做出这些功绩的时候,他随时都能做到,并且能找到可以做出这些功绩的地方。你知道,在生活里是时常都有能完成功绩的地方的。可是那些不能为自己找到它们的人——那只是些懒虫和胆小鬼,或者就是不懂得生活的人,因为每个懂得生活的人,每个人都想在自己身后留下自己的影子。那时候生活就不会把人毫无痕迹地吞噬掉了。哦,这个被砍伤了的人,是个很好的人；他为了要做某种事,就准备走到天涯海角去。大概,你们的人在造反时把他杀掉了。可是你们为什么要去打马扎尔人①呢？别响！"

老伊泽吉尔命令我不要响,突然间她本人也静默不语,沉思起来了。

"我还认识一个马扎尔人。他有一次离开我走了——这是冬天的事——只有在春天雪融化了的时候,人们才在田里找到他,脑袋是被打穿了的。原来是这么回事！你晓得,爱情杀死人并不亚于瘟疫；假如算起来——是不亚于……我刚才讲的什么？讲的是波兰……是的,我在那儿演完了我最后的一场戏。我遇见了一个波兰小贵族……他很漂亮！真是个魔鬼。而我那时候已经很老啦,哎,很老啦！那时候我已经四十来岁了吧？大概是那样的……可是他更骄傲,他是被我们女人所宠爱的。他在我看来是很珍贵的……是这样的。他想一下就拥有我,但我却不肯。我从来没有做个奴隶,属于谁。我已经和犹太人结束了关系,给了他很多钱……我那时已经住在克拉科夫②。那时我有了一切的东西:马匹、黄金、听差……他这个骄傲的魔鬼到我那儿来了,他总是希望我自己投身到他的怀抱里去。我和他争吵起来……我甚至——我记得——因为这件事变傻了。这件事拖延了很久……我得胜了:他跪下来恳求我……但当他一占有了我,就又丢掉了。那时候我知道,我是老啦……哦,这在我不是愉快的事！这已经不是愉快的事啦！……可是我很爱他,爱这个魔鬼……而他看见我的时候,就笑着……他是多么卑鄙呀！他对着别人也在笑

---

① 匈牙利人自称马扎尔人。
② 波兰的古都。

我,这我也是知道的。我告诉你,我当时已经很痛苦了!但他还是在那儿,很近,而我毕竟还是爱他。当他去和你们俄国人打仗的时候,我真不高兴。我想毁了自己,但是我毁不了……于是我就决定跟他去。他在华沙附近,住在森林里。

"但是当我到了的时候,我才知道你们已经把他们全都打败……并且他已经被俘了,就关在村子不远的地方。

"这就是说——我当时想到——我已经再看不见他了!可是我又很想看见他。我想尽可能地去看他。我打扮成一个女乞丐,瘸着腿,蒙着脸,到他所在的那个村子里去看他。到处都是哥萨克和士兵……我花了很大的工夫才到了那儿!当我知道波兰人被关的地方时,我看出是很难到那儿去的。而我必须去。于是在夜里面,我就爬到他们所在的那个地方去了。我沿着菜园在田畦之间爬过去,我看见:一个哨兵站在我的路上……那时候我已经听到波兰人在唱歌和高声讲话。他们正唱着一首歌……是献给圣母的……而我的阿尔卡台克……也在那儿唱着。当我想到就是以前人们爬着来求我……而现在却轮到我像蛇一样地在泥地上向一个人爬去,也许是向自己的死亡爬过去,我觉得非常伤心。而这个哨兵已经听到我弯着身子向前走过来。咦,我怎么办呢?我从泥地上站起来,向他走过去。我除了手和舌头之外,既没有刀,也没有其他什么东西,我惋惜自己没有带刀。我低声说:'等一下!……'而这个士兵已经把刺刀对准了我的喉头。我小声地向他说道:'不要刺,等一下,听我说吧,你也有良心吧!我不能给你什么,我请求你……'他放下了步枪,也小声地向我说道:'滚开去,婆娘,滚开去,你要什么?'我告诉他,我的儿子被关在这儿……'大兵,你懂吗,我的儿子在这儿。你也是谁的儿子,是不是?你现在看看我吧——我有一个像你这样的儿子,他就在这儿!让我看他一次吧,也许,他马上就要死掉的……也许,明天会有人把你打死,你的母亲也会哭你的吧?假如你不看她,看你的母亲一眼,你会死得很痛苦的吧?而我的儿子也是一样地难过。可怜你自己,可怜他,也可怜我这个母亲吧!……'

"哦,我向他讲了很久!那时候下雨了,我们都被打湿了。风在吹着,吼着,一会儿打着我的背脊,一会儿打着我的胸口。我在这个像石头一样的士兵前面站着和摇晃着……而他始终在说:'不行!'当我每一次听到他冷漠的话语时,在我心里迸发出的那个要看见阿尔卡台克的愿望,也更加热烈……我说话的时候,用眼睛打量着那个士兵——他是短小的、干枯的,始终在咳嗽着。

于是我倒在他面前的泥地上，抱住他的两膝，用热切的话语恳求他，把这个士兵掀倒在地上。他跌到污泥里去。这时候我就很快地把他的脸孔转朝着地面，把他的头压到水洼里去，使得他不能叫。他没有叫喊，只是在挣扎着，想把我从他背上摔开。我就用双手把他的头更深地往污泥里面按。这样他就被我闷死了……这时我就冲向波兰人唱歌的那座仓库。'阿尔卡台克！……'我在墙缝间低声叫道。这些波兰人是机灵的，他们一听到我的声音，马上就停止唱歌！他的眼睛正对着我的眼睛。'你能从这儿走出来吗？''能的，要穿过地板！'他说道，'那就出来吧。'于是他们四个人从这个仓库的地板下面爬了出来：一共三个人，还有我的阿尔卡台克。阿尔卡台克问道：'哨兵在什么地方？''在那儿躺着！……'于是他们把身子弯向地面，静悄悄地走着。降着雨，风在高声地吼着。我们走出了村子，又沿着树林静默不语地走了很久。我们走得那样快。阿尔卡台克拉着我的手，他的手是滚烫的，而且在发抖。哦！……当他静默不语时，我和他在一块儿是多么好呀。这是最后的几分钟了，这是我贪欲的生活中的最幸福的几分钟。但是这时候他们走上一片草地就停住了。他们四个人都一起感谢了我。哦，他们都向我讲了好久和讲了好多的话啦！我还是听着并看着我自己的这位地主老爷。他怎样对待我呢？他拥抱了我，向我讲得那么庄重……我不记得他讲了些什么话，但是却发生了这么一回事，他感谢了我带领他出来，并且将永远爱我……他就跪在我的面前，微笑着向我说道："我的女王呀！"你瞧，这是一条多么虚伪的狗！……那时候我就踢了他一脚，还打了他的脸，而他退后几步，跳了起来。他脸色阴森而又苍白地站在我的面前。……那三个人也站着，都是阴沉的。大家都静默不语。我看着他们……我当时——我记得——只觉得很孤寂，并且这样的一种倦态降临在我的身上……我对他们说：'滚吧！'他们像狗一样问我：'你要回到哪儿去，指出我们的路径吧？'你看这是些多么卑鄙无耻的家伙！他们毕竟还是走了。那时候我也走了……第二天，你们的人把我捉住了，但是马上又放了我。当时我觉得，是我应该筑一个窝，准备像杜鹃鸟一样隐居生活的时候了！我已经觉得很艰苦，翅膀已经衰弱无力，羽毛也没有光泽了……是时候啦，是时候啦！那时候我就到加里西亚去，再从那儿回到多布鲁加。我在这儿已经住了差不多三十年了。我曾经有一个丈夫，是个摩尔达维亚人；他在一年前死掉啦，而我就住在这儿！我一个人生活着……不，不是一个人，而是和他们在一起。"

老太婆向大海挥了一下手。那儿一切都是静寂的。有时候传出一阵短促的迷人的声音，但立刻就又消逝下去了。

"他们都很爱我。我给他们讲着各种各样的故事。他们需要这些。他们都还很年轻……而我和他们相处得很好。我看着并想起：'我曾经有一个时候也是这样的……只是在我那时候，人有着更多的力量和热情，因此也生活得更愉快，也更好……正是这样的！……'"

她静默不语了。我觉得和她在一块儿心中有些忧郁。她在打盹儿，摇晃着头，低声地絮语着什么……也许是在祈祷吧。

这时从大海上升起一层云，是黑色的，沉重的，有着严峻的形象，好似山峰一样。它爬上了草原。从它的顶端分裂出来许多小云片，在它的前面飞驰着，把星星一颗颗地都熄灭了。大海在喧嚣着。离开我们不远的地方，人们在葡萄藤下面亲吻，低声絮语和叹息着。在草原的深处，有一条狗在吠叫……空气里有一种奇异的芳香在刺激着神经，使得人的鼻孔发痒。云片向大地投下了一片片浓密的阴影，沿着大地爬行着，爬行着，消逝了，又重新出现了……在月亮的位置上，只剩下了一个朦胧的蛋白色的斑点，有时候灰色的云片就把它完全盖没了。而在草原的远处，现在变得漆黑而又可怕，就好像在它里面隐藏着什么东西似的，并且迸发出许多小小的天蓝色的火星。它们一会儿在那儿，一会儿又在这儿，一会儿出现了，一会儿又熄灭了，就好像是几个分散在草原上相互距离开很远的人在草原上找寻着什么，他们擦亮了火柴，但风马上又把火星吹熄了。这是些非常奇怪的天蓝色的小火舌，暗示着某个神话故事似的。

"你看见那些火星吗？"伊泽吉尔问我。

"就是那些天蓝色的吗？"我向她指着草原说道。

"天蓝的吗？是的，就是那些……这就是说，它们还在飞舞着呢！唉，唉……我现在已经再也看不见它们了。我现在很多东西都不能再看见了。"

"这些火星是从什么地方来的？"我问老太婆。

我曾经听见过关于这些火星的来源的传说，但是我想再听听老伊泽吉尔怎样来讲它的。

"这是从丹科炽燃的心里迸发出来的火星。在世界上曾经有一颗心，某一次这颗心冒出火来……这些火星就是从那儿来的。我现在把这个故事讲给你听吧……这也是一个古老的故事啦……古老的，完全是古老的！你瞧瞧，在古时候有着多少故事？……可是现在，再没有这样的东西了，无论是事情，无论是人,无论是故事,都没有跟古时候一样的……为什么呢?……呶,你说!你说不出来……你知道什么呢?你们这些年轻人知道些什么呢?哎嗨、嗨!……只要敏锐地看着远古——你在那儿会找到所有的谜的解答的……而你们不看,也不会因为这而生活着……难道我看不见生活吗?哦哈,我一切都看见,虽然我的眼睛不行啦!我看见人们并不是在生活,而是完全在盘算来盘算去,把一生都盘算在它上面。当他们自己掠夺了自己,浪费了时光,于是就悲泣自己的命运。命运,那是什么?每个人都有自己的命运!现在我看见各式各样的人,但却没有强有力的人!他们到哪儿去了呢?……美丽的人是愈来愈少啦。"

老太婆沉思着:那些强有力和美丽的人,从生活里到哪儿去了呢?她想着,她凝视着黑暗的草原,好像要从那儿寻求出解答。

我等待她的故事,静默不语着,我害怕要是我问她什么时,她又会扯到另一边去。

于是老太婆就开始讲起这个故事了。

(三)

"古时候,在大地上住着一族人,穿越不过的森林从三面把这族人的营地包围着,而在第四面——才是一片草原。这是些愉快的、强有力的而又勇敢的人。但是有一次,艰难的时候来临了:不知从什么地方出现了另外一族人,就把从前的这群人都驱赶到森林的深处去。在那儿尽是泥沼和黑暗,因为这座森林非常古老,树枝这样密层层地交缠在一起,穿透过这些树枝都不能看见天空,而太阳的光线也好不容易才穿过浓密的树叶,为自己打穿一条照到泥沼的路。但是当它的光线落到泥沼的水面上时,泥沼就升起一阵恶臭,而人们就因为这种恶臭接二连三地死掉了。那时候,这一族人的女人和孩子们都开始哭泣起来,而父亲们则在沉思着和堕进了忧愁。必须要走出这座森林,要这样做那就只有两条路:一条是后退——在那儿有着强悍的和凶恶的敌人;还另有一条路是前进——但在那儿矗立着巨人似的树木,它们用粗大的树枝互相紧紧地拥抱着,把交错的树根深深地插进泥沼的黏滑的污泥里面。白天的时候,这些像石头一样的树木,静默无语地,动也不动地在灰暗的暮霭里矗立着,可是每当夜晚人们燃起篝火时,它们就更加密实地在人们的四周围紧逼过来,无论是白天还是黑夜,始终有一个坚固的黑暗的圈子,把这些人包围住,它好像要准备压倒他们,而这些人本来是习惯于草原的空旷的。可是还有更可怕的,就是当风吹打着树梢,整个森林都阴沉地喧响起来的时候,就像是在威胁他们,和为这些人唱送葬的歌一样。无论怎样说,这毕竟是些强有力的人,他们能够和那些曾经一度战胜过他们的人们作殊死的斗争,但是他们不能在斗争中死掉,因为他们有着许多遗训,假如他们死掉的话,那么他们的遗训就也和他们同归于尽了。因此,他们在漫漫的长夜里,在森林的阴沉的喧响之下,在泥沼的毒臭之中,坐着和想着。他们这样坐着,而篝火所照出来的影子,就在他们的四周围跳着无声的舞蹈,这一切看起来好像并不是影子在跳舞,而是森林和泥沼的恶毒的幽灵在胜利狂欢……大家还是坐着和想着。但从没有一种东西,无论是工作或者是女人,能比这些忧愁的思想能更加使得这些人的身体和心灵困乏。大家都因为想得太多而困惫无力了……恐怖在大家的心里诞生了,用坚强的手把他们束缚住了;女人们为那些死于恶臭的人的尸体和那被恐惧所束缚住的活人的命运而哭泣,更加引起了恐慌——于是在森林里面开始可以听见懦怯的话语了,最初这还是胆小的、低声的,但是后来越来越高了……他们已经想走到敌人那里去,向敌人献出他们自己的自由,为死所威吓住了的人,再也不害怕奴隶的生活了……但就在这个时候,丹科出现了,他一个人救活了所有人的性命。"

很显然,老太婆是时常讲起关于丹科的这颗炽燃的心的故事的。她像歌唱似的讲着,并且她的咯吱咯吱作响和深沉的声音,把这座森林的喧响的声音明显地呈现在我的眼前,而在这座森林里面,许多不幸的被驱赶走的人死于沼泽的毒臭之下……

"丹科是这群人当中一个漂亮的年轻人。美丽的人时常都是勇敢的人。现在他就向他们,向自己的伙伴们这样讲道:

"'只靠空想,是推不开挡在大路上的石头的。谁什么事都不做,谁就会毫无办法。我们为什么要把精力都浪费在空想和忧愁上呢?起来吧,让我们走进森林,穿越过它,要晓得,它总有个尽头的——世界上一切的事情都有个尽头的!走吧!呶!嗨!……'

"大家都看着他,看出他是所有人中间的一个最优秀的人,因为在他的两只眼睛里面闪耀着很多的力量和活生生的火光。

"'你带领着我们走吧!'他们说道。

"那时候他就带领着他们向前走……"

老太婆静默了,她看着草原,那儿的黑暗是更加浓密了。丹科炽燃的心的小火星,在遥远的什么地方迸发着,好像是些天蓝色的虚无缥缈的花朵,只开了一会儿就又消逝了。

"丹科带领着他们。大家都友好地跟在他后面走——大家都深信他。这是一条艰苦的道路呀! 黑暗得很,他们每走一步,泥沼就张开它贪欲的污泥的嘴,把人们吞噬进去,而树木则像一座牢固的墙壁,阻挡住他们的去路。树枝互相缠住他们;树根正像蛇一样地到处伸延着,每走一步路都要这些人化掉很多的汗和血。他们走了很久……森林是愈来愈浓密了,大家的气力也愈来愈小了! 于是大家开始埋怨丹科,说他是个年轻而没有经验的人,枉把他们带领到什么地方去。但是他始终走在他们的前面,勇敢而又泰然。

"但有一次,一阵大雷雨在森林的上空震响起来,树木阴沉地、威严地喧吼着。那时候,在森林里变得非常黑暗,就好像自从世界诞生以来的所有的黑夜一下子都聚集在它里面一样。这些渺小的人,在巨大的树木之间和在闪电的威严的喧啸之下走着,他们走着,摇晃着,巨人似的树木发出咯吱咯吱的声音,哼着愤怒的歌曲,而闪电飞过了林梢,刹那间用青色的寒光照了一下树林,它马上又像出现时一样很快地消逝了,威吓着人们。那些被寒冷的电光所照亮了的树木,好像是活生生似的,向这些从黑暗的囚禁中走出来的人的四周围伸出弯曲的长手,把它们编成一个密密的网子,阻挡住人们前进。从那些树枝的黑暗当中,好像有某种什么可怕的、黑暗的而又冷酷的东西,在看着这些走着的人。这是一条艰苦的道路,而那些被它折磨了的人都丧失了勇气。但是他们羞于承认自己的无力,于是他们就把怨恨和愤怒发泄到那个走在他们前面的人——丹科的身上。他们开始责备他没有能力带领他们——瞧,他们就是这样的!

"大家都停下来了,在森林的胜利的喧响之下,在战栗着的黑暗之中,这群疲倦了的凶恶的人就开始审问丹科。

"他们说道:'你这个对我们是毫不足道和有害的人! 你带领着我们,把我们都弄得困疲了,为了这你就应该死!'

"'你们说过:"带领吧!"因此我才带领你们的!'丹科向他们挺起胸膛这样高叫道:'我心里有带领的勇气,因此我才带领你们! 而你们呢? 你们做了些什么事能有助你们自己呢? 你们只是走着,而不能为了更遥远的路程保存

你们的力量!你们只是走着、走着,正像一群绵羊!'

"'你该死!你该死!'他们叫道。

"森林还是在喧吼着,喧吼着,重复着他们的叫喊声,而闪电则把黑暗撕成一块块的碎片。丹科看着那些他费力所带领的人,看见这些人就好像是群野兽一样。很多人站在他的周围,但是他们的面孔上找不到一点高尚的品格,并且从这些人也绝不能得到什么宽恕。这时候在他的心里面沸腾起一阵愤怒之火,但因为怜悯这些人而又熄灭下去了。他爱人们,并且这样想道:也许没有了他,这些人真会毁灭掉的。于是在他的心里面就迸发出了一阵想要拯救他们的愿望的火光,要把他们带领到更容易走的路上去,这时候在他的眼睛里就闪耀出这种强烈的火焰的光线……当他们看见这种情形的时候,他们以为他要发狂了,所以他的眼睛才这样明亮地燃烧着,可是他们像狼群一样地准备起来,等待着,也许他会同他们搏斗,因此,他们把他包围得更紧了,为了更容易抓住和杀死丹科。而他也早已明白了他们的心思,因此他的心也燃烧得更加明亮,因为他们的这个心思在他的心里产生了一种忧虑。

"森林还是在唱着它的阴沉的歌曲,雷还是在轰响着,雨还是在下着……

"'我要为人们做些什么事呢?!'丹科比雷声更有力地狂叫道。

"他忽然用双手撕开他自己的胸膛,从里面挖出他自己的那颗心,把它高高地举在头顶上。

"那颗心正像太阳一样明亮地燃烧着,而且比太阳还更明亮,整个森林静默无声了,都被这个对于人类伟大的爱的火炬照得通亮,而黑暗也因为它的光亮向四面八方逃跑了,在那儿,在森林的深处战栗着,堕进到泥沼的污泥的洞口里去。人们呢,大惊失色,变得像石头一样。

"'我们走吧!'丹科高叫着,他冲到前面他自己的位置上去,高高地举着那颗炽燃的心,给人们照亮着道路。

"他们都像着了魔似的跟在他后面走。这时候森林又重新喧啸起来,惊奇地摇摆着树梢,但是它的喧啸声全被奔跑的人们的脚步声所淹没了。大家都迅速地和勇敢地奔跑着,为这颗炽燃的心的惊人的景象所吸引着。现在即使有人毁灭了,但是他们毫无怨言和眼泪而死掉。丹科始终是走在前面,他的心始终在燃烧着,燃烧着!

"突然间,森林在他们前面让开路来,并且仍然是密层层的和哑默的留在后面了,而丹科和所有的人,立刻就像沉浸在充满着阳光、有着新鲜的空气和被雨水所洗刷过的大海中。雷雨还在那儿,在他们后面,在森林的上空,而这儿太阳照耀着,草原透散着清鲜,草儿带着钻石一样的雨珠在闪耀着,大河也泛着金光……这正是黄昏的时分,由于太阳落山时的光线,大河变成了红色,就好像是从丹科被撕开了的胸膛里所流出的热血一样。

"高傲的勇士丹科,向在自己前面的空旷草原投射出视线——他向自由的大地投射出快乐的视线,并且骄傲地大笑起来,然后他倒了下去——就死掉啦。

"那些快乐的和充满了希望的人,并没有注意他的死亡,也没有看见那颗勇敢的心还在丹科的身体旁边燃烧着。只有一个谨慎小心的人注意到这件事,他害怕什么似的,就用脚踏在那颗高傲的心上……于是它就碎散成为许多火星而熄灭了……

"草原上的这些天蓝色的火星,这些在暴风雨来临之前出现的火星,就是从那儿来的!"

现在,当老太婆讲完了她美丽的故事时,草原上变得可怕地静寂起来,就好像它是被勇士丹科的力量所震服了一样,而他为了人类才燃烧掉他的心并死掉,丝毫没有向他们要求什么报偿。老太婆打起盹来。我看着她并想道:"在她的记忆里,还有着多少故事和回忆呢?"同时又想起丹科的那颗伟大的炽燃的心,以及创造出这样多的美丽而有力的传说的人们的幻想。

风在吹刮着,它从褴褛的衣服之下露出了伊泽吉尔老太婆的干枯的胸口,而她这时候是睡得更熟了。我盖好她衰老的身体,自己就在她旁边的泥地上躺下来。草原上是静寂的黑暗的。云片在天空中匍行着,慢慢地,寂寞地……大海在低沉地、凄切地喧啸着。

春天的旋律：幻想曲*

在我房间窗外面的花园里，一群麻雀在洋槐和白桦的光秃的树枝上跳来跳去和热烈地交谈着，而在邻家房顶的马头形木雕上，蹲着一只令人尊敬的乌鸦，她一面倾听这些灰突突的小鸟儿的谈话，一面妄自尊大地摇晃着头。充满阳光的和暖的空气，把每一种声音都送进我的房间：我听见溪水急急的潺潺的奔流声，我听见树枝轻轻的簌簌声，我能听懂，那对鸽子在我的窗檐上正在咕咕地絮语着什么，于是随着空气的振荡，春天的音乐就流进我的心房。

"叽——叽叽！"一只老麻雀在对他的同伴们说，"我们终于又等到了春天的来临……难道不是吗？叽叽——叽叽！"

"乌哇——是事实①，乌哇——是事实！"乌鸦优雅地伸长脖子，表示了意见。

我很熟悉这个持重的鸟儿：她讲话一向简短扼要，而且都不外是肯定的意思。她像大多数乌鸦一样，天生愚蠢，而又胆小得很。然而，她在社会上占有一个美好的地位，每年冬天她都要为那些可怜的寒鸦和老鸽子举行某些"慈善"活动。

我也熟悉麻雀——虽然就外表来说，他好像是轻浮的，甚至是个自由主义者，但在本质上，他却是种颇为精明的鸟儿。他在乌鸦旁边跳来跳去，装出尊敬的样子，但在内心的深处，他很知道乌鸦的身价，并且在任何时候都免不了要讲上两三段关于乌鸦的不大体面的历史。

这时，窗檐上的一只年轻的爱打扮的公鸽，正热情地说服那只腼腆的母鸽：

---

* 本篇小说写于一九〇一年三月，由于遭到沙皇审查当局的否决，未能在刊物上正式发表，仅以胶印本或油印本形式秘密流传。译自六十卷本《高尔基全集》第六卷。

① 俄语中"фа-акт"，既表示乌鸦的叫声，又有"是事实"的含义。

"假如你不和我分享我的爱情,那我就要因为绝望而苦苦地死——死掉①,苦苦地死——死掉……"

"您知道吗,夫人,金翅雀们飞来啦!"麻雀禀报说。

"乌哇——是事实!"乌鸦回答道。

"他们飞来啦,吵吵嚷嚷,飞来飞去,叽叽喳喳……这是一群怎样也不能安静下来的鸟儿!山雀们也跟着他们一起来啦……正像往常一样……嘿——嘿——嘿!昨天,您晓得,我开玩笑地问过其中一只金翅雀:'怎么,亲爱的,你们飞出来啦?'他毫无礼貌地作了回答……这些鸟儿,对交谈者完全不尊敬他的官衔、称号和社会地位……我呢,不过是一只七等文官麻雀②……"

就在这时候,从房顶的烟囱后面,突然出现了一只年轻的大公鸡,他压低嗓门报告说:

"我本着职分所在,细听栖息于空中、水里和地下的一切生物的谈话,并且严密注意他们的行动,我荣幸地报告诸位,即上述金翅雀们,正在大声地谈论春天,而且他们胆敢希望整个大自然似乎很快就要苏醒。"

"叽——叽叽!"麻雀叫了一声,忐忑不安地望着这个告密者。而乌鸦善意地摇了摇头。

"春天已经来过,而且来过不止一次……"老麻雀说,"至于讲到整个大自然的苏醒,这……当然,是件令人高兴的事……假如这能得到那些负责主管部门的许可的话……"

"乌哇——是事实!"乌鸦说道,用赏识的眼光瞟了对方一眼。

"对于以上所述,必须补充的是,"大公鸡又继续说,"上述那些金翅雀,对他们要饮水止渴的溪流,据说——有些混浊,因而表示不满,其中有几个甚至胆敢梦想自由……"

"啊,他们一向如此!"老麻雀叫喊道,"这是由于他们年轻无知,这一点也不危险!我也有过年轻的时代,也曾经梦想过……它……"

"梦想过——什么?"

"梦想过宪……宪——宪——宪——宪……"

"宪法?"

---

① 俄语词"умр-ру"的意思是"我要死——死掉",现加上"苦苦地"表示鸽子的咕咕叫声。
② 俄语词"надворный"有两种含意:一是"家里的""院里的"(如"家雀"),二是"七等文官"。

"只是梦想过！只不过是梦想而已,先生！不用说,曾经有所梦想过……但是后来,这一切都过去了,出现了另外一个'它'更为现实的'它'……嘿——嘿——嘿！您知道,对不起,对麻雀说来,这是更合适的、更为必要的……嘿——嘿……"

"哼!"突然响起了一阵有威力的哼叫声。在菩提树的树枝上,出现了一只四等文官灰雀,他体谅下情地向鸟儿们点头行了个礼,就吱吱呱呱地叫道:

"哎,先生们,你们没——没有注——注意到,空气里有股气味吗,哎……?"

"是春天的空气,大人阁下!"麻雀说。乌鸦却郁闷不乐地把头一歪,用温柔的声音嘎地叫了一声,好像绵羊在咩叫:

"乌哇——是事实!"

"嗯,是的……昨天在打牌的时候,一只世袭的可敬的鸥鹀也对我讲过同样的话……他说:'哎,好像有股什么气味……'我就回答说:'让我们看一看,闻一闻,弄个明白!'有道理吧,啊?"

"对,大人阁下！完全有道理!"老麻雀毕恭毕敬地表示同意,"大人阁下,任何时候都必须等一等……持重的鸟儿都是在等待……"

这时,一只云雀从天空飞下来,落在花园里融雪的地面上,他忧心忡忡地在地上跑来跑去,喃喃地说道:

"曙光用温柔的微笑,把夜空的星星熄掉……黑夜发白了,黑夜颤抖了,于是沉重的夜幕,如同阳光下的冰块,渐渐消失。充满希望的心儿,跳动得多么轻快,多么甜美,迎着朝阳,迎着清晨,迎着光明和自由！……"

"这——这是一只什么鸟儿?"灰雀眯缝起眼睛问道。

"是云雀,大人阁下!"大公鸦从烟囱后面严峻地说。

"是诗人,大人阁下!"麻雀又宽容地补充道。

灰雀斜眼看了看这位诗人,吱吱呱呱地叫道:

"嗨……是一只多么灰色的……下流货!他在那儿好像胡讲了一通什么太阳、自由吧？啊?"

"对,大人阁下!"大公鸦肯定了一句,"是想在年轻的小鸟儿们的心中唤起那些毫无根据的希望,大人阁下!"

"既可耻,复又……愚蠢!"

"完全对,大人阁下,"老麻雀应和着,"愚蠢之极！自由,大人阁下,是某种不明确的,应该说,是种不可捉摸的东西……"

"可是,假如我没有记错的话,好像你自己也曾经……号召大家向往过它?"

"乌哇——是事实!"乌鸦突然叫道。

麻雀感到有些狼狈不堪。

"是的,大人阁下,我确实有一次号召过……但那是在可以使罪名减轻的情况之下……"

"啊……那是怎么回事?"

"那是在吃了中饭以后,大人阁下!那是在葡萄酒热气的影响……也就是说,在它的压力之下……而且是有限制地号召的,大人阁下!"

"那是怎么说的?"

"轻轻地说的:'自由万岁!'然后立即大声地补充了一句,'在法律限制的范围以内!'"

灰雀看了乌鸦一眼。

"对,大人阁下!"乌鸦回答道。

"我,大人阁下,作为一只七等文官老麻雀,决不能允许自己对自由的问题采取认真的态度,因为这个问题,并没有列入我荣幸任职的那个部门的研究范围之内。"

"乌哇——是事实!"乌鸦又叫了一声。

要知道,不管肯定什么,对乌鸦反正都是一样。

这时,一条条溪水正沿着街道在滚流,它们轻声唱着关于大河的歌曲,说它们在不远的将来,在旅程的终点,将合流到大河里去:

"浩瀚的、奔腾的波浪会迎接我们,拥抱我们,把我们带进大海里去,也许,太阳的炎热的光线,又会把我们重新送上天空,而从天空里,我们又会重新在夜里化成寒冷的露水,变成片片的雪花或者是倾盆大雨落到地上……"

太阳啊,春天灿烂的、温暖的太阳,在明亮的天空里,用充满爱的和炽燃着创造热情的上帝的微笑,在微笑着。

在花园的角落里,在老菩提树的树枝上,坐着一群金翅雀,其中有一只带有鼓舞力地、正向同伴们唱着他从什么地方听来的一首关于海燕的歌。

三、高尔基自传

高尔基肖像(1905年,瓦连京·亚历山德罗维奇·谢洛夫 绘)

其 一＊

我于一八六九年三月十四日生,在尼日尼-诺夫戈罗德①。父亲是个大兵的儿子,母亲是个小市民。祖父曾经当过军官,因残酷虐待部下,被沙皇尼古拉一世降了职。他是个严厉到那样程度的人,以致我的父亲从十岁的年纪起一直到十七岁时为止,从他身边逃跑过五次。最后一次父亲成功地永远逃离开了自己的家庭——他从托博尔斯克步行走到尼日尼,就在这里给一个室内装饰帷幔的工匠当学徒。看起来,他很有才能,而且识字,因此当他二十二岁时,科尔钦轮船公司(现在是卡尔波娃的)就派他到阿斯特拉罕的办事处去当经理;他一八七三年由于受到我的传染,因霍乱症死在当地。据外祖母说,父亲是个聪敏、善良而且非常愉快的人。

外祖父是从伏尔加河上的纤夫开始自己的事业的,经过三次航行,他已经当上了巴拉赫纳②的商人扎耶夫商船队里的领班,后来他从事染布事业,发了些财,就在尼日尼开办了一爿大规模的染坊。不久,他在这个城里盖了几所房屋和三个印花与染布作坊;他被选举为同业行会的会长,干了三届这个三年一届的职务,后来因为没有选举他当行会的首领,他感到受了委屈,就辞了职。他最笃信宗教的,专制到残酷的地步,而且非常吝啬。他活到九十二岁,在临死前一年即一八八八年,他发了疯。

父亲和母亲是"私自作主"结婚的,因为外祖父当然不肯把自己心爱的女儿嫁给一个既非出身名门,而前途又很渺茫的人。我的母亲对于我的一生没

＊ 一八九七年一月至五月高尔基在克里米亚养病期间,应谢苗·陈法纳西耶维奇·文格罗夫教授之请而写下这篇自传,最初于一九一四年发表在他主编的《二十世纪俄国文学》第一卷上;一九二八年收在莫斯科出版的《作家传》中,一九四一年又编入高尔基的《未收集的文学批评论文集》。译自三十卷本《高尔基文集》第二十三卷。

① 高尔基诞生的日期应该是俄历三月十八日,即新历三月二十八日。尼日尼-诺夫戈罗德以下简称尼日尼。

② 巴拉赫纳是伏尔加河上流的一个码头城市,距尼日尼不远。

有任何影响,因为她认为我是父亲致死的原因,她不爱我,而且她很快就再嫁了,把我完全交在外祖父的手上,他就用《圣诗集》和《日课经》①来开始对我的教育。后来,我七岁的时候,我被送进了学校,在那里我学了五个月。学习得不好,我讨厌学校的规矩,也讨厌同学们,因为我经常爱独处。我在学校里传染上了天花,中止了学习,从此就再也没有复学。这时候,我的母亲因为急性肺结核病死了,而外祖父也破了产。他的家庭是很大的,因为和他同住的有两个儿子,他们都已经结了婚,还有孩子;除了外祖母之外,没有一个人爱我,她是个惊人地善良而且有自我牺牲精神的老太婆,我终生都将带着热爱与尊敬的心情怀念着她。我的舅父们喜欢过阔气的生活,这就是说,他们吃得和喝得都又多又好。喝醉了之后,他们就时常互相或者同客人们打架,客人在我们家里经常是很多的,或者呢,他们就打自己的老婆。一个舅父把两个老婆都逼进了棺材,另一个也逼死了一个老婆。有时候他们也打我。在这样的环境当中,谈不上有任何智力上的影响可言,更何况我所有的亲戚都是些半文盲的人。

到了八岁,我被送到鞋店里去当"学徒",但是两个月之后我被滚开的菜汤烫坏了双手,就被主人送回到外祖父家里去。我痊愈了之后,又被送到一位远亲绘图师那里去当学徒,可是过了一年,我就因为生活条件太艰苦,又从他那里逃了出来,到轮船上去当厨师的学徒。这厨师是个退伍的近卫军军士,名叫米哈伊尔·安东诺夫·斯穆雷,他是一个有着神话故事般的气力的人,很粗暴,读过很多的书;他唤起了我对于读书的兴趣。在这以前,我痛恨书籍以及一切的印刷品,然而我这位老师却用殴打和抚爱,使我相信了书籍的伟大意义,而且爱上了书。第一本使我喜欢得发狂的书是《关于一个士兵怎样救了彼得大帝的传说》。斯穆雷有塞满了整整一箱子的书,一大半是皮封面的小书,这是世界上最奇特的一个图书馆。埃卡尔特豪森和涅克拉索夫②的书并排在一起;安娜·拉德克利夫③和一卷《现代人》杂志放在一边,也有一八六四年出版的《火星》杂志④,《信仰的石头》,还有一些罗文⑤的书。

---

① 《圣诗集》即《旧约圣经》中的《诗篇》,《日课经》即《主祷文》。
② 涅克拉索夫(1821—1878),俄国著名诗人。
③ 安娜·拉德克利夫(1764—1823),英国女作家。
④ 一八五九年至一八七三年由库罗奇金主编的一种讽刺刊物。
⑤ 即乌克兰文。

从我生活的这个时候起,我开始阅读所有我手里碰到的书;十岁时开始写日记,把从生活和书里得到的印象都写进去。以后的生活就是各种各样的而又非常复杂的:我从当小厨子的工作重新回到绘图师那里去,后来我贩卖过神像,在克尼亚济到察里津①的铁路上当过守夜人,做过烤制环形小面包圈和面包的工人,有时在贫民窟里住过,好几次步行旅游过俄罗斯。一八八八年住在喀山,最初认识了大学生们,参加了自学小组;一八九〇年我觉得在知识分子当中没有我自己可做的事,我又去浪游了。我从尼日尼跑到察里津,经过顿河区域、乌克兰,来到比萨拉比亚,再从那里沿着克里米亚南岸到了库班,再到黑海边。在一八九二年十月我住在梯弗利斯②,在当地的《高加索报》上登载了我的第一篇特写《马卡尔·丘德拉》。因为这篇特写,我受到很多的赞扬;及至回到尼日尼,我为喀山的《伏尔加信使报》试写短篇小说。他们很愿意接收这些小说,并且把它们刊登出来。我寄了一篇特写《叶美良·皮里雅伊》给《俄罗斯新闻报》③,也被接受了和刊登出来。看来,我在这里应该指出,就是外省的报纸刊载"初学写作者"的作品那样容易,真是惊人;我以为这种容易,也许说明或者是这些编辑先生极端的善良,或者就是他们完全缺乏文学上的鉴别能力。

一八九五年在《俄罗斯财富》④第六期上,刊登出我的短篇小说《切尔卡什》——《俄罗斯思想》⑤曾评论过它——但我不记得是哪一期了。同年《俄罗斯思想》刊登了我的特写《错误》,似乎没有评论。一八九六年刊登在《新言论》⑥上的特写《苦闷》——在《教育》第九期上有批评。这年三月在《新言论》上还曾发表了特写《科诺瓦洛夫》。

直到现在为止我还没有写过一篇自己满意的东西,因此我都没有保留自己的作品——因此⑦,不能寄上。在我的生活当中,似乎没有什么惊人的事件,而且我也不十分清楚这几个字的含义到底是什么。

——写于克里米亚·阿卢鲁卡的哈吉·穆斯塔法村

---

① 意为"沙皇城",一九二五年改名为斯大林格勒,一九六一年改名为伏尔加格勒。
② 现名第比利斯,格鲁吉亚共和国的首都。
③ 一八六三年至一九一八年在莫斯科出版的俄国大报之一。
④ 一八七六年至一九一八年由一批民粹派作家编的文学、政治月刊。
⑤ 一八八〇年至一九一七年由自由派创办的文学、政治月刊。
⑥ 一八九四年至一九一七年在彼得堡出版的文学、政治月刊。
⑦ 原文为拉丁文(ergo)。

其 二*

我于一八六八年或一八六九年三月十四①生在尼日尼的染匠瓦西里·瓦西里耶维奇·卡希林的家里,母亲是他的女儿瓦尔瓦拉,父亲是彼尔姆的小市民马克西姆·萨瓦季耶夫·彼什科夫,职业是装饰室内帷幔和裱糊壁纸的工人。从那时起,我就光荣而洁白无瑕地享有油漆业行会成员的称号……当我五岁时,父亲死在阿斯特拉罕,而母亲死在库纳文纳村。母亲死后,外祖父把我送进鞋店去当学徒;那时我九岁,外祖父就用《圣诗集》和《日课经》教我识字。我不愿意当"小学徒"就逃跑了,到绘图师那里去当学徒,我又逃跑了,就进了画圣像的作坊;后来上了轮船当厨房的童工,然后又当了园丁的帮手。在十五岁以前,我就靠干这些工作维持生活,我一直热心地阅读那些不知名的作者的古典作品:举如《古阿克·一名无可战胜的忠诚》《无畏的安德烈》《亚潘恰》《致人死命的亚什卡》等等。

当我在轮船上当厨房的童工时,厨师斯穆雷对我的教育发生了强有力的影响,他迫使我阅读《圣者行传》、埃卡尔特豪森、果戈理、格列布·乌斯宾斯基、大仲马以及很多共济会会员的小书。在认识这位厨师以前——我极端厌恶书籍,一切印刷品,直到护照……

十五岁以后,我感到想要学习的强烈的愿望,我就怀着这个目的到喀山去,以为科学是无代价地教给那些愿意学习的人的。结果并不是这样,因此我只好进了做环形小甜面包的店铺,每月拿三卢布的工钱。这是我尝试过的工作当中最沉重的活儿。

在喀山,我同那些"沦落的人"接触得更加密切了,长久地和他们生活在

---

* 这篇自传看来是和高尔基第一篇自传同时或稍后一些时候写成的,一八九九年被戈罗杰茨基引在他的文章《两幅画像》(一八九九年九月五日出版的《家庭杂志》第三十六期)。译自三十卷本《高尔基文集》第二十三卷。

① 参见本书第189页注①。

一起,请看我写的《科诺瓦洛夫》和《沦落的人们》。在乌斯杰河口码头工作过,锯过木材,搬运过货物……〔一八八八年曾企图自杀过。〕卧病了很久,在恢复以后,我做过贩卖苹果的生意……

〔一八九二年我再次到尼日尼的律师拉宁①处,在那里当了文书。〕他对于我的教育所起的影响非常巨大,无法估量。这是一位有高度文化教养和最高尚的人,我比任何人都更要感激他……

一八九三年至一八九四年,我认识了柯罗连科②。我要感激他,因为他让我踏进了高尚的文学界。他为我做了很多的事情,给了我很多的指点,教会了我很多的东西。

请把这一点写上,一定要写上:柯罗连科教过他高尔基学习写作,假如高尔基从柯罗连科那里只学到很少的东西,那么过错在于他高尔基。请这样写:高尔基的第一个老师是士兵斯穆雷,第二个是律师拉宁,第三个是卡柳日内③,是个"处在社会以外"的人,第四个就是柯罗连科……

我不想再写下去啦。每当回想起这些顶好的人时,我就伤心难过,心情很激动。

---

① 高尔基于一八八九、一八九二和一八九四年当过拉宁的文书。
② 柯罗连科(1853—1921),俄国著名作家。高尔基同他初次相识应为一八八九年。
③ 卡柳日内(1853—1939),被流放的民意党人作家,高尔基第一篇小说《马卡尔·丘德拉》就是在他的鼓舞之下写成的。

四、高尔基谈学习和创作

高尔基肖像(1940年,尼古拉·彼得罗维奇·波格丹诺夫-别里斯基 绘自照片)

圣诞节的故事[*]

……写完了圣诞节的故事,我丢下笔,就从桌子旁边站起来,在房间里来回走着。

是深夜啦,刮起了暴风雪,我的听觉捕捉到了某些奇怪的声音,好像是轻轻的絮语,或者是什么人的叹息,它们从大街上穿过墙壁,透进我那个三分之二沉浸在暗影里的小房间。这,大概是被风吹扬起来的白雪,碰到房屋的墙壁和窗户的玻璃发出沙沙的响声。这时,在空中有某种轻盈的和白色的东西,不停地从窗前飘过,飘过来就又消失了,把一阵寒气吹向我的心头。

我走近窗口,望着大街,把那由于苦思冥想而发热的头,倚靠着寒冷的窗框。大街上是一片荒凉……从大路上不时被狂风刮起一阵阵白雪的烟雾,像是白色的透明的碎布片在空中飞舞。正对着我的窗子,点着一盏路灯;小小的灯火在同风搏斗中摇晃着,颤抖的光带像一把宽阔的剑似的在空中伸展着,而从房顶上洒下来的白雪,飞进这条光带,刹那间在它的当中闪耀出五彩缤纷的小火星。看着这风的游戏,我感到忧郁而又寒冷;我很快脱掉衣服,熄了灯,就躺下去睡觉。

当灯光熄灭,黑暗充满我的房间时,响声好像听得更加清楚,窗户像个模糊的白色大斑点盯着我。时钟急忙地数着分秒。

有时白雪的沙沙声淹没了它们冷漠无情的嘀嗒声,但接着我又重新听见秒针的响声,消逝在永恒之中。当它们那样清晰地响着的时候,就好像时钟是装在我的头脑里似的。

我躺着,想着我刚才写好了的那篇圣诞节的故事。它写得成功吗?

在这篇故事里,我告诉人们两个乞丐——一个瞎眼的老头儿和他的老太

---

[*] 本篇小说最初发表在一八九六年十二月二十五日《尼日尼报》上。译自六十卷本《高尔基全集》第三卷。

婆的事情,他们是被生活折磨了的、胆怯的、温顺的和半死不活的人。圣诞节前夜的一大早,他们就离开自己的村子,走遍附近的村庄,想讨到一些施舍,好庆祝救世主诞生的这个伟大的节日。

他们想,他们还来得及跑完最近的几个村子,并且在晨祷以前,带着以基督的名义施舍给他们的满口袋各式的东西,回到自己的家里去。

可是,当然,他们的希望是落空了——人们施舍给他们的东西很少,有钱人由于他们固有的悭吝没有给什么,而穷苦的人则由于自顾不暇。当这一对疲倦了的乞丐,决定该是回到他们整天不在家都没有生火的那间简陋的小屋时,天色已经很晚了。肩上背着轻轻的袋子,心里怀着沉重的忧愁,他们沿着白雪的平原走着,老太婆在前面,老头儿抓住她的腰带,慢慢地跟在她后面走。夜是漆黑的,乌云遮蔽了天空,狂风吹扬起白雪,两个乞丐的脚陷在雪地里,对于这两个老年人来说,回到村子的路还不近呢。他们一声不响地走着,由于寒风透骨,又被大路上刮过来的白雪盖满了全身,他们都冻僵了。被白雪照花了眼睛和疲倦了的老太婆迷了路,她沿着盆地走了好久啦,而她的瞎眼的老伴唠叨地问她:

"快到了吧?瞧,我们赶不上晨祷啦……"

她对他说:"快到啦。"她冷得缩着身子,累得筋疲力尽,她察觉出她迷了路,但她不想立刻把这话告诉老头儿。有时,她觉得风刮来狗叫的声音,——她把身子转到声音传来的那个方向去,但一会儿这狗叫的声音,却是从相反的方向传过来的。

最后,她实在无能为力了,就对老头儿说:

"求基督宽恕我吧,老头子,我迷了路……我再也走不动啦。我坐一会儿……"

"你会冻死的。"他说道。

"我稍微坐一会儿……咱们就是冻死了,那又算得了什么?咱们的日子反正不好过呀……"

老头儿沉重地叹了一口气,就对她让步了。

他们坐在雪地上,背靠着背紧倚在一起,他们这样坐着,就变成了两个被风戏弄着的破衣烂衫的布团。风把白雪吹刮到他们身上,洒了他们满身尖角形的晶莹的雪花——穿得比自己瞎眼的老伴还要坏一点儿的老太婆,很快就感到特别暖和。

"老婆子,"冻僵了的瞎子叫唤她,"站起来呀,走吧!"

但她已经睡着了,梦中向他讲了一些含糊不清的话。

他想把她扶起来,但是扶不动——扶不动——他没有力气了。

"你会冻死的!"他对她叫喊道,然后就向着荒野高呼求救。

但是她感到很好。当他为她忙得疲倦了的时候,他又重新一声不响,绝望地坐在雪地上,他已经认定眼前发生的这些事情是上帝早为他们安排好了的,就正像在前面等待着他们的命运,也是注定了的一样。暴风雪并不很强劲,但是那样顽皮,在他们四周围吹刮着,淘气地把他们周身都盖满了白雪,愉快地吹着他们的破衣烂衫,它们保护着他们由于长年累月的困苦生活而精疲力竭的衰老的身体。

突然间,风送来了响亮而庄严的钟声的召唤……

"老婆子!"老头儿的精神为之一振,"敲钟啦……做晨祷啦……咱们赶快走吧……"

但她已经到那人们永远再不能回来的地方去了……

"听见吗?敲钟啦,我说……站起来呀!……哎!我们已经晚啦!"他试着想站起来,但是不能。这时他才了解到,他已经完了,于是他就开始在心里祈祷起来……

"主啊,接受你的奴隶们的灵魂吧……我们两个都是有罪的人……宽恕他们吧,主啊,饶恕他们吧……"

这时他感觉到,穿过田野,在白色的、闪着明亮的光辉的雪云中,有一座灯火辉煌的神殿——奇异的神殿,正向他飞过来!它完全是由明亮地燃烧着的人心所建成的,它本身就像个心的形状,在它当中的高台上,站着的就是基督本人……

看见了这个,老头儿就站起来,双膝跪在神殿门口的台阶上,他两眼复明了,看着救世主与受难者①,而主就从高台上用动听的和清晰的声音说道:

"由于慈悲而燃烧着的心——这就是我的神殿的基础。走进我的神殿吧,你,在一生中那样渴望仁慈的人,你,不幸的和被侮辱的人,你走进来,高兴起来吧!……"

"主啊!"这个两眼复明的老头儿,由于高兴号泣起来,"主啊,祝你永生

---

① 救世主与受难者都是指耶稣。

不朽！"

而基督用明亮的微笑，向着老头儿和他的生活的老伴微笑了起来，使她由于救世主的微笑而复活了……

这样两个乞丐就冻死在田野里了。

当在记忆里恢复起这个故事时，我躺着和想着，它够朴素和感动人吗？它会在那些阅读这篇故事的人的心里，唤起怜悯之心吗？我觉得——会的！这篇故事，整个地说，应该产生我所预期的那种印象。

我这样想，感到很满意，就开始打起盹来，蒙眬欲睡中我想起过节的事，还想起那些由于过节而带来的物质上的操心。什么开销呀，什么打扰呀……于是我想，人们把伟大事件的日子变成了自己愚蠢的胜利的日子。人们从没有比过节时更为生活琐事所操心了。

时钟不停地响着，用毫不留情的精确性，记下了我生活里消逝得无影无踪的每分每秒。梦中我听见白雪的沙沙声，它愈来愈强烈了。路灯已经熄灭。暴风雪带来了很多新的声音——护窗板在轧轧地响，树枝烦人地敲打着屋顶上的铁皮，还传来了某些叹息声、号叫声、呻吟声、絮语声、口哨声——所有这一切，一会儿汇合成为一种忧郁的和声，使心里充满忧愁；一会儿又显得温柔而幽静，像在催我入梦似的。就好像什么人在讲着一个充满使心灵感到温暖的无数幻想的神经质的故事。但突然间——这是怎么回事？

窗子上模糊的斑点，突然燃起了一阵天蓝色的磷光，它扩大起来，一直扩散到我的房间的墙壁上。在这片以令我惊讶的速度充满了整个房间的天蓝色的光亮里，好像从什么地方吹来一层浓密的、泛白色的烟云，在它当中仿佛闪着许多火星，使人想起那是人的眼睛；这烟云在古怪的慌乱之中旋转着，像是被旋风在吹转着。它旋转着，消融了——变得更加透明，分裂成许多碎片，用寒气和恐怖向我吹来，在我看来它是毫无边缘的，用一种什么东西在威吓着我。从它里面发出了喧哗声，很像是一种不满的和凶狠的怨声。于是它又分裂成一块块碎片，占满了整个房间。它们在充满着天蓝色的闪光里是透明的，它们慢慢地旋转着，逐渐变成了我的眼睛熟悉的和习惯的形状。瞧，在那儿，在房角里聚集着许多孩子，毋宁说是孩子们的影子，而在他们后面，是一个长着白胡须的老头儿，还有一些妇女……"这些影子是从哪儿来的，他们是些什么人？"这时在我的充满了恐惧和惊讶的头脑里闪过了这个问题。

我的思想活动，瞒不过这些在风暴之夜出现的来客。

"我们从哪儿来的,我们是谁?"这时传出了一个庄严的声音——这个声音是悲伤的、凄凉的,就像白雪的沙沙声……"你记得起来吗?你不认识我们吗?"

我一声不响地摇着头,不承认我同这些影子相识。而他们从容不迫地在空中摇晃起来,好像是在和着暴风雪的歌声表演某种欢庆的舞蹈。这些半透明的、勉强辨别出轮廓的影子,这些怪物,无声无息地聚集在我的前面,我突然看清在他们当中有一个瞎眼的老头儿,抓住老太婆的腰带,这个老太婆弯着腰,用责备的眼光盯着我。他们两个人穿着落满闪光耀眼的白雪的破衣烂衫,从他们身上向我吹来一阵寒气。我知道了,他们是谁,但是他们为什么来呢?

"你现在晓得了吧?"这个声音问我。我不知道,这是暴风雪的声音,还是我的良心的声音,但在它里面有某种威严的、使我慑服的东西。

"这样,你知道了这是谁,"这个声音继续说道,"至于所有其他的人——也是你的许多圣诞节故事中的人物——是被你为了使公众消遣而冻死了的儿童、妇女和男人。你现在瞧吧,他们从你的眼前走过,你会看见你的幻想的这些成果,他们的人数是那么众多,他们又都非常可怜。"

这时,影子在空中晃动起来,在他们所有人的前面,是一个男孩和一个女孩,像是用白雪和月亮的光辉做成的两朵大花儿。

"瞧,"这个声音解释道,"这个男孩和女孩,是你让他们在点燃着圣诞树的一家有钱的人家的窗户下面冻死的。你记得吗——他们看着那棵圣诞树,梦想着就冻死了……"

我这两个小的人物毫无声息地从我的面前飞过,消融在天蓝色的闪光里。在他们的位置上,出现了一个带着愁容的疲惫不堪的妇女。

"这就是那个母亲,她赶到村子里自己的孩子们那儿去过圣诞节,带给他们一些不值钱的礼品。"

我怀着恐惧而又羞愧的心情看着这个影子。

"此外还有。"这个声音平静地数着我的作品中所有的人物。这些人物的影子,就在我的眼前飘浮过去,他们的白色的衣衫飘动着,而我因为吹到我身上来的寒气发起抖来。这是些默默无声的、忧伤的影子……他们缓慢的动作和他们模糊的视线中那种无法描绘的忧愁压得我透不过气来,我感到在他们前面有些羞愧,我也就更加害怕他们。他们要怎样对待我呢?他们的出现有什么意思呢?他们的出现是想提醒我什么,或者是想教训我什么呢?

"这就是你刚写完的最近一篇故事中的人物。"

穿着落满白雪的破衣烂衫的瞎眼老头儿,慢慢地在空中从我面前飘浮过去,他用昏暗的张得很大的眼睛看着我的面孔。他的胡须完全盖满了晶莹的白雪,在他的嘴凹下的地方竖着几根冰箸。老太婆周身白霜,用婴孩的幸福的微笑在微笑着,但是这个微笑是不动的,还有在老太婆满是皱纹的双颊上的白霜也是不动的。影子在空中飞翔着,暴风雪老是唱着它的悲歌,在我的心灵里唤醒了某种不安的感情。从前,我一声不响地看着这一切,就像是透过梦的烟雾似的;可是现在呢,某种东西在我的心里觉醒了,于是我想讲话。影子又重新聚集成一大团,形成了一团毫无定形的模糊的云。从这团云里,有许多我笔下的人物的各式各样的眼睛,带着悲伤和忧愁看着我,由于这些不动的和死人的目光,我感到更加不舒服和羞愧。

暴风雪停止了歌唱,所有的声音都随着云消失了。我再也听不见时钟的单调的嘀嗒声、白雪的沙沙声,也听不见同我讲话的那个声音。到处是一片全然的寂静,我的幻想的成果也都变成死的——他们既没有声音,也没有动作,不动地停在空中,就好像在等待什么似的。而我也怀着一颗惶恐不安的心热切地等待着,在死人的眼睛的寒冷的视线之下感到苦恼不堪。

这样持续了很久的时间,但我始终无法把我的眼睛从这些影子移开去。最后我的耐性终于消失了,我就忧郁地叫喊起来:

"我的天哪!为什么要这样?这有什么意思!"

这时又重新传来了那个缓慢而又冷漠的声音:

"你自己回答你的问题吧……你为什么要写这些东西?为什么?生活的苦难中那些到处可以感触到和见到的真实的不幸,仿佛你还嫌不够似的,你又臆造出许多新的不幸,把它们讲给人们听,你想描写你的阴暗的幻想,就好像它们是真实存在着似的?难道在生活当中阴暗的和丑恶的事还太少吗,你认为还必须根据你的想象再来补充它吗?为什么要这样做?你想达到什么目的——要扼杀人们心中残存的勇气,夺去他们对美好生活的希望,只让他们看到一些极为丑恶的东西?也许,你是光明和希望的敌人,你想尽可能地创造出更多的阴沉和黑暗的东西,使人们更加失望?或者你憎恨人类,你想毁灭掉他们生活下去的愿望,把生活描写成完全是不幸?为什么你每年都要在自己的圣诞节的故事里,不是冻死那些孩子,就是冻死那些成年人,而且你还挖空心思想使你的描写更加真实?为什么要这样?有什么目的?你好好想想吧……"

我被震惊住了。这些奇突的责备——难道不对么？大家都同样地写圣诞节的故事——拿一个可怜的男孩或是一个女孩，把他们在某处经常点着圣诞树的有钱的人家的窗户下面冻死。这已经是习以为常的事了，我是模仿它的——就正是这样。这里有什么意思呢？我觉得我在这个声音前面完全是对的，就决定向他解释一下圣诞节故事的意思。我承认——我已经认为这个声音不是特别英明的了……

"请您听着吧，"我开始说道，"我不知道您是谁，我也不想知道这一点。您向我提出了几个问题——对不起，我要回答您，此外，我希望，您不要再来打扰我在这一夜安静睡觉的权利，我把人们冻死，是由于善良的动机：描写他们的垂死挣扎，我用它来唤起公众对被侮辱者和被损害者的人道主义的感情。您理解我吗，我的神秘的对话人？我想打动读者的心，向他描写出在过复活节时穷人们的悲惨生活。他在过节时，吃得那样有口味，又吃得很多——我想提醒他那些因为饥饿而死掉的人。他在寻欢作乐——我就给他讲述那些为生活所迫的人胆怯地流着的眼泪，都结成了冰……我要打动人心，我相信，读者的心会表示怜悯；我深信，吃饱饭的人靠了我的帮助会理解饥饿人的情况……我……"

这时在影子中间出现了某种奇怪的可怕的动作。我惊讶地看着他们，不懂这是怎么回事。他们在无声的跳舞当中发起抖来，就好像一阵可怕的寒热病的发作，突然在侵袭着他们。他们弯曲起身子，好像准备同旋风搏斗，而旋风想把它们吹走，撕裂成碎片。暴风雪哀号、呼啸、嬉笑、怒吼着。影子颤抖着，他们死的眼睛依然还是死的，虽然他们面孔的微弱的外形，装出了一些鬼脸，一些可怕的幽灵的鬼脸。甚至连天蓝色磷火的光亮，也因为影子的这种无法理解和无声的舞蹈而颤抖起来。他们发生了什么事，我的天哪，他们发生了什么事？

我的身上出了一阵冷汗，我头上的头发也颤动起来。

"他们在笑。"这个冷漠的声音讲道。

"笑什么？"我用勉强能听见的声音问道。

"笑你……"

"为了什么？"

"为了你的幼稚的话语的天真可笑……你描写幻想的不幸，你想唤起人们心中善良的感情,对于这些人,甚至连现实的不幸也看着好玩而已。假如你在自己的一篇故事里面,把全地球的可怜的孩子都冻死了——你只有使你的读者们感到高兴。他们,也许会开玩笑地称你是个希律王①,但是,大概,他们想起你的故事只是幻想,会失望地叹一口气的。你想想吧,早就有人想唤起人们心中善良的感情,你记得吗,他们怎样英明地唤醒过他们,你再看看生活吧……傻瓜!当现实不能感动人们,他们的心灵也不因为严峻的苦难和卑鄙而感到屈辱时,你的幻想能使人变得崇高吗?你想唤起他的心,告诉他那些由于挨冻受饿而死了的人,讲到生活中所有的阴暗的现象,但每个人都对这些现象闭眼不问,在生活中为自己寻找安静和满足,用施舍的几分钱来镇静自己的良心。贫穷和不幸的海洋,把残酷无情的河堤渗漏出洞来,但是那些向它抛豌豆的人,就能阻止住海洋的冲击吗……你也这样希望着吗?!"

　　影子的无声的笑在继续着,我感觉到,好像它再也完结不了——一直到我死的一天,我都要被恐惧所压倒而看着它。暴风雪恬不知耻地哈哈大笑着,震得我耳朵就要聋了,冷漠的声音始终在讲着、讲着。他的每句话,都像一个冰冷的铁钉,一会儿钉进我的头脑,一会儿钉在我的心上,而影子的无声的鬼脸,变得愈来愈可怕,激动着他们的无声的笑的颤抖,也变得愈来愈强烈。

　　于是我被黑暗所笼罩,满心痛苦和愤怒,慢慢地沉到了什么地方去。

　　"这是撒谎!"听了这个声音讲的这些话,我忧愁和发狂地叫喊起来。突然间,我从床上跳下来,拼命地冲向那个黑暗的深渊,飞到它里面去,由于下坠的迅速而急喘着。口哨声、怒吼声和无耻的哈哈大笑声伴随着我,影子也跟着我穿过黑暗在飞翔,他们在飞翔时,还一边看着我的面孔,装出各种粗野的鬼脸……

　　清晨我醒过来时,感到头痛,心里忧郁。首先我拿起那篇关于瞎眼的老头儿和老太婆的故事,重读了一遍……然后就撕掉了。

---

① 典出《圣经·新约·马太福音》,犹太王希律(Herod)以残忍闻名,曾杀死自己的妻子和儿子。当耶稣诞生时,希律曾下令屠杀所有两岁以内的婴孩。

谈一本令人不安的书*

我不是一个小孩子,我四十岁啦,的确是这样!我知道生活,正像知道自己手掌上和两颊上的皱纹一样,没有什么东西可以教导我,也没有什么人可以教导我。我有家庭,为了使得这个家庭幸福,我弯腰曲背了二十年,的确是这样,先生!弯腰曲背——这可不是一件特别轻松的,而且还是一件最不愉快的职业。但是,这是过去的事,并且早已过去了,现在我想摆脱开生活的操劳好好休息一下——这就是我要您了解的,我的先生!

休息的时候,我喜欢读书。读书——对于一个有文化教养的人,是种高尚的享受;我珍视书籍,它是我热爱的癖好。但我决不因此就属于那些古怪的人之列,这些人好像饥饿的人抢面包一样,可以向任何一本书扑过去,他们想从这本书里找到某些新的词句,盼着从中得到如何生活的指示。

我知道应该怎样生活,我知道,先生……

我是有选择的,只读那些写得非常热情的好书,我喜欢作者善于显示生活的光明面,并且把不愉快的事情描写得那么出色,使你在享受着调料的美味时,不会再去想到烧肉的美质。书籍应该使我们这些劳碌终生的人感到慰藉,它应该安抚我们,这就是我要向您说的,我的先生!安静的休息——这是我的神圣的权利,谁敢说不是这样的呢?

先生,有一次,我买了一位新近大受赞赏的作家的书。

我买了这本书,怀着喜爱的心情把它带回家,晚上,我小心翼翼地裁开书边,就开始阅读。应该说——我是带着预防的态度去读这本书的。我不相信这些年轻的、讨人喜欢的和另样的天才。我喜欢屠格涅夫——这是一位沉静的、温和的作家,读他的作品,就像喝浓牛奶,读着读着就会想道:"这已是很

---

  * 本篇最初发表在一九〇〇年十二月二十九日《尼日尼·诺夫戈罗德报》上。译自三十卷本《高尔基文集》第四卷。据一般推测,这本"令人不安的书"指契诃夫的小说集,说的是反话,意思正是要大家读这类有着深刻内容和触动着人心的书。

久以前的事啦,这一切都早已过去,早已经历过了!"我喜欢冈察罗夫——他写得平心静气,内容充实而又令人信服……

但是,我读着读着……这是怎么一回事!美丽、精确的语言,公正的态度,您知道,还又写得那样平稳——真是好极啦!我读了一篇短小的短篇小说,合上书本,就开始思考起来……印象是凄切的,但是读起来倒用不着担惊受怕。您知道,没有什么对富有的人讲的生硬的、模棱两可的话,没有什么想把小兄弟当作一切美德和理想化身的典范来描写的意图,也没有什么粗鲁无礼的地方,一切都很朴素,都很亲切……我又读了一个短篇,真好,真好!好极了!还有……听说,当一个中国人想要毒死一个不知道为了什么会使他讨厌的好朋友时,这个中国人就请他吃生姜做的糖酱。他怀着非言语所能形容的快乐,一个劲儿地吃着那种好极了的美味的糖酱,直到某一个时刻到来为止。当这"某一个时刻"来到时,这个人就突然倒下去,于是一切也就完结了!他永远不,并且什么都不想再吃了,因为他本人已经准备去做坟墓里蛆虫的食粮了。

这本书写的就是这样一些情形——我不停地读着它。上了床我还在读,等到读完它的时候,我就熄了灯,准备睡觉了。我静静地伸直身子躺着。周围是一片黑暗、寂静……

突然间,您知道,我感觉到有某种异常的现象——我开始觉得好像有几只秋天的苍蝇,带着轻微的嗡嗡声,在黑暗中,在我的头顶上飞着,转来转去——您知道这些纠缠不休的苍蝇吗?它们有时会突然停在你的鼻子上,你的两耳上,你的下巴上。它们的脚爪,特别刺得皮肤痒呵呵的……

我睁开眼睛——什么都没有。但在我的心里面——好像有着某种模糊的、不愉快的东西。我不禁回想起我刚读过的东西,那些人物的阴暗的形象就呈现在我的眼前……这都是些萎靡的、静静的、没有血色的人,他们的生活——是不合理的、无聊的。

我睡不着……

我开始想:我活了四十年,四十年,四十年。我的胃消化不良。妻子说我——哼!——说我已经不像五年前那样热烈地爱她了……儿子是个笨蛋。学业成绩糟糕透了,人又懒惰,只喜欢溜冰,读些愚蠢的书……应该瞧一瞧,这是些什么书……学校,这是个折磨人的机关,把孩子教得都不成样子了。妻子的眼睛下面已经有了皱纹,她也是那一套……至于我的差事,假如正确地加以论断的话,那就是全然的愚蠢。总之,假如正确地加以论断的话,那么我全部的生活就是……

这时,我抓住了我的想象的缰绳,又重新睁开我的眼睛。这是怎么一回事呀?

我一看——有一本书站在我的床边。它那样干枯、消瘦,用细长的两腿站着,摇晃着小小的脑袋,以示赞同,并且还借着翻动书页的轻微的窸窣声向我讲道:

"你正确地论断吧……"

它的面孔那样长,狂暴而又忧愁,两只眼睛明亮地闪着苦痛的光芒,穿透着我的心灵。

"你好生想想吧,想想吧:你为什么活了四十年?在这段时间当中,你给生活做了什么贡献?在你的头脑里面就从没有产生过一个新鲜的思想,在这四十年当中你也没有讲过一句有独到见解的话……你的心胸里面从来没有充满过健康而有力的感情,甚至当你已经爱上一个女人之后,你也一直还在这样想着:她对于你是不是一个合适的妻子呢?你一半的生活是在学习,另一半生活——就忘掉你所学到的东西。你永远只关心着生活的舒适、温饱……你这个微不足道的平庸的人,你是个谁都不需要的多余的人。你死了以后将留下什么呢?就好像你从来没有活过一样……

这本该诅咒的书就向我闯过来,扑在我的胸口上,紧压着我。它的书页颤抖着,拥抱住我,并对我细语道:

"像你这样的人,在世界上有成千成万。你一生就像蟑螂一样蹲在自己温暖的墙缝里,因此,你的生活就这样无聊而平凡。"

我倾听着这些话,感到好像有谁把细长而又冰冷的手指伸进我的心里,在那里面挖着,我感到闷气、难过、惶惶不安。在我看来,生活对于我从没有特别明朗过,我看着它,就好像看着已经成为我习以为常的义务似的……可是讲得更正确一些,我从没有看着它……我活着——这就行了。可是现在这本荒谬可笑的书,却把生活涂上了一种无聊得难以忍受、灰暗得令人不胜烦恼的色彩。

"人们在受苦受难,他们有所要求,他们有所向往,而你却在当官差……你干吗要当差?所为何来?当这种官差有什么意义?你自己既不能从中找到什么满足,它也不能给旁人什么好处……你为什么活着?……"

这些问题咬着我,啃着我,我无法入睡。而人是必须睡觉的啊,我的先生!

书中的那些人物又从书页里看着我,问道:

"你为什么活着?"

"这不关你们的事!"我本想这样讲,但我又不能这样讲。这时,一阵阵沙沙声、细语声在我的耳朵里响着。我觉得,这是生活海洋的巨浪托起了我的床,把它和我一起带到一处无边无涯的地方,并且还摇晃着我。对以往岁月的回忆,引起我患了一种类似晕船的病……我从来没有经历过如此不得安宁的夜,我向您发誓,我的先生!

我还要问您:书这样烦扰人,不让人安眠,这样的书对人有什么好处呢?书应该使我振奋精力;假如它把尖针撒在我的床上,请问,这样的书我要它干吗?这一类的书应该禁止销行——这就是我要说的,我的先生!因为人需要愉快,而不愉快的事情人自己也会创造的……

这一切是怎样结束的呢?简单之至,先生!您知道,清晨,我凶神恶煞地从床上爬起来,拿着这本书,把它带到装封面的工人那里去。

他为我装——了——一——个——封面!这封面是坚固而又沉重的。现在那本书放在我的书柜的最下一层上,我高兴的时候,就用皮靴的尖头轻轻地踢踢它,问它道:

"怎么样,你胜了吗,啊?"

我怎样学习*

当我六七岁的时候,我的外祖父开始教我识字。事情是这样的:有一天晚上,他从什么地方弄来一本薄薄的小书,他把这本书拿在自己的手掌里,在我的头顶上拍得啪啪响,并且开心地说:

"哎,卡尔梅克的高颧骨①,坐下来学习识字课本!你看见这个字形吗?这是——阿兹。念:阿兹②!这是——布基③,这是——韦季④。懂了吗?"

"懂啦。"

"撒谎。"

他用手指戳着第二个字母。

"这是什么?"

"布基。"

"这个呢?"

"韦季。"

"这个呢?"他指着第五个字母。

"不知道。"

"多布罗⑤。呶——这是什么?"

"阿兹。"

"对啦!念——格拉戈利,多布罗,耶斯奇,日韦捷⑥!"

他用结实的滚烫的手臂搂住我的脖子,用指头戳着摆在我鼻子下面的识

---

* 本篇最初题名为《关于书籍》,发表在一九一八年五月二十二日的《新生活报》,同天还发表于《书籍与生活报》,并加了副标题"短篇小说"。译自六十卷本《高尔基全集》第十六卷。

① 卡尔梅克人的面形颧骨高耸,高尔基也是高额骨,因此家里给他取了这个绰号。

② ③ ④ ⑤ 阿兹(аз)、布基(буки)、韦季(веди)、多布罗(добро),是教会古斯拉夫语,同时也是四个俄语字母(А、Б、В、Д)的名称。在旧俄时代学习字母时,都要先从学习字母的名称开始。

⑥ 格拉戈利(глаголь)、耶斯奇(есть)、日韦捷(живете)是教会古斯拉夫语,同时也是三个俄语字母(Г、Е、Ж)的名称。

字课本上的字母,并且不断地提高了声音叫喊着:

"泽姆利亚!柳季①!"

我觉得有趣味地看到,就是这些熟悉的单词——多布罗,耶斯奇,日韦捷,泽姆利亚,柳季②——都用并不复杂的小小的符号描绘在纸头上,我很容易记住它们的字形。外祖父督促着我学习识字课本,大概两个钟头,当功课结束时,我能够毫无错误地念出十几个字母,但我完全不懂为什么需要这样做,而且当知道识字课本的字母符号的名称时又怎样才能读。

现在采用拼音的办法学习识字课本,是多么方便啊,当看到"A"字时就读"阿",而不是"阿兹","B"就是"韦",而不是"韦季"。想出这种用拼音的办法来学习字母的学者们③,是应该大大感激的——由于这种办法就节省了多少孩子的精力,并且能更加迅速地就学会识字! 这就是说——无论在什么方面,科学总是想减轻人的劳动,保护人的精力不至于无谓地浪费掉。

我用了三天的工夫记住了所有的字母,接着就到了学习拼音的时候——把字母组成单词。现在,按照拼音的办法,这就简单得多了,当一个人读出声音:奥(о),卡(к),恩(н),奥(о),立刻就听出,他讲的是某一个固定的他熟悉的单词——奥克诺(окно)④。

我学习时却是另一种办法:为了要读出"окно"(奥克诺)这个单词,我必须说出一长串的毫无意义的音:翁+卡科=奥克,纳什+翁=诺,最后拼成"奥克诺"。更难的和更加无法理解的是那些多音节的单词:为了要拼出"波洛维察"(половица)⑤,就必须说出:波科伊+翁=波,柳季+翁=洛,拼成"波洛",韦季+伊日=维,再拼成"波洛维",齐+阿兹=察,再拼成"波洛维察"! 或者是"切尔维亚克"(червяк)⑥:切尔维+耶斯奇=切,尔齐+韦季+阿兹+维亚=尔维亚,再拼成"切尔维亚",卡科+耶尔=克,最后拼成"切尔维亚克"!

---

① 泽姆利亚(земля)、柳季(люди),是教会古斯拉夫语,同时也是两个俄语字母(З、Л)的名称。
② 这几个单词在俄语中的意义分别是:善良、是(或吃)、生活、大地、人们。
③ 拼音学习法是由俄国教育家乌申斯基(1824—1870)在一八六四年发明的,他在当年写成《俄语初步教法》和《〈国语〉教学指南》两书,叙述了这种教学办法。一八七五年高尔基七岁时,他的母亲曾用乌申斯基编的《〈国语〉教学指南》教过他。
④ 俄文意为"窗户"。
⑤ 俄文意为"一块地板"。
⑥ 俄文意为"蛆虫"。

这些毫无意义的混乱音节,使得我非常厌倦,脑筋很快就疲乏了,理解力也不起作用了,我讲了些可笑的胡说八道的话,自己也大笑起来,外祖父因此就打我的后脑勺,或者就用树条抽打我。但讲着这些胡说八道的东西时,不可能不哈哈大笑,例如:梅斯列捷+翁+莫=莫,尔齐+多布罗+韦季+伊日+纳什=尔德文,再拼成"莫尔德文"①;或者:布基+阿兹+巴=巴,沙+卡科+伊日+什基=巴什基,尔齐+耶尔=尔,再拼成"巴什基尔"②。自然地我就把"莫尔多文"读成"莫尔金",把"巴什基尔"读成"什比尔",有一次把"博戈波多边"③读成了"波尔托波多边"④,把"耶皮斯科普"⑤读成"斯科皮多姆"⑥。为了这些错误,外祖父用树条狠狠地抽打了我,或者就揪着我的头发直到头痛。

而错误是不可避免的,因为这种拼读单词的方法,是很难理解,必须猜出它们的意思,因此念出的不是要读的那个单词,也不能按声音去理解像它的单词。当你读"鲁科杰利耶"(рукоделье),你念成了"穆科谢伊"(мукосей)⑦,当你念"克鲁日瓦"(кржева),你却念成"日瓦奇"(жевать)⑧。

我长久地——大概一个多月——为学习这种音节的拼音读法而苦恼,当外祖父要我读用教会斯拉夫语写的《赞美诗集》⑨时,就更加困难了。外祖父很好地而且迅速地读着这种文字,但是他自己不大懂它们和民用字母的区别⑩。对我来说,又出现了一些新的字母"普萨"(пеа)、"克西"(кси)⑪,外祖父不能解释它们是从哪里来的,就用拳头揍我的头,并且说:

"不是'波科伊'(покой)⑫,小鬼头,而是'普萨''普萨''普萨!'"

这是种折磨,它继续了四个月左右,最后我终于学会了既能读"民用字

---

① 俄文意为"莫尔多瓦人"。
② 俄文意为"巴什基尔人"。
③ 俄文意为"像神一样的"。
④ 俄文意为"像螺钉一样的"。
⑤ 俄文意为"主教"。
⑥ 俄文意为"吝啬的人"。
⑦ "鲁科杰利耶"俄文意为"针线活","穆科谢伊"则是"筛粉工人"。
⑧ "克鲁日瓦"意为"花边","日瓦奇"是"咀嚼"。
⑨ "赞美诗集"亦可译为"圣诗集",即《旧约·圣经》中的《诗篇》。在旧俄时代,《赞美诗集》作为初学者的教科书用。
⑩ "民用字母"是彼得大帝时推行的一种字母的写法,比教会古斯拉夫字母更为简便,这也就是现在通用的俄文字母。
⑪ "普萨"和"克西"是教会斯拉夫语的两个字母的名称。
⑫ "波科伊"是教会斯拉夫语和俄语字母"п"的名称。

母",又能读"教会古斯拉夫字母",但对于读书和书籍我却有了一种坚决的厌恶和敌视。

秋天,家里送我进了小学,但过了几个星期以后我出了天花,我相当高兴的是学习中断了。但是过了一年,我又重新被送进了学校——那已是另一所小学了。①

我上学的时候,穿着母亲的皮鞋、用外祖母的短上衣改缝成的小外套、一件黄衬衫和"散着裤腿"的裤子,所有这一切马上就遭到大家的嘲笑,为了那件黄衬衫,还得到了一个"红方块爱司"②的绰号。我和孩子们很快就相处得很好,但是老师和神父却不喜欢我。

老师是个黄脸的秃头的人,他的鼻子经常流血,他来到教室时,用棉花塞在鼻孔里,坐在桌子后面,带着难听的鼻音问大家的功课,突然间他讲了半句话就不响了,把棉花从鼻孔里拖出来,摇着头仔细地看着它。他的脸是扁平的、黄铜色的、萎靡不振的,在皱纹里有某种发绿的东西,特别是在他脸上的那一对完全是多余的铅一样的眼睛,使得面孔特别难看,这对眼睛不愉快地盯着我的脸,因此使我老是用手掌擦着两颊。

有好几天我坐在第一班的最前排的课桌上,几乎紧靠着老师的桌子——这简直使我难以忍受,就好像他除了我之外谁也看不见,他老是用难听的鼻音说:

"彼斯科——奥夫③,换一件衬——衬衫!彼斯科——奥夫,不要老动脚!彼斯科夫,从你的皮鞋上又流——流出一汪水了!"

为了这,我用粗野的恶作剧对他进行了报复:有一次,我弄到半个西瓜,我挖空瓜瓤,用绳子把它系到半暗的门廊里的门的滑轨上。当门打开时——西瓜就升上去,而在老师关门时——西瓜就像顶帽子正好扣在他的秃头上。看门的人拿着老师开的字条把我带回家去,为了这场淘气,我用自己的皮肉偿付了代价。

另一次,我把鼻烟撒在他的桌子的抽斗里,他接连着打起喷嚏来,只好走

---

① 高尔基在一八七六年初进了亚姆斯克教堂附设的小学,因出天花辍学;一八七七年初又进了尼日尼镇的库纳文斯克小学。
② "红方块爱司"是扑克牌中的一种花样。十月革命前劳役犯背上都缝有一块红布记号,也称为"红方块爱司"。
③ 高尔基的姓是"彼什科夫",但老师读成"彼斯科夫"。

出教室,叫他的当军官的女婿来代课,这个军官就强迫全班人唱《上帝佑我沙皇》和《啊,你,自由啊,我的自由》①。对那些唱得不对的人,他就用尺子敲他们的头,敲得特别响亮而又好笑,但并不疼。

宗教课程②的老师是一个漂亮而又年轻的、长着松软的头发的神父,他不喜欢我,因为我没有《旧约与新约圣经故事》③,而且还因为我滑稽地模仿着他的样子讲话。

他一进教室,第一件事就是问我:

"彼什科夫,书带来了没有?是的。是书啊?"

我回答说:

"没有。没有带来。是的。"

"什么——是的?"

"没有。"

"咴,那么——你就回家去吧!是的。回家去。因为我不想教你。是的。不想教你。"

这并没有使我感到多么伤心,我走出去,一直到功课结束放学的时候,我都在镇上的肮脏的街道上来回闲逛着,仔细地看着它的喧闹的生活。

虽然我学习得还不错,但不久校方就告诉我,说我由于一件不体面的行为要从学校开除。我垂头丧气——许多很大的不愉快的事情正在威胁着我。

但是救星来了——赫里桑夫④主教突然来到了学校。

他个子不大,穿着一身宽大的黑衣服,当他坐到桌子后面时,他从袖子里露出两只手,说道:

"咴,让我们来谈谈吧,我的孩子们!"教室里马上显得温暖、快活,而且还散发着一种不熟悉的愉快的气氛。

在叫了很多人以后,也把我叫到桌子跟前去,他严肃地问道:

"你——几岁啦?才这么一点儿大?小弟弟,你长得多高,啊?你常常站

---

① 《上帝佑我沙皇》是沙皇俄国的国歌,《啊,你,自由啊,我的自由》是首伪造的纪念"农奴解放"的民歌。
② 在旧俄的学校里,宗教或神学课程是必修课。
③ 这显然是指德米特里·索科洛夫写的有关圣经故事的课本,在十九世纪七十年代曾再版过好多次。
④ 赫里桑夫(1832—1883),著名的主教,著有《古代世界的宗教》等书,高尔基年轻时读过他的著作。

在雨底下挨浇吗？啊？"

他把一只留着尖长指甲的干瘦的手放在桌子上，用另一只手的手指握着稀疏的胡须，他的那对慈祥的眼睛注视着我的脸，提出道：

"喂，给我讲讲你喜欢圣经故事中的什么故事？"

当我说我没有书，我没有学圣经故事时，他扶正了高筒帽子，说道：

"这是怎么回事呢？要晓得，这是应该学的！也许你还知道什么，听说过什么？知道赞美诗吗？这太好啦！还有祈祷词呢？你瞧！还有使徒行传？还有诗篇？你看来是个什么都知道的人。"

这时我们的神父来了，他脸通红，气喘喘的，主教祝福了他，但是当神父要讲到我的时候，他举起手来说道：

"请等一会儿……喂，你讲一讲关于神人阿列克谢①的故事。"

"最好的诗啊，小兄弟，是不是？"当我忘记了某一行诗稍微停下来的时候，他又说："还会什么？……会讲大卫王②的故事吗？很想听听！"

我看得出，他是真正喜欢听，而且喜欢诗歌；他问了我很久，然后突然间停住，很快地询问：

"你学过赞美诗吗？谁教的？是那个慈祥的外祖父吗？他很凶狠？是真的吗？而你很淘气吧？"

我踌躇了一下，但只好说："是的！"老师和神父啰啰唆唆地说我的承认是实话，他低下眼睛，听着他们的讲话，然后叹了口气说道：

"他们是在讲你——听见了吗？呶，喂，走过来！"

他把发出柏木的清香的手放在我的头上，问道：

"你到底为什么要淘气呢？"

"学习很无聊。"

"无聊？小兄弟，这可有点不对头。如果你觉得学习无聊——那你就学得不好；可是现在老师们都证明你学得很好。这就是说还有别的原因。"

他从怀里掏出一本小书，在上面写道：

"彼什科夫·阿列克谢。就这样。你还得克制着，小兄弟，不要太淘气！

---

① 神人阿列克谢是俄国民间传说中一个有名的人物，据旧俄迷信认为他可以预言天机，关于他的事迹还写有通俗剧本《神人阿列克谢行传》。
② 大卫王是《旧约·圣经》中的传说人物，他是伯利恒人耶西的儿子，从事放羊，善于弹琴，而且勇于作战，后成为以色列人的王，据说他是《诗篇》的作者。

少少的——是可以的,要是太多啦——那就会让大家讨厌!我说的对吗?孩子们?"

许多的声音一起快乐地回答道:

"对。"

"要晓得,你们淘气得不很厉害,对么?"

孩子们得意地说道:

"不是。也很厉害!很厉害!"

主教往椅背上一靠,搂着我,令人吃惊地说着,说得使所有的人——甚至连教师和神父——都笑了起来。

"真是怪事,我的小兄弟们,要晓得,我在你们这样的年纪,也是一个大淘气鬼!这是怎么回事呢,小兄弟们?"

孩子们都笑起来了,他向他们问这问那,巧妙地把大家都弄糊涂了,让他们互相反驳,把快乐的空气弄得越来越浓。最后,他站起来说:

"淘气鬼,和你们在一起很愉快,但我现在该走啦!"

他举起一只手,把袖子褪到肩头,宽阔地挥动着手臂为所有的人画了个十字,祝福说:

"以圣父、圣子及圣灵之名,祝你们去做美好的工作!再见。"

大家都叫喊起来:

"再见,大主教!再到我们这儿来。"

他用高筒帽点点头,说道:

"我——会来,我会来!我要给你们带小书来!"

当他飘然地走出教室时,他对老师说:

"放他们回家吧!"

他拉着我的手走进门廊时,在那儿向我弯着身子悄悄地说:

"那么你——要克制一些,好吗?要晓得,我知道你为什么要淘气!呶,再见,小兄弟!"

我非常激动,一种多么特别的感情在我的心胸里沸腾,甚至当老师放走了全班的人,他留下我来,对我说,你现在应该比水还要安静,比草还要柔顺①——我注意而又乐意地听着他的话。

---

① 俄国的俗语,形容又安详又柔顺的人,常见于民间故事中。

神父穿上皮大衣,温柔地发出嗡嗡的声音说:

"从今以后,你应当上我所有的课!是的。应当。但是——要安安静静地坐着!是的。安安静静地。"

我在学校里的事情搞好了——但在家里却发生了一件可恶的事:我偷了母亲的一卢布。有一天晚上,母亲到什么地方去了,把我留在家里看管小孩;由于感到无聊,我就翻开继父的一本书——大仲马的《医生札记》①——在书页中间我看见两张钞票——一张十卢布的,一张一卢布的。书看不懂,我合上它,可是忽然想到,一卢布不仅可以买《圣经故事》,大概还可以买一本关于鲁滨孙的书②。在这以前不久,我在学校里才知道有这样一本书;严寒的一天,当课间休息时,我给孩子们讲故事,忽然有一个孩子轻蔑地说道:

"故事——这是胡说八道,可是鲁滨孙——这才是真正的故事呢!"

还又发现有几个读过鲁滨孙的小孩,大家都称赞这本书,我感到委屈的就是外祖母讲的故事不被人喜欢,于是我就决定要读一遍鲁滨孙,也能对他讲一句——这是胡说八道!

第二天,我带了一本《圣经故事》、两小册破烂的安徒生童话集,三俄磅白面包和一俄磅灌肠到学校去。在弗拉基米尔教堂院墙旁的那间又黑又小的铺子里就有鲁滨孙,那是一本薄薄的黄封面的小书,在第一面上画着一个戴毛皮尖顶帽子、肩头上披着兽皮的长着大胡子的人——这使我不喜欢,可是童话集,别看它们破烂,甚至从外表上就觉得可爱。

在中午大休息的时候,我同孩子们把面包和灌肠都分着吃了,我们就开始读优美的童话《夜莺》——它立刻抓住了所有人的心。

"在中国,所有的居民——都是中国人,连皇帝本人——也是一个中国人。"——我记得这一句话,以它的朴素的、含着愉快地微笑着的音乐性,还有某种惊人的美好的东西,使我感到惊奇。

我在学校里没有能把《夜莺》读完——因为时间不够,当我回到家时,母亲正站在火炉旁,手里拿着煎锅的活把儿,在煎鸡蛋,她用一种奇怪的、差不多听不见的声音问道:

"你拿了一卢布吗?"

---

① 指法国作家大仲马(1803—1870)的小说《一个医生的回忆录》(1846—1848)。
② 指英国作家笛福(约 1660—1731)的小说《鲁滨孙漂流记》(1719)。

"拿啦;瞧——这就是买的书……"

她用煎锅的活把儿非常认真地打了我一顿,把安徒生的书抢走了,永远藏到不知什么地方去,这比挨打还更伤心。

差不多整个冬天我都在学校里念书,夏天我的母亲死了①,外祖父立刻就送我"到人间去"——到绘图师那里去当学徒。虽然我也读了几本有趣的书,但我还是没有读书的特别愿望,并且读书的时间也不够。但是不久这种愿望就出现啦,立刻成了我的甜美的痛苦——我在我的《在人间》②一书里面曾详细地讲起这件事。

我学会了自觉地读书,是当我十四岁左右的时候。在那些年代里,吸引住我的已经不只是书的情节——就是所描写的各种事件的或多或少的有趣的发展——而我也开始了解到描写的美丽,默想着人物的性格,模糊地猜出了书的著者的目的,并且还不安地感觉到在书本里所说的和生活所提示的事物之间的差别。

那时我生活得很艰苦——我的主人们都是些根深蒂固的小市民,这些人的主要的享乐,就是丰盛的食物,而唯一的消遣——就是上教堂,他们到教堂去的时候,穿着打扮得非常华丽,就好像是到剧院去或是去参加游园会时穿着打扮的一样。我工作得很多,差不多达到了愚钝的程度,无论是平常的日子还是过节的日子,都同样地忙于成堆的琐碎的、无意义的和毫无结果的劳动。

我的主人们所住的那所房子,是属于一个"经营挖土修路工程的承包人"的,这是个从克利亚兹马来的身材矮小而结实的农民。他长着尖长的胡须,灰色的眼睛,他恶毒而又粗鲁,并且还有些特别冷酷无情。他有三十个左右的工人,都是些从弗拉基米尔来的农民;他们住在一间黑暗的地下室里,地面是洋灰地,小小的窗眼比地平面还要低。每天晚上,这些被劳动折磨得疲倦不堪的人,吃过用酸臭的白菜、动物的内脏和发出硝酸气味的腌肉所做成的菜汤以后,就慢慢费劲地爬到肮脏的院子里来,乱躺在地面上——在潮湿的地下室里实在是太闷气了,而且还因为有个巨大的炉灶充满了炭气。这时承包人就出现在自己房间的窗口,大声叫喊道:

---

① 高尔基的母亲是在一八七九年八月十七日(俄历五日)去世的。之后,外祖父先把他送到波尔胡诺夫的"时新鞋店",后又送到修建工程承包人绘图师谢尔盖耶夫家去当学徒。
② 《在人间》(1914)是高尔基自传三部曲的第二部。

"哎,你们这些魔鬼,又爬到院子里来啦?你们乱躺在一块儿,真像猪!我的房子里住的都是些上层社会的人——难道他们会高兴看见你们这种样子吗?"

工人们顺从地走回了地下室。这都是些忧愁的人,他们很少笑,差不多从来不唱歌,讲话也很简短,不大乐意,他们老是浑身泥土,在我看起来,就好像是些违反他们的意愿把他们复活起来的死人,要再折磨他们一生。

那些"上层社会的人"——是军官们、赌徒们和酒鬼们,他们把勤务兵打得流血,他们无情地殴打情妇们,就是那些穿得花花绿绿、爱抽纸烟的妇女。这些女人也常喝醉了酒,打那些勤务兵的嘴巴。勤务兵也喝酒,喝得很多,拼命地喝。

每逢星期天,这位承包人就走出门廊,坐在台阶上,一只手拿着一本长而窄的小账本,另一只手上拿着一截铅笔;挖土的工人就像叫花子似的,一个跟着一个走到他跟前。他们用压低了的声音讲话,向他行礼请安和搔着头发,而承包人对全院子高声大叫道:

"好,就这样!拿一卢布滚!什么?你的嘴巴想挨揍吗?你够啦!滚开去……喏!"

我知道,在这些挖土工人当中,有不少是这位承包人的同村人,也有他的亲戚,但他对所有的人都是同样残酷而又粗暴。就是那些挖土工人彼此之间也是残酷而又粗暴,特别是对待那些勤务兵。差不多每个星期天,院子里都要发生流血的打架,响着一大堆最肮脏的詈骂。挖土工人们都是无恶意地在打架的,就像是在执行他们所厌倦了的义务一样;被打得流血的人就离开或是爬到一边去,在那儿一声不响地察看着自己的抓伤、伤痕,用肮脏的手指剔动被打得摇摇欲坠的牙齿。被打伤了的脸,被打得发肿的眼睛,从没有引起同伴们的同情,但是假如衬衫被撕破了的话——大家就为它表示惋惜,而被撕破了衬衫的主人就闷闷不乐地生着气,有时还哭起来。

这些情景引起了我心中的一种无法描写的沉重的感觉。我可怜过这些人,但我是用一种冷淡的惋惜来可怜他们的,我心中从没有发生过一种愿望,想向他们当中的什么人讲句温暖的话,给被打伤了的人什么帮助——哪怕是给他们一些水,让他们洗掉那混杂着泥土和灰尘的令人不舒服的脓血。实际上,我不喜欢他们,还有些害怕他们,而且——也像我的主人们、军官们、团队的神父、邻居的厨师傅,甚至像勤务兵们一样,讲出"乡下佬"这个字眼——所有这些人都是用蔑视的态度讲起乡下人的。

怜悯人——这是很难的,常想快活地爱任何一个人,但没有一个人可以爱。于是我就更热爱上书籍。

此外,还有许多肮脏、残酷、引起尖锐的反感的感情——我不想再讲这些事,你们自己也知道这种地狱似的生活,这种人对人的普遍的嘲弄、这种相互磨难的病态的情欲——奴隶的享乐。然而就在这种该诅咒的情况下,我最初开始阅读外国文学家们的一些优美的、严肃的书籍。

当我感觉到,差不多每本书都在我的前面打开了一扇向着新的和人所不知道的世界的窗户,告诉了我许多我从来不知道和没有见过的人们、感情、思想和关系时,我大概无法充分明显而又确信地表达出我的惊讶是多么巨大。我甚至觉得,围绕着我的生活,每天在我的面前所展开的一切严峻、肮脏和残酷的事情,所有这一切——都不是真实的,都不是必要的;真实的和必要的东西只在书籍里才可以找到,在那里所有的东西都是更合理、更美丽和更有人道的。在书籍里面也讲到粗鲁,讲到人的粗鲁、讲到他们的痛苦,描写了恶毒的和卑鄙的人,但是和他们并列着的,还有我没有看见过的其他人,这些人我没有看见过,甚至没有听说过——这是些真诚的、精神健壮的、正直的人,他们时时刻刻准备着为了真理的胜利、为了美丽的壮举而牺牲。

最初的时候,当我被书籍向我展开的那个世界的新奇和精神上的重大意义所陶醉时,我开始认为它们比人更美好、更有趣、更亲近,并且——当我透过书籍来看现实的生活时,我好像有些头昏目眩。但是生活这位严峻的聪明人,很关切地医治好了我这种愉快的盲目性。

每逢星期天,当主人们出去做客或是散步时,我就从闷人的和散发着油腻气味的厨房的窗口爬出来,爬到屋顶上去,在那儿读书。那些半醉的或是渴睡的挖土工人,像鲶鱼一样地在院子里游动着,那些被勤务兵们粗暴调戏的侍女、洗衣妇和厨娘在尖叫着,我从高处看着院子,极端蔑视这种非常肮脏的、沉醉的和淫荡的生活。

在挖土工人当中有一个是工长,或者正像大家叫他是"班长",这是一个棱角毕露的、由许多瘦骨头和青筋随便组成的小老头,他名叫斯捷潘·廖申,他长着一对饿猫似的眼睛,在棕色的面孔上,满是青筋的脖子上和耳朵上,都长满了灰色的散乱得很可笑的短胡须。他衣服破烂、肮脏,比所有的挖土工人还要糟,在他们当中他是个最善于交际的人,但是显然地大家都害怕他,甚至承包人本人同他讲话时,也压低了他那叫嚣的而且常是激怒的声音。我不止一次地听见工人们怎样背地里在骂廖申：

"吝啬鬼！犹大①！奴才！"

小老头儿廖申非常好动，但并不是瞎忙，他有时轻悄悄地、人不知鬼不觉地出现在院子的这一个角落里，一会儿又出现在另一个角落里，在到处只有两三个人聚集在一起的地方；他走近了，用那双猫的眼睛微笑着，用宽鼻子大声吸气，问道：

"呶，什么，啊？"

我觉得，他老是在寻找着什么，等待着什么话语。

有一次，当我坐在板棚的屋顶上时，廖申一边呷呷地叫着，一边顺着扶梯向我爬过来，坐在我的旁边，闻了一闻空气，说道：

"有干草的香味……你找到了一个好地方——既干净，还又远离开人们……你在读什么？"

他温存地看着我，我也很想告诉他我读的是什么书。

"如此，"他摇着头说道，"如此——这样！"

然后他沉默了很久，用黑色的手指剔着左脚上被打坏了的一个指甲，突然间，他向我斜视着，讲起话来，声音不高，像唱歌似的，有如在讲故事：

"在弗拉基米尔曾经有一个有学问的老爷萨巴涅耶夫②，是个了不起的人，他有一个儿子叫彼得鲁夏。他也喜欢读各种的书，并且还劝别的人读书，这样——他就被逮捕啦。"

"为了什么？"我问道。

"就是为了这个！不要读书，假如你要读的话，你要保持沉默！"

他笑起来，向我丢了个眼色，说道：

"我看你——是个正经的人，你不淘气的。呶，没有什么，好好地生活下去……"

这样，他在屋顶上又再稍坐了一会儿，就爬下到院子里去了。从此以后我觉察到，廖申在注意着我，监视着我。他更加频繁地带着问题来找我。

"呶，什么，啊！"

有一次，我讲了一个很使我激动的美德的和合理的原则战胜了恶德的故

---

① 据《圣经·新约》，犹大是耶稣的十二个门徒之一，后来出卖了耶稣，使耶稣被抓和钉上十字架。
② 可能指化学家阿·彼·萨巴涅耶夫(1843—1923)，他曾在莫斯科大学任教。

事给他听,他非常留神地听我讲,还摇着头说道:

"有这种事的。"

"有这种事么?"我高兴地问道。

"当然,要晓得——怎么会没有呢?什么都会有的!"老头儿肯定地说,"现在我来讲讲……"

于是他也向我"讲述了"一个关于真人的而不是书本里的人物的美好的故事,在结尾时他说,这是我牢记难忘的:

"当然,你不可能完全会理解这些事,可是——你要理解主要的:世上有很多烦琐的事;人就被纠缠在这些烦琐的事里面,他找不到出路——就是到上帝那儿去也是没有办法的! 这就是烦琐事的极大的约束,你懂了吗?"

这些话用一种充满活力的推动触动了我的心,在这以后我好像恍然大悟了。要晓得,实际上,我周围的那种生活——是一种烦琐的生活,它有着各种打架、放荡、小偷小摸和骂娘的话,也许,生活中充满了这些东西,对于人美好的纯洁的话都不够用了。

这个老头儿比我在世上多活了五倍的年纪,他知道很多事情,假如他说在生活中确实"存在着"美好的东西的话——那是应该相信他的。相信——我曾经这样想过,因为书籍已经暗示过我对于人的信念了。我猜想,它们所描绘的总是真实的生活,这就是说,它们是根据现实描写出来的,因此——我想——在现实中应该有美好的人,他们是同粗野的承包人、我的主人们、醉酒的军官们和一般地讲我所熟悉的一切人不同的人。

这个发现对于我是个巨大的欢乐,我开始更加愉快地来观察一切,想更好地、更关切地来对待人,当读到了什么好的、快乐的东西时,总想尽力把它讲给那些挖土工人和勤务兵听。他们不大乐意听我讲,看起来,好像他们不大相信我,但斯捷潘·廖申却常说:

"有这种事。什么都会有的。小兄弟!"

这句简短而富有智慧的话,对于我有一种惊人的强有力的意义!我越是常听到它,它就越是唤起我心中的勇敢而顽强的感情,唤起"要坚持自己的主张"的尖锐的愿望。要晓得,假如"什么都会有的",这就是说,我愿望的事也会有的吧?我发现到,就是在生活带给我那最大的委屈和苦恼的日子里,在我经历过太多的苦难的日子里,也正是在这些日子里,为了达到目的,勇敢而顽强的感情在我的心里特别地增长起来;也就正是在这些日子里,海格立斯想清除生活中的奥吉亚斯牛圈的年轻的愿望,①就更加有力地充满了我的心。当我现在五十岁的时候②,这种愿望还留在我的心里,要一直留到我死,为了这个特性,我应该感激人类精神的圣经——书籍,因为它们反映出了在成长中的人的心灵的伟大的受难与苦痛;我还应该感激理智的诗歌——科学,感激感情的诗歌——艺术。

书籍继续不断地在我的面前展开了新的东西;特别是《世界画报》和《绘画评论》③两种画报,给了我很多的东西。它们那些描绘出城市、人物和外国生活事件的图画,愈来愈扩大了我眼前的世界,于是我感觉到这个巨大的、有趣的和充满了伟大事业的世界在成长着。

那些同我们的教堂和房屋迥不相同的大教堂和宫殿,那些穿着另一种衣服的人,那被人用另一种样式美化了的大地,那些奇异的机器,那些惊人的手工艺品——所有这一切,都引起了我心中的一种莫名其妙的勇敢的感情,唤起了我心中也想去制造什么,建设什么的愿望。

所有的一切都是异样的,不相同的,但是我却模糊地意识到,就是所有这一切的东西都充满了同一种力量——这就是人的创造力。于是我对于人们的关切的感情,我对人们的尊敬就增长起来了。

当我在某一本刊物上,看到著名的学者法拉第④的画像,读了一篇关于他的我不大懂的文章之后,从文章里知道了法拉第是个普通的工人的时候,我完全为之震惊了。它深深地铭印在我的脑海里,在我觉得就像是神话故事一样。

"这是怎么回事呢?"我带着怀疑的态度问道,"这就是说,在挖土工人当中也有人能成为学者吗?还有我——也能吗?"

我当时不敢相信。我开始寻找——是不是还有其他什么著名人物,他们开头也是工人吗?在各种杂志上我什么人也没有找到;当时有一个相识的中

---

① 典故出自古希腊神话。相传奥吉亚斯国王有一个很大的牛圈,里面养了三千头牛,三十年来未曾打扫过一次,因此人们惯用"奥吉亚斯牛圈"形容最肮脏的地方。海格立斯在希腊神话中是力大无比的英雄,他年轻时完成了十二件苦差事,其中一件就是在奥吉亚斯牛圈的两边挖了两条沟,引进附近的河水,用一天的工夫冲洗掉牛圈的积粪。
② 高尔基在写作《我怎样学习》这篇自传体短篇小说的时候,正好五十岁。
③ 这是在圣彼得堡出版的两种画报的名称,《世界画报》(1869—1898)和《绘画评论》(1872—1905),都是周刊。
④ 法拉第(1791—1867),英国著名的物理学家和化学家,出生在一个铁匠的家庭。他发现了电磁感应现象,详细地研究过电场和磁场,并研究了氯,发现了两种新的氯化碳。

学生告诉我,很多很多有名的人最初都是工人出身,他还向我举出了几个名字,其中就有司蒂芬孙①,但是我不相信这个中学生的话。

我读得越多,书籍也就更加使我和世界接近,生活对我来说也就愈加光明,愈加有意义。我看见有许多人,他们生活得比我还更坏,更困难,这就稍微给了我一点安慰,不去和屈辱的现实妥协;我同样地也看见有许多人,他们善于有趣和快乐地生活着,而我的周围却没有一个人会这样生活。差不多在每本书里面,都有某种不安静的、吸引着人到未知的地方去和触动着人心的东西,在发出轻轻的响声。所有的人这样或是那样受着苦,大家都不满意生活,想寻找某种更好的东西,他们就变得更加亲近和更加理解了。书籍用对于美好事物的忧虑,笼罩了整个大地、整个世界;在这些书籍当中,每本书都是用符号和单词印在纸上的心灵,只要我的眼睛、当我的理智和它们接触的时候,这些符号和单词就复活了起来。

当我读着的时候,我时常流泪哭泣——它们那样好地讲到人们的情形,因此这些人也就变得可爱而又亲近了。而我这样一个被愚蠢的工作弄得异常苦恼被愚蠢的咒骂所侮辱了的孩子,我对自己宣布了庄严的誓言,就是当我长大了的时候,我要去帮助别人,真诚地去为他们服务。

这些书籍就像神话故事中奇异的鸟儿一样,唱着生活是那么多样而又丰富,唱着人在追求善和美的时候又是多么勇敢。这样愈是听下去,心里就愈加充满了健康的和勇敢的精神。我变得更加平静了,更加对自己有信心,更加精明地工作着,而更少去注意生活中的那些无数的屈辱。

每一本书都像一个小的阶梯,我沿着它向上爬,就从兽类上升到人类,上升到更美好的生活的境界和对这种生活的渴求。背上负着沉重的读过的书籍,我就觉得自己像是一个装满了复活的琼浆的瓶子;我走向那些勤务兵、走向那些挖土工人,向他们讲述和在他们面前描写出各种故事。

这使得他们开心起来了。

"呶,小滑头,"他们说道,"你是个真正的喜剧演员!你应该到民间演艺场去,到集场上去!"

当然,我所期待的并不是这些话,而是另外一些什么,但是——甚至就是这些话我也很满意。

------

① 司蒂芬孙(1781—1848),英国工程师,童年时在矿井里工作,一八一四年发明了新型的蒸汽机车。

可是，有时候我也成功的——当然，这并不是经常的——就是使那些从弗拉基米尔来的农民怀着紧张的注意听我讲话，并且还不止一次地使得某些人感到兴高采烈，甚至流下眼泪来——这些效果更加使我相信书籍的活生生的鼓舞力量。

瓦西里·雷巴科夫是个阴郁的有力气的小伙子，他喜欢不声不响地用肩头去碰人，这样他们就会像皮球一样从他身边飞开去——这个沉默不语的淘气鬼，有一次把我带到马房后面的一个角落里，向我建议道：

"列克谢①，教我读书吧，我要给你半卢布，要是教不会呢——那我就要揍你，把你撵出这个世界，说老实话，瞧——我画十字！"②

于是——他画了又宽又大的十字。

我有些害怕他那股忧郁的淘气，开始带着恐惧的心情教这个小伙子，但事情立刻进行得很好。在这种不习惯的劳动中，雷巴科夫是顽强的，而且是很聪明的。这样大概过了五个星期，当他工作之后回来的时候，他瞒着人偷偷地叫我到他那儿去，他从制帽里拖出了一张折皱了的小纸片，激动地对我嘟哝说：

"瞧！这是我从围墙上撕下来的，这儿讲的是什么，啊？等一等——'出卖房屋'，——对吗？呶——是出卖房屋吗？"

"对。"

雷巴科夫可怕地睁大了眼睛，额头上盖满了汗水，他沉默了一会儿，抓住我的肩头，摇着我的身子，悄悄地说道：

"你明白吗——我看着围墙，我觉得有谁在向我低声说：'出卖房屋'！天啊，饶了我吧……好像在低声向我说呢，我讲老实话！听我说，列克谢，难道我真学会了吗——呶？"

"那么再继续念下去！"

他死盯着纸头，轻轻地读道：

"'两'——对吗？'层楼的、石头地基的……'"

他的难看的脸上展开了一个最开朗的微笑，他摇着头，说了一些骂娘的话，然后微笑着，把那张小纸头整整齐齐地卷起来。

"我要把它留住作个纪念——这是第一张……啊，你，天呀……你明白了

---

① 列克谢是高尔基的名字阿列克谢的爱称。
② 用手指画十字表示发誓之意。

吗?它好像在向我低声细语,啊?这是件怪事情,小弟兄。啊,你……"

当我看到,他在他所发现的那个秘密之前,也就是靠了许多小的黑符号的帮助,把握住别人的思想和议论以及别人的心灵的那个秘密之前所表现出的浓烈的、沉重的快乐,还有那种孩子气的可笑的困惑时,我不禁发狂地哈哈大笑起来了。

我可以讲出很多的关于读书的事——这个我们习惯了的、日常的,但在本质上却又是一个人同各时代各民族的伟大心灵发生精神交流的秘密过程——就是这个读书的过程,有时突然地向人阐明了生活的意义和人在生活中的地位,我知道很多这样的,充满了差不多像神话故事般的现象。

我现在不能不讲这样的一件事。

我曾经在阿尔扎马斯①,在警察的监视之下生活,我的邻居、地方行政长官霍佳因采夫特别不喜欢我——甚至禁止他的女仆晚上跟我的厨娘在门口谈天。他们安排的警察就站在我的窗子下面,而且当他认为必要时,就天真而毫不客气地看着我的房间。所有这一切,都使得城里的人害怕,很长的时间城里没有一个人敢到我家里来。

但是有一次过节的时候,出现了一个穿着打褶的外衣的独眼的人②,他腋下夹着一个包裹,要我买他的长筒靴子。我说我不需要长筒靴。这时候,这个独眼的人带着怀疑的神情看了一下邻室的门,轻轻地说道:

"长筒靴——这是掩盖我来的真正原因,作家先生,我来是请求你的——你有什么好的小书可读吗?"

他那一只聪明的眼睛,并不能引起人怀疑到他真诚的愿望,最后终于使我相信了它,当他回答我的他需要什么书的问题时,他不断地环视着,而且用一种胆怯的声音深思熟虑地说道:

"关于讲生活法则的什么书,也就是说讲世界法则的。我不理解这些法则——例如怎样生活——以及一般的问题等等。离这儿不远,有一位住在消夏别墅里的喀山的数学教授,我到他那儿去过,为了修理皮鞋和做些园艺的工

---

① 一九〇二年高尔基被遣送到阿尔扎马斯去。
② 高尔基在一九〇二从阿尔扎马斯写给皮亚特尼茨基的信(1902 年 6 月 20—21 日)中说,这个"独眼的"皮鞋匠曾经"跟科斯捷林教授学过数学",而且"吞书籍有如吞火一样"。又据《高尔基在阿尔扎马斯》(1933)一书中所记,这个皮鞋匠大概名叫扎布罗金,曾经当过高尔基与革命小组之间的联系人。

作——我也是个园丁——向他学习数学课,可是数学不能解答我的问题,而他本人——又是沉默寡言的……"

我给了他一本德列富斯著的并不高明的小书《世界的进化与社会的进化》①——这是我能找到的关于这个问题的唯一的一本书。

"深深地感谢你!"这个独眼的人说道,很仔细地把书塞进了皮靴的长筒,"读完了的时候,请允许我到你这儿来谈谈……但是这一次我要作为园丁来,好像要在园子里剪覆盆子;你是知道的,警察——把你包围得很紧,一般地说——对于我也不方便……"

过了大概五天,他系了一条白色的围裙,带着园丁用的剪刀,手里还拿着一束树皮绳,而他那快活的神情更使我惊奇。他的那只眼睛愉快地闪着光,讲话的声音响亮而又坚定。差不多从他一开头讲话的时候起,他就用手掌拍着德列富斯的那本小书,而且匆忙地说道:

"我能不能从这里得出这样一个推论:就是上帝是不存在的?"

我并不是这类迅速的"推论"的崇拜者,因此我开始仔细地盘问他——为什么正是这个"推论"在吸引住他。

"对于我——这是最主要的事!"他热烈地而又低声地说道,"我正像所有类似的人这样论断:假如存在着上帝,而一切都按照他的意志的话,那就是说,我应该服从上帝的最高的预定,平心静气地生活下去。我读了非常多的关于神学的著作——《圣经》、吉洪·扎顿斯基、兹拉托乌斯特、叶夫列姆·西林②以及其他人的著作。可是——我想知道一件事:就是我要不要对自己和整个的生活负责?据《圣经》上说——那是用不着的,应该按照注定了的生活,而所有的科学——那全是废话。同样的还有天文学——也是一种虚构,一种臆造出来的东西。数学和其他的一切,也都是一样的。当然,你不会同意和服从这一点吧?"

"不。"我说道。

"那么我为什么应该同意呢?瞧吧,你就是因为不同意,才被流放到这儿

---

① 这是卡米尔·德列富斯在一八九六年出版的一本书。
② 吉洪·扎顿斯基(1724—1783),原名季莫费·索科洛夫,是位教会作家,曾任沃罗涅日的主教,退休后住在扎顿斯基修道院,改名为吉洪·扎顿斯基。约翰·兹拉托乌斯特(约 347—407),东正教活动家。叶夫列姆·西林(约 306—378),教会活动家。后两人都写有宗教著作多种,特别是注释《圣经》的著作。

来,交由警察监视,这就是说——你坚决地起来反对《圣经》,因为我是这样理解的:任何的不同意,都是一定要反对《圣经》的。这《圣经》就产生了一切强制服从的法规,但是自由的法规——却是来自科学,这就是说,是来自人的理智。现在更进一步说:假如上帝存在的话,那我就无事可做了;假如没有上帝的话——那我就得对一切,对整个的生活和所有的人负责!我很愿意按照神父们的榜样来负责,可是我却用了另一种形式——并不是服从,而是反抗生活中的恶!"

接着他又用手掌拍着书,怀着明显的不可动摇的信心补充道:

"所有一切的服从——都是恶,因为它把恶的东西更加巩固起来了!请你原谅我——我相信这本小书!它对于我,正像是密林里的一条小径。我已经为自己这样作了决定——要对一切负责!"

我们友好地一直交谈到深夜,因此我更加相信,就是这本并不重要的小书,是最后的一次打击,使得人的心灵对于宗教信仰重作狂热的探求,使人在世界的理智之美与力量面前表示出欢乐的崇敬。

这位可爱的聪明的人,实际上真诚地反对过生活中的恶,而于一九〇七年平静地去世了。

同样地,正像对于阴郁的莽撞人雷巴科夫一样,书籍也向我细语着另一种生活,一种比我所知道的还更有人道的生活;同样地,也像对独眼的皮鞋匠一样,它们向我指出了我在生活中的位置。这些书籍像给理智和心灵插上翅膀,帮助我高飞在腐臭的泥沼之上,要是没有它们,我也许会在泥沼里淹死,被愚蠢和平庸所憋死。书籍愈来愈加扩大了我面前的世界的界限,它们告诉我,那企图要走向美好的人是多么伟大、美丽;他在世界上做了多多的事,而他又遭受了多多的难以令人相信的苦难。

于是在我的心灵中就生长出了一种对于人——对于每一个人的关心,不管他是谁,积累了对他的劳动的尊敬,对他的毫不平静的精神表示热爱。生活变得更加轻松、更加愉快——生活里充满了伟大的思想。

同样地,像在独眼的皮鞋匠身上一样,书籍在我的身上培养出了一种个人对于生活的一切恶作斗争的责任感,并且引起了我心中对于人的理智的创造力的一种宗教性的崇拜。

我怀着对我确信的真理的深深的信心,我对所有的人说:热爱书籍吧,它会使你的生活感到轻快;它将会友好地帮助你搞清楚各种思想、感情与各种事件的多样而激烈的混乱;它要教会你去尊敬别人和你自己;它要用对于世界和对于人的爱,给你的理智和心灵插上翅膀。

让书籍同你的信仰作对吧,假如它是用对于人们的爱和愿望人们生活得美好的心而真诚地写出来的话——那么这就是本很好的书籍!

所有的知识——都是有用的,就是关于心智迷糊和感情错误的知识,也是有用的。

热爱书籍吧——这是知识的泉源,只有知识才有救人的力量,只有它才能使得我们在精神上成为强有力的、真诚的、有理智的人;这样的人才能真诚地爱人,尊敬人的劳动,诚心地欣赏人类那不断的伟大劳动创造出的美丽的果实。

在人已经做成和正在做的一切事情当中,在每一件事物里面——都包含着他的灵魂;在科学中,在艺术中,这种纯洁而高尚的心灵是愈来愈多了,它在书籍当中所说的话,也就更加雄辩和更加容易明白了。

我怎样学习写作*

同志们!

在我能有机会和你们谈话的所有城市里,有许多人口头和写字条询问我:我是怎样学会写作的?全苏联各地的工农通讯员、军队通讯员以及一般刚开始文学工作的青年,也常写信来向我问起这个问题。有许多人向我提议:"写一本关于怎样创作文艺小说的书","编一本文学理论","出版一本文学教科书"。这样的教科书我可不能写,我也不会写,更何况这样的教科书现在已经有了——虽然这些书并不十分好,但毕竟还是有用的。

开始写作的人,必须具备文学史的知识,国家文学出版社出版的瓦·凯尔土亚拉①的《文学史》,就是有关这种知识的一本有用的书;在这本书里,清清楚楚地叙述了口头的("民间的")创作和文字的("文学的")创作的发展过程。从事任何一种事业的人,都必须知道这种事业的发展历史。假如每一个生产部门的工人,或者更好一些——假如每一个工厂的工人,都知道这个生产部门、这个工厂是怎样建立起来的,怎样逐渐发展起来,怎样提高了生产的话,那么这些工人就会对他们的劳动的文化意义和历史意义有更深刻的了解,并且会怀着更大的兴趣,因而他们一定会比现在工作得更好。

同时也必须知道外国的文学史,因为文学创作,从它的本质来说,在所有的国家、所有的民族中都是一样的。但是问题并不仅仅在于形式上的外在的联系,不在于普希金给果戈理提供了《死魂灵》一书的题材,而普希金本人大概是从英国作家斯特恩②的《感伤的旅行》中取得这个题材的;《死魂灵》和狄更斯的《匹克威克外传》的题材的一致也并不重要——重要的是要深信自古以

---

* 本篇的片段最初于一九二八年九月三十日同时发表在《真理报》和《消息报》,十月由国家文学出版社印成单行本。译自三十卷本《高尔基文集》第二十四卷。

① 瓦·凯尔土亚拉(1867—1942),苏联文艺理论家、文学史家。

② 斯特恩(1713—1768),英国小说家。

截至2000年,戈宝权翻译高尔基《我怎样学习写作》,8次印刷计15万册的各种版本及《高尔基画传》

来到处都在编织"摄人心灵"的罗网,而且至今还在编织着;要深信:无论过去还是现在,到处都有一些以把人从迷信、偏见和成见中解放出来作为自己的工作目的的人。重要的是要知道那些想使人在愉快的琐事中得到安慰的人,无论过去还是现在是到处都有的;那些力图鼓起暴动来反对污秽的无耻的现实的叛逆者,无论过去还是现在是永远到处都有的。再有,十分重要的是,要知道这些叛逆者的最终目的是要向人们指出一条前进的道路,把他们推向这条大路,从而战胜那些劝人同由阶级的国家、由资产阶级社会所制造的现实的丑恶现象调和与妥协的说教者的勾当,这种国家和社会在过去和现在都想使劳动人民传染上贪婪、嫉妒、懒惰、厌恶劳动这些最卑鄙的恶习。

人类的劳动和创造的历史,比起人类的历史来,要有趣得多和重要得多。人是要死的,谁也活不了几百岁,但是人的事业却会永垂不朽。科学所得到的神话般的成就,科学的迅速发展,正是因为科学家知道自己专业的发展史。在科学和文学之间有着很多的共同点:无论是科学还是文学,其中起主要作用的是观察、比较、研究;艺术家也同科学家一样,必须具有想象和推测——"洞察力"。

想象和推测可以补充事实的链条中不足的和还没有发现的环节,使科学家得以创造出能或多或少地正确而又成功地引导理性的探索的各种"假说"和理论,理性要研究自然界的力量和现象,并且逐渐使它们服从人的理性和意志,产生出属于我们的、由我们的意志和我们的理性所创造出来的"第二自然"的文化。

这一点可以从以下两件事实中得到最好的证明:著名的化学家德米特里·门德列耶夫①用大家都知道的各种元素——铁、铅、硫、汞等等的研究为基础而创造出"元素周期律",这个周期律确定在大自然中应该还存在着许多其他尚未被人找到和发现的元素;他还指出了这些没有人知道的每一种元素的特征——比重。现在这些元素都被发现了,除此之外,利用门德列耶夫的方法,还发现了其他一些连他也没有推测到其存在的元素。

另一件事实是:最伟大的艺术家之一,法国小说家奥诺莱·巴尔扎克,经过对人们心理的观察,在他自己的一本小说中指出了在人体中大概有某种有力量的和科学尚未知道的液体在起着作用,并且可以用这种液体来解

---

① 今译为门捷列夫。——编者注

释人体的各种心理物理学上的特点。过了几十年之后,科学在人体中发现了以前大家所不知道的制造这种液体的几种腺——"荷尔蒙",并且创立了最重要的"内分泌"学说。学者和伟大的文学家的创作之间的这些巧合是不少的。罗蒙诺索夫和歌德,既是诗人,同时又是学者。小说家斯特林堡也是这样——他在自己的小说《科尔船长》中第一次提到从空气中提取氮气的可能性。

文学创作的艺术,创造人物与"典型"的艺术,需要想象、推测和"虚构"。当一个文学家在写他所熟悉的一个小店铺老板、官吏、工人的时候,他或多或少都能创造出这一个人的成功的肖像,但这只是一个失掉了社会意义与教育意义的肖像而已,在扩大和加深我们对人和生活的认识上,它几乎是毫无用处的。

但是假如一个作家能从二十个到五十个,以至从几百个小店铺老板、官吏、工人中每个人的身上,把他们最有代表性的阶级特点、习惯、嗜好、姿势、信仰和谈吐等等抽取出来,再把它们综合在一个小店铺老板、官吏、工人的身上,那么这个作家就能用这种手法创造出"典型"来——而这才是艺术。观察的广博,生活经验的丰富,时常可以用一种能克服艺术家对于事实的个人态度及主观主义的力量把他武装起来。巴尔扎克在主观上是一个资产阶级制度的拥护者,但他在自己的小说里却以惊人的、无情的明确性描绘出小市民们的庸俗和卑鄙。有很多例子表明,一个艺术家往往是自己的阶级和时代的客观的历史家。在这种情况之下,一个艺术家的工作,和一个研究动物的生存及饮食条件、繁殖与死亡的原因,描绘它们激烈的求生斗争的图景的自然科学家的工作,是有同等意义的。

在求生斗争中,自卫的本能在人身上发展了两种强大的创造力:认识和想象。认识——这是观察、比较、研究自然现象和社会生活的事实的能力,简单地说:认识就是思维;想象在其本质上也是对于世界的思维,但它主要是用形象来思维,是"艺术的"思维,可以说,想象——这是赋予大自然的自发现象,与事物以人的品质、感觉,甚至还有意图的能力。

我们常读到和听到:"风在悲泣","风在呜咽","月亮沉思地照耀着","小河低声地哼着古老的民间往事歌①","森林皱着眉头","波浪想推动岩

---

① 亦译"壮士歌"。

石,岩石在波浪的打击下皱起眉头,但并没有向波浪让步","椅子像雄鸭一样呷呷地叫着","靴子不愿套到脚上去","玻璃出汗了"——虽然玻璃是没有汗腺的。

所有这一切都使大自然的现象似乎更容易为我们了解,这叫作"拟人法",这个字是从希腊文来的:"anthropos"是人,"morphe"是形式、形象。在这儿我们可以看出,人赋予他所看见的一切事物以自己的人的性质并加以想象,把它们放到一切地方去——放到一切自然现象,放到他们的劳动和智慧创造出来的一切事物中去。有些人觉得在语言文字的艺术中,拟人法是不适宜的,甚至是有害的,但是这些人本身却在说着:"严寒刺骨","太阳微笑着","五月来临了";虽然雨没有脚,但他们不能不说"雨来了";虽然自然的现象和我们的道德观念并没有什么关系,但是他们却说"坏天气"。

古希腊的哲学家色诺芬尼①断言,假如动物具有想象力,那么狮子会把神想象成为巨大无敌的狮子,耗子会把神想象为耗子,等等。大概,蚊子的神会是蚊子,结核菌的神会是结核菌。人把自己的神想象为全知全能和创造万物的神,也就是把自己最好的愿望都寄托在神的身上。神——只是人"虚构"出来的东西,它是由于"令人苦恼的贫困生活"、由于人想用自己的力量使生活变得更为富足、愉快、公正、美好这样一种模糊的愿望而产生的。神在人们看来是超越于生活之上的,因此在人们的劳动过程中所产生的人的优秀品质和良好愿望,在为了一片面包而进行艰苦斗争的现实中,是没有立足之地的。

我们看到,当工人阶级的先进分子意识到要想使他们的优秀的东西获得发展的自由就必须改造生活的时候——神就成为已经过时的虚构的东西而不再为他们所需要了。他们无须再把自己美好的理想寄托在神的身上,因为他们已经懂得,该通过什么道路把这种理想在活生生的、尘世的现实中体现出来。

神也像文学的"典型"那样,是根据抽象化和具体化的法则创造出来的。把许多英雄人物的有代表性的功绩"抽象化"——分离出来,然后再把这些特点"具体化"——概括在一个英雄人物的身上,譬如说——概括在海格立斯或

---

① 色诺芬尼(公元前6至前5世纪),古希腊哲学家,埃利亚学派的创始人。

梁赞的农民穆罗姆人伊里亚①的身上;把每个商人、贵族、农民身上最自然的特征分离出来,并概括在一个商人、贵族、农民的身上,这样就形成了"文学的典型"。浮士德、哈姆雷特、堂吉诃德这些典型就是这样创造出来的,列夫·托尔斯泰写的温顺的"被神打死的"普拉东·卡拉塔耶夫②,陀思妥耶夫斯基写的各个不同的卡拉玛佐夫兄弟和斯威德利加伊洛夫③们,冈察罗夫写的奥勃洛摩夫等等,也都是这样创造出来的。

像上面列举的这样一些人在生活里是没有的;过去和现在存在着的只是和他们类似的人物,这些人物比他们要渺小得多和零碎得多,而语言艺术家们却从他们这些渺小的人物中想出了、"虚构"了经过概括的人的"典型"——普遍的典型,这正像用砖头建造宝塔或钟楼一样。现在我们已把任何一个撒谎大王称作赫列斯塔科夫④,称马屁精为莫尔恰林⑤,称伪君子为达尔杜弗,称嫉妒鬼为奥赛罗⑥,等等。

在文学上,主要的"潮流"或流派共有两个:浪漫主义和现实主义。对于人和人的生活环境作真实的、不加粉饰的描写的,谓之现实主义。浪漫主义的定义则有好几个,但是能为所有的文学史家都同意的正确而又十分全面的定义目前却还没有,这样的定义还没有制定出来。在浪漫主义中还必须把两个极端不同的流派区别开来:消极的浪漫主义,或者粉饰现实,企图使人和现实妥协;或者使人逃避现实,徒然堕入自己内心世界的深渊,堕入"注定的人生之谜"、爱与死等思想中去——堕入不能用"思辨"、直观的方法来解决,而只能由科学来解决的谜里去。积极的浪漫主义则力图加强人的生活意志,在他心中唤起他对现实和现实的一切压迫的反抗。

但是在谈到像巴尔扎克、屠格涅夫、托尔斯泰、果戈理、列斯科夫、契诃夫这些古典作家时,我们就很难完全正确地说出——他们到底是浪漫主义者还是现实主义者。在伟大的艺术家们身上,现实主义和浪漫主义好像永远是结合在一起的。巴尔扎克是个现实主义者,但是他也写过像远非现实主义的《驴皮记》这样一些长篇小说。屠格涅夫也写过有浪漫主义精神的作品,所有

---

① 穆罗姆人伊里亚是俄罗斯民间往事歌中又聪明又勇敢的英雄。
② 卡拉塔耶夫是列夫·托尔斯泰(1828—1910)的名著《战争与和平》中的人物。
③ 《罪与罚》中的人物。
④ 赫列斯塔科夫是果戈理的剧本《钦差大臣》中的主人公。
⑤ 莫尔恰林是俄国剧作家格里鲍耶多夫的剧本《聪明误》中的主人公。
⑥ 奥赛罗是莎士比亚同名剧本的主人公。

其他我国最伟大的作家,从果戈理到契诃夫和布宁①,也是这样。这种浪漫主义和现实主义合流的情形是我国优秀的文学突出的特征,它使得我们的文学具有那种日益明显而深刻地影响着全世界文学的独创性和力量。

同志们,假如你们注意一下这个问题:"为什么会产生写作的愿望呢?"那你们就会更明白地了解现实主义和浪漫主义的相互关系。对这个问题有两种答案,其中的一个答案是一个和我通信的女孩做的,她,是个工人的女儿,才十五岁。她在自己的信里写道:

> 我今年十五岁,但这样年轻,我的心中已经出现了写作的才能,而令人苦恼的贫困生活就是它的原因。

假如她说的不是"写作的才能",而是为了用自己的"虚构"来美化和丰富她"苦恼的贫困生活"而从事写作的欲望,那当然就比较正确了。在这里发生了一个问题:既然过着"贫困的生活",那还能写些什么东西呢?

伏尔加河流域、乌拉尔一带和西伯利亚的少数民族回答了这个问题。他们当中有很多民族,在昨天还没有文字,但他们在我们今天以前的几十个世纪当中,已经用民歌、民间故事、英雄的传说和神话等丰富了和美化了他们在僻静的森林、沼泽、东方荒漠的大草原和北方冻土地带中的"令人苦恼的贫困生活";这些杜撰的东西被称作"宗教的创作",而就其本质来说它们也是艺术的创作。

假如那位和我通信的十五岁的女孩的心中真出现了写作的才能——这毫无疑问是我由衷的期望——她大概会写出所谓"浪漫主义的"作品来,会尽力用美丽的虚构来丰富"令人苦恼的贫困生活",会把人们写得比他们的实际情况要好。果戈理写过《伊万·伊万诺维奇和伊万·尼吉福罗维奇怎么吵架的故事》《旧式的地主》《死魂灵》,他还写了《塔拉斯·布尔巴》。在前三种作品中,他描写了拥有"死魂灵"②的人们,这是一种可怕的真实;这样的人过去有过,至今也还有;在描写这些人物的时候,果戈理是作为一个"现实主义者"而写作的。

在《塔拉斯·布尔巴》这部中篇小说里,他把扎波罗热人写成虔信的骑士

---

① 布宁(1870—1953),俄国小说家,第一位获得诺贝尔文学奖的俄国作家。

② 指死去的农奴。

和壮士,他们用长矛挑起敌人,虽然矛杆经不起五俄担①的重量就会折断。一般说来,这样的扎波罗热人是不曾有过的,而果戈理在小说里对他们的描写则是一种美丽的谎言。因此,在"鲁迪·潘柯"②的所有故事和其他很多作品中,果戈理却是个浪漫主义者;他之所以是浪漫主义者,大概是因为他已经倦于观察那些"死魂灵"的"令人苦恼的贫困"生活了。

布琼尼③同志曾痛骂巴别尔的《骑兵军》——我觉得这是没有理由的:因为布琼尼同志本人不仅喜欢美化自己的战士的外表,而且还喜欢美化马匹。巴别尔美化了布琼尼的战士的内心,而且在我看来,要比果戈理对查波罗什人的美化更出色、更真实。④

人在很多方面还是野兽,而同时人——在文化上——还是一个少年,因此美化人、赞美人是非常有益的:它可以提高人的自尊心,有助于发展人对于自己的创造力的信心。此外,赞美人是因为一切美好的有社会价值的东西,都是由人的力量、人的意志创造出来的。

照上面的说法,是不是意味着我肯定文学必须有浪漫主义呢?是的,我拥护浪漫主义,但是要在对"浪漫主义"作极重要的补充的条件之下。

我的另一位通信者,是位十七岁的工人,他向我叫喊道:"我有这么多的印象,使得我不能不写。"

在这种情形下,写作的渴望已经不是由生活的"贫困"所引起,而是生活丰富、印象过多、急于讲出来的内在冲动所引起的了。我的绝大多数的青年通信者之所以想写作,正是因为他们生活印象的丰富,对于他们的见闻和感受"不能沉默不语了"。从他们当中大概会造就出不少的"现实主义者",但我想,在他们的现实主义中也会有某些浪漫主义的症候,这种浪漫主义在健康的精神高涨时期是不可避免的和必然的,而我们现在体验着的正是这种高涨。

因此,我对于我为什么写作这个问题作这样的回答:由于"令人苦恼的贫困生活"对我的压力,还因为我有这样多的印象,使得"我不能不写"。前一种

---

① 俄担,俄国重量单位,1 俄担合 16.38 公斤。
② 鲁迪·潘柯是《狄康卡近乡夜话》中的养蜂人,书中的许多故事都是通过他讲出来的。
③ 布琼尼(1883—1973),苏联元帅,在国内战争时期曾任骑兵第一军团总指挥。
④ 1928 年年末,关于苏联作家巴别尔(1894—1940)的《骑兵军》(1926)一书,高尔基与布琼尼展开了论战。布琼尼否定了这部作品,认为作者巴别尔歪曲了骑兵第一军团战士的形象。高尔基为巴别尔辩护,认为他写得很成功。

原因促使我企图把《鹰和蛇的故事》《燃烧着的心的传说》《海燕》①这样一些杜撰、"虚构"的东西带到"贫困的"生活里去;而由于后一种原因,我就写了几篇"现实主义的"小说——《二十六个和一个》《奥尔洛夫夫妇》《鲁莽汉》。

谈到我们的"浪漫主义"问题还必须知道下面的事。在契诃夫的短篇小说《庄稼人》《在峡谷里》和布宁的《乡村》以及他所有关于农民的小说出现以前,我们的贵族文学喜欢并且非常擅长于把农民描写成驯良、忍耐、挚爱某种尘世的"基督的真理"的人,这种"基督的真理"在现实生活中是没有的,但是像屠格涅夫的短篇小说《霍尔和卡里内奇》②中的卡里内奇和托尔斯泰的《战与和平》中的普拉东·卡拉塔耶夫那样的农民却终生都幻想着它。开始把农民描写成为这种空想"神的真理"的驯良和忍耐的空想家,是在废除农奴制度③的二十年之前,虽然当时农奴制的农村已经从自己愚昧的人群中产生出许多像科科列夫④们、古朋宁们、莫罗佐夫⑤们、科尔钦们、茹拉夫廖夫们等等这样一些有才能的工业的组织家。同时,在报刊上也日益经常地提起"农民"出身的诗人和最伟大的学者之一罗蒙诺索夫的巨大的神话般的形象了。

那些在昨天还是无权的工厂主、造船家和商人,已经大胆地在生活中占据了和贵族平等的地位,并且正像古罗马"被释放的奴隶"一样,跟自己的主人们在一张桌子上坐了下来。产生出这些人物的农民大众,好像是以此来显示一下隐藏在农民大众中的能力和天才。但是贵族的文学却好像没有看见,也没有感觉到这一点,并没有把这些意志坚强、渴望生活和最现实的人——建设者、贪财者、"主人"当作时代的主人公来加以描写,而是继续热衷于描写驯良的奴隶、有良心的波里库什卡⑥。一八五二年,列夫·托尔斯泰写了一篇很悲怆的特写《一个地主的早晨》,出色地描写了奴隶们怎样不相信善良的自由主义的主人。一八六二年,托尔斯泰开始教育农民的子弟,否定"进步"与科学,而且劝说大家向农民学习好好地生活;而从七十年代起,他又写了给"民众"

---

① 《鹰和蛇的故事》即《鹰之歌》,《燃烧着的心的传说》即短篇小说《伊泽吉尔老太婆》中关于丹科的传说,《海燕》即《海燕之歌》。
② 《猎人笔记》中的第一篇小说。
③ 农奴制度废除于一八六一年。
④ 科科列夫(1817—1889)因从事酒类专卖而发财,后在巴库建立第一座石油提炼厂,并创办伏尔加-卡马银行。
⑤ 莫罗佐夫(1862—1905),纺织工业的资本家,高尔基的朋友,莫斯科艺术剧院的股东,同情并帮助革命工作者。
⑥ 波里库什卡是列夫·托尔斯泰写的同名小说(1861—1862)中的主人公。

读的小说,在这些小说里面描绘热爱基督和传奇化了的农民,并且教导大家:最正直和最幸福的生活是在农村里,最神圣的劳动是农民"在田地上"的劳动。后来他在《一个人需要很多土地吗》这篇小说里说,每个人只需要三俄尺的土地做坟墓就够了。

生活已经从最驯良的基督徒中创造出经济生活的各种新形式的创造者、有才能的大大小小的"资产者",像萨尔蒂科夫-谢德林和格列勃·乌斯宾斯基所描写的拉茹瓦耶夫和科鲁巴耶夫①之类的强盗,以及和这些强盗并立的反抗者和革命家。但是所有这些人都是贵族的文学所没有注意到的。冈察罗夫在我国文学最优秀的长篇小说之一——《奥勃洛摩夫》中拿来和一位懒散到愚钝程度的俄国地主作对照的是一个德国人②,而不是冈察罗夫曾在其中生活过并已开始支配国家经济生活的那些"过去的"俄国农民之中的一个。假如贵族作家要描写革命者,这革命者不是异国的保加利亚人③就是口头上的叛逆者罗亭。作为时代的主人公的意志坚强和奋发有为的俄国人被抛弃在文学的一边,在文学家们"视野之外"的什么地方,虽然这些人用炸弹的轰响来显示自己的存在。我们可以举出很多证据来证明积极地号召人们走向生活、走向行动的浪漫主义同俄国的贵族文学是无缘的。俄国的贵族文学不能产生席勒④,不能描写"强盗",而只能出色地描写"死魂灵""活尸""死屋""活尸首""三死"⑤以及更多的死。陀思妥耶夫斯基的《罪与罚》好像也是为了和席勒的《强盗》作对照而写的,而陀思妥耶夫斯基的《恶魔》则是所有企图中伤七十年代革命运动的无数尝试中最有才能也最恶毒的一个。

积极的社会革命的浪漫主义同平民知识分子的文学也是无缘的。平民知识分子太忙于追求自己的个人命运和寻觅自己在人生舞台上的地位。平民知识分子生活在"铁锤和铁砧"之间,铁锤是专制制度,铁砧是"人民"。

斯列普佐夫⑥的小说《艰难时期》和奥西波维奇-诺沃德沃尔斯基⑦的小

---

① 拉茹瓦耶夫和科鲁巴耶夫是俄国作家萨尔蒂科夫-谢德林(1826—1889)《孟列波避难所》《国外》《致婶母的信》等作品中的人物。格列勃·乌斯宾斯基(1843—1902),俄国作家。
② 指《奥勃洛摩夫》中的德国人施托尔茨。
③ 指屠格涅夫小说《前夜》的主人公英沙罗夫。
④ 席勒(1750—1805),德国剧作家,《强盗》是他早期的作品。
⑤ "活尸"指列·托尔斯泰的同名剧本。"死屋"指陀思妥耶夫斯基的《死屋手记》。"活尸首"是屠格涅夫《猎人笔记》中的一篇。"三死"指列夫·托尔斯泰的同名小说。
⑥ 斯列普佐夫(1836—1878),俄国作家。
⑦ 奥西波维奇(1853—1882),原名诺沃德沃尔斯基,俄国作家。

说《既非孔雀又非乌鸦者的手记》是十分真实有力的作品,它们描写了许多聪明人的悲惨处境,这些人在生活中没有坚固的靠山,过着"既非孔雀又非乌鸦者"的生活;或者变成了幸福的小市民,正像库谢夫斯基和很有才能、聪明而没有得到充分评价的波米亚洛夫斯基在他的小说《莫洛托夫》和《小市民的幸福》中所写的那样。① 顺便说说,对于我们今天,当活跃起来的小市民正十分顺利地在工人阶级为争取建设社会主义文化的权利而付出了大量鲜血的国家中开始为自己建筑廉价的幸福时,他的这两部小说是极合时宜和非常有益的。

所谓的民粹派作家——兹拉托夫拉茨基、札索吉姆斯基-沃洛格金、列维托夫、涅费多夫、巴仁、尼古拉·乌斯宾斯基、艾尔杰耳,部分地像斯坦纽科维奇、卡罗宁-彼特罗巴夫洛夫斯基②及其他许多人,热忱地用贵族文学的语调从事着把农村和农民加以理想化的工作,在民粹派看来,农民是除了"公社""米尔"③等集体组织的真理之外不知道还有其他真理的天生的社会主义者。第一个暗示出对于农民的这种见解的人,是具有辉煌天才的贵族亚·伊·赫尔岑④,继续他的说教的是"真实的真理"与"正义的真理"这两种真理的发明者尼·康·米哈依洛夫斯基⑤。这群文学家对"社会"的影响是脆弱而短暂的,他们的"浪漫主义"和贵族的浪漫主义不同的地方,仅仅在于他们才能薄弱,他们的农民空想家"米纳伊""米佳伊"不过是波里库什卡、卡里内奇、卡拉塔耶夫以及其他类似的农民肖像的拙劣的翻版而已。

有两位很伟大的文学家,虽然也属于这一群人,但却具有更敏锐的社会眼光,他们比所有的民粹派作家,甚至比所有民粹派作家的总和还更有才能,这两个人就是德·纳·马明-西比利亚克⑥和格列勃·乌斯宾斯基。他们最先感觉到和指出了农村与城市、工人与农民的矛盾。特别是《遗失街风习》和

---

① 俄国作家库谢夫斯基(1847—1876)在其小说《尼古拉·聂戈辽夫,或一个安乐的俄罗斯人》中,波米亚洛夫斯基(1835—1863)在他的小说中,都表现了资产阶级自由派知识分子的形象。
② 兹拉托夫斯拉茨基(1845—1911),俄国民粹派作家。札索吉姆斯基-沃洛格金(1843—1912),俄国民粹派作家。列维托夫(1835—1877),俄国民主主义作家。涅费多夫(1838—1902),俄国民粹派作家。巴仁(1843—1908),俄国民主主义作家。尼古拉·乌斯宾斯基(1837—1889),俄国民主主义作家。艾尔杰耳(1855—1908),俄国民主主义作家。斯坦纽科维奇(1843—1903),俄国作家。卡罗宁-彼特罗巴夫洛夫斯基(1853—1892),俄国作家。
③ 米尔是俄国历史上一种农村公社。
④ 亚·伊·赫尔岑(1812—1870),俄国革命民主主义者,作家与政论家。
⑤ 尼·康·米哈依洛夫斯基(1842—1904),俄国社会学家、政论家和文学批评家,民粹派理论家。
⑥ 马明-西比利亚克(1852—1912),俄国作家。

《土地的权力》①这两本优秀作品的作者乌斯宾斯基看得更加清楚。这两本书的社会价值就是在今天也还没有丧失,而且乌斯宾斯基的全部小说也没有失掉它们的教育意义;文学青年可以很好地向这位作家学习一下观察的本领和对现实生活的广博知识。

契诃夫在上面提到过的他的小说《庄稼人》《在峡谷里》和小说《新的别墅》②中,表达了他对把农村理想化采取的激烈的否定态度;而布宁在《乡村》以及他写的所有关于农民的小说中所表现的这种态度特别激烈。而最有代表性的事实就是,农民作家谢苗·波德亚契夫③和很有天才并日益明显地成长起来的作家伊万·沃尔诺夫④,也正在同样无情地描绘农村。像农村生活、农民的心理这样的题材,是我们今天活生生的题材,是极其重要的题材,这是初学写作者必须清楚理解的。

从上面所说的一切就可以很明显地看出,在我们的文学中,宣传对现实采取积极态度、宣传劳动与培养生活的意志、鼓动建设新的生活形式的热情和对旧世界(我们正非常艰难地、非常痛苦地在根除它的遗毒)的憎恨的"浪漫主义",在过去没有,而且现在也还没有。假如我们真的不愿重新变成为小市民,并且通过小市民进而恢复有阶级的国家,恢复寄生者和掠夺者对农民和工人的剥削,那么这种宣传是必不可少的。苏联的一切敌人所期待和幻想的正是这种"复辟",正是为了强制工人阶级去复辟旧的阶级的国家,他们才对苏联实行经济封锁。工人阶级的文学家必须清楚地认识到:工人阶级与资产阶级之间的矛盾是不能调和的,只有工人阶级的完全胜利或资产阶级的彻底灭亡才能解决这个矛盾。从这个悲剧性的矛盾中,从历史无条件地赋予工人阶级的任务的困难中,就应该产生出积极的"浪漫主义"、创造的热情、勇敢的意志和理性,以及能充实俄国工人革命家的一切革命品质。

毫无疑问,我知道走向自由的道路是非常艰难的,而终生都同漂亮的姑娘们在一起怡然自得地品着香茗,或百无聊赖地在镜子前面"顾影自怜"的时代是一去不复返了,但很多青年却还在向往这种生活。现实正在日益顽强地提

---

① 在《遗失街风习》里,作家描写了城市贫民的穷困和受压迫。在《土地的权力》里,作者抛弃了自己原有的民粹派的幻想,真实地阐明了农村中资本主义关系的发展、旧基础的灭亡和被民粹派想化的农村公社的解体。
② 应为《在别墅中》。
③ 谢苗·波德亚契夫(1866—1934),苏联作家。
④ 伊万·沃尔诺夫(1885—1931),苏联作家。

醒我们,在现在的条件之下是不能过安安静静的生活的,孤孤单单的一两个人是不会幸福的,小市民和富农的那种幸福是不能持久的——这种幸福的基础在世界上的所有地方都已经腐朽了。全世界小市民的怨恨、沮丧和不安,欧洲文学悲切的呻吟,富裕的小市民企图用来压制自己对明天的恐惧的那种绝望的享乐,追求廉价欢乐的病态的渴望,变态性欲的发展,犯罪与自杀的激增,这一切都令人信服地在说明这个问题。"旧世界"是真正害了不治之症,并且必须赶快"从我们脚上抹掉它的灰尘",不让它的腐化传染给我们。

与人的内心崩溃的过程正在欧洲进行的同时,在我们的劳动群众中间则正发展着对自己的力量和集体力量的坚强信心。像你们这样的年轻人必须知道:这种信心往往是在克服通向美好的未来的道路上的障碍的过程中产生的,而且这种信心是最强有力的创造力量。我们应该知道,在"旧世界"中,只有科学是人道的,因此也无可争论地是有价值的;旧世界的一切"思想",除去社会主义思想之外,都是非人道的,因为这些"思想"企图用各种方式确立和证明个人的"幸福"与权利的合法性,而牺牲劳动群众的文化与自由。

记不清,我在少年时代有没有对生活发过牢骚;但在我开始生活的那个圈子里的人,都是很爱发牢骚的,可是后来我发现,他们发牢骚是由于狡猾,为的是要用牢骚来掩饰他们不愿互相帮助——而我却尽力不照他们那样做。后来我很快就相信,最爱发牢骚的人就是没有能力反抗、不会或不愿工作的人,总之,是喜爱靠亲友过"安逸生活"的人。

对生活的恐惧我是深深体验过的;现在我把这种恐惧叫作盲目的恐惧。我曾经说过,我生活在极其艰苦的环境里,我从小就看见过人对人的没有理性的残酷和我所不懂的仇视,我因为一些人的艰辛的劳动和另一些人的畜生般的享受而感到惊讶;我很早就理解,那些笃信宗教的人越是自以为"接近上帝",他们和那些为他们而工作的人距离得就越远,他们对劳动者的要求也就越苛刻;总之,我所看见的世间的卑鄙肮脏的事情,比你们所看见的要多得多。此外,我所看见的卑鄙肮脏的事情还具有更令人嫌恶的形式,因为现在在你们面前闲逛着的是一些受过革命惊吓、已经不大相信自己有权照着本来面目去做人的小市民;而我当时所看见的小市民却完全确信他们生活得很好,确信他们那种美好的、安逸的生活是稳固的、永远不变的。

那时候,我已经阅读外国长篇小说的译本,我所读过的有狄更斯和巴尔扎克这些伟大作家的作品,以及恩司华斯①布尔沃-李顿②和大仲马的历史长篇小说。这些作品所告诉我的那些人,都是意志坚强、性格明朗的;他们生活在另一种欢乐里,为另一些事情痛苦,为了极严重的冲突才彼此仇视。而在我周围的小人物却为了邻人的儿子用石头打断了鸡的腿或打破了玻璃窗,为了馅饼烧焦了、白菜汤的肉烧得过火了、牛乳发酸了而悭吝、嫉妒、互相辱骂、打架和打官司。他们会因小店铺的老板把每俄磅糖加了一戈比、布商把每俄尺花布加了一戈比而发愁好几个钟头。邻人一点小小的不幸就引起他们真心的快乐,他们还用虚假的同情来掩饰这种快乐。我看得很清楚,戈比正是小市民的天空的太阳,正是它在人们心中燃起了卑鄙而肮脏的敌意。瓦罐,茶炊,胡萝卜,母鸡,薄饼,弥撒,命名日,出殡,大吃大喝,酒后胡闹以至直到呕吐——这就是我开始生活的那个圈子里的人的生活内容。这种丑恶的生活在我心里唤起一种枯燥无味的、使人变得迟钝的无聊感觉,唤起一种为了刺激自己而想要胡闹的愿望。不久以前,跟我通信的一个十九岁青年写信给我,讲的大概就是这种无聊:

    我憎恨这种带有打气炉、谣言和狗叫声的无聊,憎恨得全身发抖。

  有时候,这种无聊爆发成为一种疯狂的淘气行为;夜间,我爬上屋顶,用烂布和垃圾堵上火炉灶的烟囱;把盐偷偷撒在沸腾着的白菜汤里,用纸卷子把灰尘吹进挂钟的机械里去。总之,我做出许多这类所谓流氓行为的事情;我这样做,是因为我希望感觉自己是个活生生的人,我不知道,也找不到其他方法来证明这一点。我仿佛迷失在森林中、在被风暴吹倒了的浓密的纷乱纠缠的灌木丛中、在没到膝盖的泥泞中。

  我记得这样一件事情:常常有从监牢里提出来的囚犯,沿着我所住的街道被押送到轮船上去,那条轮船是沿着伏尔加河和卡玛河把他们运往西伯利亚去的;这些阴郁的人常常在我的心中引起一种对他们的奇怪的向往;也许,我羡慕他们,是因为他们虽然被押送着,有些人还戴着镣铐,但仍然走到什么地方去了,而我呢,却只能像一只孤独的耗子似的,生活在地窖里,在肮脏的铺着砖地的厨房里。有一次,走来了一大群犯人,镣铐随着囚犯们走动而叮叮当当地响;队伍当中有两个上了脚镣和手铐的人靠着人行道走过;其中的一个是大

---

① 恩司华斯(1805—1882),英国小说家。
② 布尔沃-李顿(1803—1873),英国小说家。

个子,长着黑胡子,生着一双马眼,额角上有深深的红色伤痕,一只耳朵残缺不全——这个人是可怕的。我一面仔细地打量他,一面沿着人行道走着,他忽然愉快地大声向我喊道:

"喂,小伙子,跟咱们逛逛去吧!"

他一说这句话,我的手就仿佛被他拉住了。

我立刻跑到他跟前去,押送兵骂了我一声,就把我推开了。如果不把我推开,我会像做梦一样跟着这个可怕的人走的,我之所以会跟着他走,正因为他是不平常的人,和我所认识的那些人不一样;就让他可怕和戴着镣铐吧,只要能进入另一种生活就行。我很久很久还记得这个人,记得他那愉快的、和善的声音。他的姿态在我心中和另一个也很强烈的印象联系起来:我得到一本开头几页已被撕掉的厚书;我马上读起它来,除了有一页上那个关于国王的故事以外,其他我一点也不懂;这个国王建议把贵族的尊号封给一个普通的射手,那个射手就用诗句回答国王说:

哎,让我作一个自由的农民活着和死去吧,
我的父亲是个普通庄稼汉,我做儿子的将来也是个庄稼汉。
要知道,当我们这般普通老百姓,
做事比显贵的老爷更出色的时候,那才是更大的光荣。

我把这几句艰深的诗抄在抄本上,它们好多年来一直帮助着我,像是朝圣者的拐杖,或许还是一面盾牌,这盾牌保卫了我,使我免受小市民——当时的"显贵的老爷"——的诱惑和令人厌恶的教训的影响。大概,许多青年都在生活中遇到过这样的话,它们用一种推动力充满了他们年轻的想象,像是顺风吹满了篷帆。

大概十年以后,我才知道这些诗句是从《快乐的射手乔治·格林和罗宾汉的喜剧》中引用出来的,这个喜剧是莎士比亚的先驱者罗伯特·格林[①]在十六世纪写的。知道了这点以后,我非常高兴,于是我更加热爱文学这个自古以来的人们在劳动生活中的忠实朋友和助手。

*　　*　　*

是的,同志们,对生活的庸俗和残酷的恐惧,我是深深体验过的;我曾经弄

[①] 罗伯特·格林(1558—1592),英国剧作家,莎士比亚的先驱者之一。

到想自杀的地步①,后来,在许多年当中,只要一回忆起这种愚蠢行为,我就感到一阵奇耻并藐视自己。

我摆脱这种恐惧,是在我了解了这样的情况之后:人们虽然无知,但还不是那样恶毒,使我害怕的,并不是他们,也不是生活,而是由于我对社会和各种事情认识不够,由于我在生活面前无力自卫和没有武装。正是这样。因此我觉得,你们应该格外仔细地想一想这一点,要知道,你们当中之所以有人感到恐惧、发出呻吟和埋怨,也不外乎是由于发牢骚的人感到在生活面前没有武装,不相信自己有能力反抗从外面——也从内部——压迫人的"旧世界"。

你们应该知道,和我一样的人过去都是孤独者和"社会"的弃儿,而你们现在却是成百成千的,并且还是劳动阶级的亲生儿女,这个阶级认识了自己的力量,掌握了政权,迅速地学习按照功绩来评价个人的有益的工作。你们现在有政权,即工农政权,这个政权应该帮助,而且也能够帮助你们发挥自己的才能,使其达到尽善尽美的地步,它也正在逐渐这样做。如果资产阶级——工农政权的死敌,也是你们的死敌——没有妨害工农政权的生活和工作,那么工农政权的工作还会做得更成功。

你们应该培养对自己、对自己的力量的信心;而这种信心是靠克服障碍、培养意志和"锻炼"意志而获得的。你们必须学习战胜过去遗留下来的,存在于自己内部和外部的坏透了的遗产,不然的话,你们怎么能够"和旧世界决裂"②呢?如果你们没有力量,也不希望来做这句话所教导的事情,那么就不配唱这首歌。人在和自己作斗争时,只要获得一个小小的胜利,就可以使他变得坚强得多。你们知道,一个人如果不断地锻炼自己的身体,他就会变得健康、坚韧和敏捷——同样的,也应该这样来锻炼自己的理智和意志。

这里有一个这种锻炼的显著成功的例子:不久以前,有一个女人在柏林表演,她每一只手拿着两支铅笔,嘴里还衔着一支,能够同时用五种不同的语言,写出五个不同的单字。这看来像是完全不可想象的,但这不是因为体力上的困难,而是因为需要把思想不自然地分散,然而这却是事实。从另一方面来说,这个事实证明,在乱七八糟的资产阶级社会里,人实际上把自己卓越的才能耗费得多么没有意思,在那里,为了要引起别人的注意,就必须双脚朝天在

---

① 高尔基在一八八七年十二月十二日曾企图自杀,结果只是用枪打伤了自己。
② 这是拉甫洛夫写的俄国革命歌曲《工人马赛曲》(1875)的第一句歌词。

街上走路;就必须创造——实际上未必有益——活动迅速的新纪录;就必须同时和二十个对手下棋;就必须在表演杂技武术和作诗时耍一些使人难以相信的"噱头"。总之,要冒着危险,并且绞尽脑汁耍把戏,为那些饱食终日的人消愁解闷。

你们,青年人,应该知道,人类在科学、艺术和技术各方面所获得的一切真正有价值的、永远有益和永远美好的东西,都是那些在难以形容的艰苦条件下,在"社会"极度无知、教会敌视阻挠、资本家自私自利的情况下,在"梅采纳斯①们"——"科学和艺术的保护者们"的任性的要求下进行工作的少数人所创造出来的。你们也要记住,在文化的创造者当中,有许多是普通的劳动者,如有名的物理学家法拉第、爱迪生;如理发师阿克莱特②发明了织布机,铁匠别尔纳·巴里西③是最优秀的陶器艺术家之一;世界最伟大的剧作家莎士比亚是一个普通演员,伟大的莫里哀也是这样——这种"锻炼"自己的才能获得成功的人的例子,还可以举出好几百。

所有这些说明了:过去那些极少数的人虽然没有我们现代所具备的广博的科学知识和技术上的便利,但仍能做出事业来。你们想一想吧,在我们的国家里,文化工作的任务变得多么容易,我们的国家所抱定的目的,是要把人类从无意义的劳动中,从劳动力所受到的无耻剥削中——即从那种使富人迅速堕落、而使劳动阶级也有堕落危险的剥削中完全解放出来。

在你们面前,摆着一个十分光明而又伟大的事业,就是"和旧世界决裂"并创造新世界。这个事业已经开始了。而且正在各处按照我们工人阶级的范例不断发展。不管旧世界怎样阻碍这个事业——这个事业仍将发展下去。全世界劳动人民正准备逐步从事这个事业。同情个人的工作的气氛正在造成,这些人现在已经不是一盘散沙,而是集体的创造意志的先进的表现者了。

敢于如此全面地定下一个目标,这还是破天荒第一次,在这样一个目标面前,"怎么办?"的问题是不应存在的。"生活困难吗?"真的如此困难吗?是不是因为需求增加了,因为想要你们的父辈想也不曾想过、见也不曾见过的许许多多的东西,所以感到困难呢?是不是你们要求过高呢?

---

① 梅采纳斯是公元前一世纪古罗马的政治家和作家,奥古斯都大帝时的大臣。他曾保护过古罗马大诗人维吉尔和贺拉斯。他的名字成了科学和艺术的卫护者的代名词。
② 阿克莱特(1732—1792),英国机械工程师。
③ 别尔纳·巴里西(约1510—1589),法国陶瓷艺术家。

我自然知道，你们当中已有不少人理解集体劳动的快乐和诗意——这种劳动的目的不是要积累千百万的金钱，而是要消灭金钱对人——世界最伟大的奇迹和地球上一切奇迹的创造者的卑污的权力。

我现在来回答这个问题：我怎样学习写作的？

我既直接从生活中得到印象，也从书本中得到印象。前一类印象可以和原料相比，后一类印象可以和半成品相比，或者，为了说得更明确一些而打一个粗浅的比方：在前一种场合，我面前是一头牲畜，而在后一种场合，则是从牲畜身上剥下来的一张经过精制的皮革。我从外国文学，尤其是从法国文学中得到了很多益处。

我的外祖父是一个残暴而又吝啬的人，但是我对他的认识和了解，从没有像我在读了巴尔扎克的长篇小说《欧也妮·葛朗台》之后所认识和了解的那样深刻。欧也妮的父亲葛朗台老头子，也是一个吝啬、残酷、大体上同我的外祖父是一样的人，但是他比我的外祖父更愚蠢，也没有我的外祖父那样有趣。由于同法国人作了比较，我所不喜欢的那个俄国老头子就占了上风并高大起来了。这虽然没有改变我对外祖父的态度，但它却是一个大发现——书籍具有一种能给我指出我在人的身上所没有看见和不知道的东西的能力。

乔治·艾略特①的一本枯燥无味的小说《米德尔玛奇》，阿威尔巴赫、斯比尔哈根②的作品，告诉我在英国和德国的省份里，人们并不是完全像我们尼日尼-诺夫戈罗德城的史威斯丁斯克大街上的人们一样地生活着，但是他们的生活也不见得就好得多。他们讲着同样的事情，讲着英国和德国的钱币，讲着必须敬畏和爱戴上帝；可是他们也像我所住的那条大街上的人们一样——大家并不相亲相爱，尤其不喜欢那些跟他们周围大多数人有点不同的特殊人物。我并没有寻找外国人和俄国人之间的相似之处，不，我寻找的是他们的差异，但却发现了他们的相似之处。

我的外祖父的朋友，破产的商人伊万·舒罗夫和雅科夫·科捷利尼可夫，以萨克雷③的名著《名利场》中的人物一样的口吻议论着同样的事情。我根据《圣诗集》④学习识字，我非常喜欢这本书——因为它具有一种优美的音乐般

---

① 乔治·艾略特（1819—1880），英国女作家。
② 阿威尔巴赫（1812—1882）和斯比尔哈根（1829—1911），都是德国作家。
③ 萨克雷（1811—1863），英国作家。
④ 即《旧约》中的《诗篇》。

的语言。当雅科夫·科捷利尼可夫、我的外祖父和所有的老头子互相埋怨自己的儿女的时候,我就想起大卫王在上帝面前埋怨自己的逆子押沙龙的话①,而且我觉得老头子们在互相证明如今一般的人,特别是青年,生活得愈来愈糟,变得更加愚蠢、更加懒惰、不肯听话、也不敬神的时候,他们所说的都是一派谎言。狄更斯描写的那些伪善的人物也是这样说的。

我曾经仔细地听过教派的学者和正教的神父们的争论,我发现他们双方都同其他国家的教会人士一样紧紧地抓住词句不放;对于所有的教会人士说来,词句就是约束人的羁绊;而有些作家则跟教会人士十分相像。我很快地就在这种相似当中感觉到一种可疑但却有趣的东西。

我从前读书当然没有什么系统和次序,完全是碰到什么读什么。我的主人②的兄弟维克多·谢尔盖耶夫喜爱阅读法国作家克沙维爱·德-蒙特潘、加保里奥、查孔奈、布维爱③的"低级趣味"的小说,读了这些作家的作品后,他接触到那些带着讥笑和敌视的态度来描写"虚无党人—革命家"的俄国小说。我也阅读了弗·克列斯托夫斯基④的《盲目追随的一群人》,斯捷勃尼茨基-列斯科夫的《无处可去》和《结怨》⑤,克留什尼科夫⑥的《海市蜃楼》,皮谢姆斯基⑦的《澎湃的海》。当我读到那些和我的生活圈子里的人毫不相似的人的时候,我感到很有趣,这些人可以说是那个邀我和他同去"游逛"的犯人的亲戚。当时,这些人的"革命性"自然还不是我所能理解,而这也正是这些作者的目的,他们尽用一些抹黑的煤烟来描写"革命家"。

偶然落到我手中的是波米亚洛夫斯基的《莫洛托夫》和《小市民的幸福》这两篇短篇小说。当波米亚洛夫斯基给我指出小市民生活的"苦恼的贫困"和小市民的幸福的贫乏的时候,我虽然只是模糊地觉得,但却仍然感到忧郁的"虚无党人"总比安逸的莫洛托夫好一点。读了波米亚洛夫斯基的作品以后

---

① 见《旧约·撒母耳记》下册第十四、十五两章。押沙龙是大卫的儿子,后叛逆其父,于是大卫登橄榄山,向上帝诉苦。
② 指尼日尼城的一个绘图师,高尔基曾在他家里当过学徒。
③ 克沙维爱·德-蒙特潘(1823—1902)和布维爱(1836—1892),都是法国剧作家兼小说家。加保里奥(1835—1873)和查孔奈(1817—1895),都是法国作家。
④ 弗·克列斯托夫斯基(1840—1895),俄国作家。
⑤ 在十九世纪六七十年代政治思想斗争剧烈时期,列斯科夫以米·斯捷勃尼茨基的笔名发表了这两部思想反动的小说,受到当时进步批评家的谴责。
⑥ 克留什尼科夫(1841—1892),俄国作家。
⑦ 皮谢姆斯基(1821—1881),俄国作家。

不久,我又读了查鲁宾①的一部最枯燥无味的书——《俄国生活的黑暗面和光明面》,我在书中没找到光明面,可是黑暗面在我看来是容易理解而且讨厌的。

我读过无数的坏书,然而它们对我也有益处。应该知道生活中的坏的事物,像知道好的那样清楚和准确。应该尽可能知道得多些。经验越是多种多样,人就越得到提高,人的眼界就越广阔。

外国文学曾给我丰富的用来比较的材料,它的卓越的技巧使我惊奇。它把人物描写得那样生动和优美,以致我觉得仿佛是肉体上都可以感触到他们,而且我认为他们总比俄国人更积极些——他们讲得少,做得多。

"优秀的"法国文学——司汤达、巴尔扎克、福楼拜的作品对我这个作家的影响,具有真正的、深刻的教育意义;我特别要劝"初学写作者"阅读这些作家的作品。这是些真正有才能的艺术家,最伟大的艺术形式的大师,俄国文学还没有这样的艺术家。我读的是俄文译本,然而这并没有妨碍我体会到法国人的语言艺术的力量。在读了许多"低级趣味"的长篇小说,在读了玛伊恩·李德②、库柏③、古斯塔夫·埃玛尔④、彭松·杜·台拉伊尔的作品以后,这些伟大艺术家的小说在我心里引起了一种奇异的印象。

我记得,我在圣灵降临节⑤这一天阅读了福楼拜的《一颗纯朴的心》,黄昏时分,我坐在板棚的屋顶上,我爬到那里去是为了避开那些节日的兴高采烈的人。我完全被这篇小说迷住了,好像聋了和瞎了一样——我面前的喧嚣的春天的节日,被一个最普通的、没有任何功劳也没有任何过失的村妇——一个厨娘的身姿所遮掩了。很难明白,为什么一些我所熟悉的简单的话,被别人放到描写一个厨娘的"没有趣味"的一生的小说里去以后,就这样使我激动呢?在这里隐藏着一种不可思议的魔术,我不是捏造——曾经有好几次,我像野人似的,机械地把书页对着光亮反复细看,仿佛想从字里行间找到猜透魔术的方法。

我熟悉好几十本描写秘密的和流血的罪行的小说。然而我阅读司汤达的

---

① 查鲁宾(1810—1886),俄国作家。
② 玛伊恩·李德(1818—1883),英国小说家。
③ 库柏(1789—1851),美国作家。
④ 古斯塔夫·埃玛尔(1818—1883),法国小说家。
⑤ 东正教的宗教节日,又称"三一节",在复活节后的第七个星期日。

《意大利纪事》的时候,我又一次不能了解:这种事怎么做得出来呢?这个人所描写的本是残酷无情的人、复仇的凶手,可是我读他的小说,好像是读《圣者列传》或者听《圣母的梦》——一部关于她在地狱中看到人们遭受的"苦难的历程"的故事。

当我在巴尔扎克的长篇小说《驴皮记》里读到描写银行家举行盛宴和二十来个人同时讲话因而造成一片喧声的篇章时,我简直惊愕万分,各种不同的声音我仿佛现在还听见。然而主要之点在于,我不仅听见,而且也看见谁在怎样讲话,看见这些人的眼睛、微笑和姿势,虽然巴尔扎克并没有描写出这位银行家的客人们的面孔和体态。

一般说来,巴尔扎克和其他法国作家都精于用语言描写人物,善于使自己的语言生动可闻,对话纯熟完善——这种技巧总是使我惊叹不已。巴尔扎克的作品好像是用油画的颜料描绘的,当我第一次看见卢本斯①的绘画时,我想起的正是巴尔扎克。当我阅读陀思妥耶夫斯基的疯狂似的作品时,我不能不想到,他正是从这位伟大的长篇小说巨匠那里获得很多教益的。我也喜欢龚古尔兄弟的像钢笔画那样刚劲、清晰的作品,以及左拉用黯淡的颜料描绘的晦暗的画面。雨果的长篇小说没有引起我的兴味,甚至《九三年》我也很淡漠地就读过去了;这种淡漠的原因,我在读到阿纳托尔·法朗士的长篇小说《神们在期待》以后才开始明白。我读司汤达的长篇小说,是在学会了憎恨许多东西之后,他那沉静的语言、怀疑的嘲笑大大地坚定了我的憎恨。

从以上所说的关于各种作品的全部意见中可以得出这样一个结论:我是向法国作家学习写作的。这虽然是偶然造成的,可是我想这并不是坏事,因此我很愿意奉劝青年作家学习法语,以便阅读这些巨匠的原著,并向他们学习语言的艺术。

我在相当晚的年代才阅读"优秀的"俄国文学——果戈理、托尔斯泰、屠格涅夫、冈察罗夫、陀思妥耶夫斯基、列斯科夫的作品。列斯科夫的惊人的知识和丰富的语言,无疑曾影响了我。一般说来,这是一个杰出的作家和精通俄国生活的专家,这个作家对我国文学的功绩还未得到应有的评价。安东·契诃夫说过,他从列斯科夫那里得到许多教益。我想,阿·列米佐夫②大概也会

---

① 卢本斯(1577—1640),佛来米画家。
② 阿·列米佐夫(1877—1957),俄国作家,在他所描写的宗法社会的俄国及宗教界的作品里,他遵循着列斯科夫的传统。他参加过十九世纪末的大学生运动,后来成为颓废派作家,侨居国外。

这么说的。

我之所以指出这些相互的关系和影响,为的是要重说一遍:一个作家必须具有外国文学和俄国文学发展史的知识。

* * *

二十岁左右,我开始明白,我所见过、经历过和听过的许多东西,都应该而且必须告诉别人。我觉得,我对某些事物的认识与体会和别人不一样;这使我惶惑不安,情绪不稳定,爱好说话。甚至当读到像屠格涅夫这样的巨匠的作品时,我有时也想,《猎人笔记》中的主人公们,我也可能用不同于屠格涅夫的方法来讲。在那些年代,我已被认为是一个有趣的讲故事的人、搬运夫、面包师、"流浪汉"、木匠、铁路工人、"圣地朝拜者",总之,我的生活圈子里的人们都很注意地倾听我讲。我讲述我所读过的书时,我越来越发现自己讲得不正确,歪曲了我读过的东西,从自己的经验中给它加添了一些什么东西。这种现象之所以产生,是因为生活中的事实和文学作品在我的心中融合成为统一的整体。书和人一样,也是有生命的一种现象,它也是活的、会说话的"东西";它在和人类已经创造出和正在创造的一切其他东西不一样。

知识分子在听了我的话之后就劝我道:

"写吧!试一下看!"

我时常觉得自己像喝醉了酒一样,并体验着由于想一口气就说完所有使我苦恼和使我快乐的事情而发作的啰啰唆唆和言语粗俗的狂热,我之所以想说是为了"释去重负"。我也常有非常痛苦的紧张的时候,那时候我好像一个患歇斯底里症的人一样"骨鲠在喉",我想狂叫,说玻璃工人阿纳托里——我的朋友,一个极有才能的青年——如果得不到帮助就会毁了;说卖淫妇苔丽莎是个好人,她虽然是一个卖淫妇,但是玩弄了她的那些大学生并没有看到她的好处,那是太不公平了,这正像大家没有看到讨饭的马季察老太婆,要比年轻的、见多识广的助产婆雅科夫列娃更聪明一样。

我甚至偷偷地瞒着我的亲密的朋友大学生古里·普列特尼奥夫,写过关于苔丽莎和阿纳托里的诗;我还写过这样的诗,说雪在春天融化,并不是为了变成脏水从街上流到面包师工作的地下室去;说伏尔加是一条美丽的大河;做面包圈的师傅库津是个出卖耶稣的犹大;以及人生纯粹是一大堆垃圾和扼杀人的心灵的苦恼;等等。

我写诗并不吃力,但我看到这些诗都非常蹩脚,因此我就轻蔑自己的无能和无才。我读过普希金、莱蒙托夫、涅克拉索夫以及库罗奇金所翻译的贝朗瑞的诗,我很清楚地看出,我同这些诗人中的任何一个人都没有任何相似之处。写散文吧——我还没有下决心,在我看来散文要比诗还难,它需要特别敏锐的眼力,需要有洞察力,要能看到和发现别人所没有看到的东西,还需要有某种文字上的异常严密而有力的词句。但是我终于开始尝试写散文了,可是当我发觉我没有足够的能力写普通的散文时,我就选定了"有韵律的"散文。这些写作的尝试,造成了可悲而又可笑的结果。我用有韵律的散文写了一首大而无当的"长诗":《老橡树之歌》。弗·加·柯罗连科用了一两句话就彻底摧毁了这篇呆板的作品;假如没有记错的话,我在这篇作品里,叙述的好像是我对刊载在科学杂志《知识》上的一篇谈进化论的文章《生命的循环》[1]的想法。我只记得其中有这样一句话:

"我是为了不同意才生到这世界上来的。"而且我好像真是不同意进化论的。

但是柯罗连科并没有使我摆脱对"有韵律的"散文的偏爱,再过了五年,他在称赞我的小说《阿尔希普爷爷》的时候还说我不该把"一种像诗的东西"掺在小说里面。当时我不相信他的话,等回家重读了这篇小说以后,我才痛苦地确信其中有整整一页——描写草原上的暴雨的——正是用这种该死的"有韵律的散文"写出来的。这种文体长期纠缠着我,它不知不觉地和不恰当地渗透到我的小说里去,我用一种歌唱似的词句来写小说,例如:"月光穿过了石枣树的枝叶和滨枣树的缠绕着的枝藤。"等到后来印了出来,我才羞愧地确信"月光"可以读成"松明",而"穿过了"也不是那个应该用的词。在我另外一篇小说里有这样一个句子:"马车夫从袋子里拿出了烟袋",这三个连用音节[2]并没有大大美化"令人苦恼的贫困生活"。总之,我是尽力想写得"美"。

"一个醉汉倚着路灯的柱子,微笑地望着自己的影子,影子正在颤动。"——其实我所描写的夜是一个寂静的月夜,在这样的夜里是不点路灯的,假如当时既没有风,而火光又是不动的,那么影子是不会颤动的。这种"笔误"和"失言"几乎在我的每一篇小说里都可以遇到,而我也为此严厉地责

---

[1] 指阿·布鲁门塔尔发表在一八八一年一月号《语言》上的论文《历史的循环》。
[2] 原文为"извозчик извлек из кармана кисет",其中前三个词都是由"из"开头的。

备过自己。

"海在笑着。"①——我写了这句话,并且很长一个时期我都相信这句话写得很美。为了追求美,我经常犯违反描写的正确性的毛病,把东西放错了位置,对人物作了不正确的解释。

列夫·托尔斯泰在谈到我的小说《二十六个和一个》的时候向我指出:"你写的炉灶安放得不对。"原来,烘面包圈的炉灶的火光,是不会像我所描写的那样照着工人们的脸的。契诃夫曾向我谈到《福玛·高尔杰耶夫》中的梅登斯卡雅:"我的老兄,您瞧,她有三只耳朵,一只耳朵长在下巴上!"这是对的——我把这个向着灯光的女人写错了。

这些好像都很细小的错误却具有重大意义,因为它们破坏了艺术的真实性。总之,要找到确切的词句并把它们排列得能用很少的话表现出很多的意思,"言简意深",使语言能表现出一幅生动的图画,简洁地描绘出人物的主要特点,让读者一下子就牢牢地记住被描写的人物的动作、步态和语气,这是极其困难的。用词句来给人和事物"着色",这是一回事,而要把他们描绘得那样"婀娜多姿"和生动,以致使人不禁想伸出手去抚摸所描写的人和物,就像我们常常想去抚摸托尔斯泰《战争与和平》中的人物那样,这却是另一回事了。

有一次我需要用几句话来描写俄国中部一个小县城的外观。在我选择好词句并用下面的形式把它们排列出来以前,我大概坐了三个钟头:

> 一片起伏不平的原野,上面交叉纵横着一条条灰色的大路;五光十色的奥古洛夫镇在它的中央,宛如放在一只大而多皱的手掌上的一件珍奇的玩物。②

我觉得我写得很好,但是当小说印出来的时候,我才看出我制作了一件像五彩的蜜糖饼干或玲珑精致的糖果盒之类的东西。

总之,字句的运用必须非常确切。从另一方面举一个例子,有人曾说:"宗教是鸦片。"

但是医生却把鸦片给病人吃,作为减轻病人痛苦的一种药品,这就是说,鸦片对于人是有用的。至于人们把鸦片当作烟抽,结果抽鸦片的人就会死掉,

---

① 这是高尔基在一八九七年写的短篇小说《马尔华》的第一句。
② 高尔基中篇小说《奥古洛夫镇》(1907)的第一段。

因为鸦片是一种比伏特加的酒精更加有害的毒药——这却有许许多多的人还不知道。

我的失败时常使我想起一位诗人所说的悲哀的话："世上没有比语言的痛苦更强烈的痛苦。"①

但是关于这个问题,戈恩菲尔德②在他一九二七年由国家文学出版社出版的《语言的痛苦》一书中比我讲得要好得多。

我热忱地把这本非常好的书推荐给"年轻的执笔的同志们"。

似乎纳德松曾说过,"我们贫乏的语言是冰冷而又可怜的"③,并且很少有诗人不埋怨语言的"贫乏"。

我想,这种对语言的"贫乏"的埋怨不是专指俄语,而是泛指人类的言语,而这些埋怨的产生,是因为有些感觉和思想是语言所不能捉摸和表现的。戈恩菲尔德的那本小书讲得最好的就正是这个问题。但是除去"不能用语言捉摸的东西"之外,俄语则是无限丰富并正以惊人的速度不断地丰富着。为了证实语言发展的迅速,只要把果戈理和契诃夫,屠格涅夫和布宁、陀思妥耶夫斯基、列昂尼德·列昂诺夫④的词的累积——语汇拿来比较一下就行了。列昂诺夫曾在文章中声称他是以陀思妥耶夫斯基为师的,在某些方面——例如对理性的看法,可以说他也得益于列夫·托尔斯泰。可是这两种依赖关系只是证明这位青年作家十分出色,而绝没有掩住他的独特性。在《贼》这部长篇小说里,他完全无可争论地表现出他用语的丰富是惊人的,除了这部小说困难而巧妙的结构使人惊叹之外,还提供了许多他自己的十分确切的词句。我觉得列昂诺夫是一个唱着一支十分独特的"自己的歌"的人,他刚才开始唱这支歌,无论陀思妥耶夫斯基还是其他任何人都不能妨碍他。

应该指出,语言是由人民创造的。我们把语言分成规范语和人民的语言,这只是说语言中有"未经加工"的语言和由大师们加过工的语言。第一个清楚地了解这一点的人是普希金,他也是第一个告诉我们应该如何利用人民的语言材料、应该如何对它进行加工的人。

艺术家是自己国家、自己阶级的感官,是它的耳朵、眼睛和心脏;他是自己时代的喉舌。他应该尽可能更多地知道过去,他对过去知道得愈清楚,那么他

---

① ③　引自俄国诗人纳德松(1862—1887)的诗《亲爱的朋友,我知道,——我深深地知道……》。
②　戈恩菲尔德(1867—1941),苏联文艺学家。
④　列昂尼德·列昂诺夫(1899—1994),苏联作家。

对现在就更加明了,他就能更强烈、更深刻地感觉到我们时代多方面的革命性及其任务的广泛。必须知道人民的历史,还必须知道人民的社会政治思想。学者们——文化史家们、人种志学者们——指出,这种思想表现在民间故事、传说、谚语和俚语中。正是谚语、俚语以特别富于教训意义的形式表现了人民大众的思想;因此,对于初学写作的作家,熟悉这些材料是非常有益的,这不仅因为它能很好地教我们学会用字节省、语言简练和形象性,而且还因为农民是苏维埃国家中占绝大多数的居民,历史就是用农民这团黏土捏造出工人、小市民、商人、神父、官吏、贵族、学者和艺术家来的。农民的思想,是由国家教会的神父和脱离了这个教会的教派分子极其热心地培养成的。他们自古以来就养成了用包括谚语和俚语在内的那些现成的硬化了的形式来思想,大部分谚语和俚语只不过是被压缩了的神父们的教训而已。"握有权势的人,只有上帝能审判。""想起来,是痛苦;不想了,是上帝的意志。""有庄稼人在思想的地方便没有上帝。""你要让上帝满意,自己可不能动脑筋!""走得慢些,才走得远些。""不是自己的雪橇可别坐。""人人应守本分。"——像这样的谚语不下数百句,无论在哪一句当中,都不难发现隐藏在词句后面的《圣经》中的先知、"教会之父"约翰·兹拉托乌斯特、叶夫列姆·西林,基里尔·耶路撒冷斯基及其他人的教训。

当我阅读"保守派"和"保皇党"的作品时,在这些作品里我没有找到一点能使我感到新鲜的东西,这正因为这些书的每一页都不过是用展开的形式——引申的解释——在重复我从小就知道的这一句或那一句谚语而已。十分清楚,列昂季耶夫①,波别多诺斯采夫②及其他保守派的全部绝顶的聪明,都浸透着"人民的智慧",其中包含着被压缩得极其浓厚的教会气味。

毫无疑问,还有大量具有另一种含义的谚语,例如:"我们驯良地生活着,而棍子打着我们的骨头。""上帝给老爷的是烤牛肉,给农民的是一块面包外加一记耳光。""我们生活着,我们不悲伤,我们并不比老爷过得坏;他们去打猎,我们去干活;他们去睡觉,我们还是去干活;他们睡醒了起来喝茶,而我们就拖着镣铐摇晃。"

一般来说,谚语和俚语把劳动人民的全部生活经验与社会历史经验出色

---

① 列昂季耶夫(1831—1871),俄国农奴主,反动分子。
② 波别多诺斯采夫(1827—1907),俄国政客,反动派的代表人物。

地固定下来了;因此一个作家必须知道这种材料,它能教他学会像把手指握成拳头一样去压缩语言,以及松展开被别人紧紧压缩起来的语言,以便暴露出隐藏在这些语言中的与时代任务相敌对的僵死的东西。

在谚语中,换句话说——在用格言进行的思维中,我学会了很多东西。我记得有过这样一回事:我的朋友,一个好开玩笑的扫院人雅科夫·索尔达托夫正在打扫大街。扫帚是新的,还没有弄脏。雅科夫看着我,眨了一眨愉快的眼睛说道:"这把扫帚很好,可是垃圾总扫不净;我把它扫掉了,邻居们又会弄来一大堆。"

我很明白:这个扫院人说的是对的。即使邻人们都打扫自己的一段地面,风还会从别的大街上把垃圾吹过来;假如全城所有的大街都打扫干净了,灰尘还是会从田野里、从大路上、从别的城市里飞来的。当然,消除自己门前的垃圾是必要的,但是假如把这个工作扩大到全街、全城和全世界,那么结果就一定会更好。

我们可以这样来引申俚语的意义,而这里还可以举出一个俚语是怎样产生的例子:当尼日尼-诺夫戈罗德城里开始流行霍乱的时候,有个小市民散布谣言,说病人是被医生毒死的。省长巴兰诺夫就下令逮捕他,把他送到临时霍乱医院去当看护。这个小市民工作了一段时间之后,好像为了这次教训还感谢过省长,而巴兰诺夫就对他说:"埋头于真理,你就不会说谎了!"

巴兰诺夫虽然是个粗鲁的人,但并不愚蠢,我想他能说出这样的话。不管这话是谁说的,反正都是一样。

我就是在这些活生生的思想中学习思考和写作的。我发现这些扫院人、律师、"沦落的人们"①和其他一切人的思想,在书本里都披上了别人的语言的外衣,生活中的事实和文学中的事实就是这样互相补充的。

关于语言大师们怎样创造"典型"和性格的问题,我在上面已经讲过,但是也许应该举两个有趣的例子。

歌德的《浮士德》是艺术创作的最卓越的产物之一,艺术创作永远是一种"虚构",臆造,或者说得更正确一些,是一种"臆测",是思想在形象中的体现。我在二十岁左右的时就读过《浮士德》,过了一些时候我才知道,远在德国作

---

① 指高尔基在一八九七年写的一篇同名短篇小说。

家歌德两百年以前,英国作家克里斯托弗·马洛①就写过浮士德,波兰的"通俗"小说《特瓦尔多夫斯基先生》写的也是"浮士德";法国作家保罗·缪塞②的小说《幸福的探求者》,也是同样的情形;所有这一切关于浮士德的作品的基础,都是中世纪的一个民间传说;这个传说叙述一个人为了渴望个人的幸福和支配自然的秘密与人们的权力而把自己的灵魂出卖给魔鬼。这个故事是从对中世纪那些专心制造黄金和炼制长生丹的有学问的"炼丹术士"的生活与工作的观察而发展起来的。在这些人当中,有些是真诚的空想家,"思想的狂热者",但也有些是招摇撞骗的骗子。这些个别的人物想取得"最高权力"的徒劳无益的努力,在中世纪的浮士德博士的冒险史中曾遭到过嘲笑,甚至魔鬼本人也没能帮助他达到全知和永生之境。

和浮士德这个不幸的形象并列,还创造了一个也是各民族都知道的人物:在意大利是普尔青奈洛,在英国是彭奇,在土耳其是卡拉拜特,在我国就是彼得鲁什卡。③ 这是民间木偶剧中一个不可战胜的英雄。他战胜了一切人和一切东西:警察、神父,甚至魔鬼和死亡,而他自己却是永生不朽的。劳动人民通过这个粗糙而朴素的形象体现了他们自己,体现了他们的信心——归根到底,正是他们征服了一切东西和一切人。

这两个例子再一次证明了我上面所说的:"匿名的"创作,即我们所不知道的某些人的创作④,也要服从抽象化的法则,它把这个或那个社会集团突出的特征抽取出来,再把它们具体化,并概括到这个集团的一个人物的身上。艺术家如能严格遵守这个法则,就能帮助他创造出"典型"来。查理·德-科斯特⑤就这样创造出了佛来米人的民族典型——"梯尔·欧伦施皮格尔",罗曼·罗兰⑥就这样创造出了布戈涅人"哥拉·布勒尼翁",阿尔方斯·都德就这样创造出了布罗温斯人"达达兰"⑦。要创造出这些"典型"人物的鲜明形象,只有在具有高度发达的观察力,善于发现类似之处、善于看到差别的条件

---

① 克里斯托弗·马洛(1564—1593),英国剧作家,写有《浮士德博士的悲剧》(1588)。
② 保罗·缪塞(1804—1880),法国小说家。
③ 普尔青奈洛是意大利假面喜剧的人物。彭奇是英国木偶戏的主角。卡拉拜特是土耳其木偶戏的人物。彼得鲁什卡是俄国木偶喜剧中的人物。
④ 我们有权称这种创作是"人民的"创作,因为这大概是为了行会的节日表演而在手艺人的车间里产生的。——高尔基原注
⑤ 查理·德-科斯特(1827—1879),比利时作家。
⑥ 罗曼·罗兰(1866—1944),法国作家。
⑦ 达达兰指法国作家阿尔方斯·都德(1840—1897)的名著《达拉斯贡城的达达兰》中的人物。

下,只有在学习、学习、再学习的条件下才有可能。而在缺乏正确认识的时候,就只能依靠猜想,但猜想十个有九个都是错误的。

我并不承认自己是大师,能够创造出和奥勃洛摩夫、罗亭、梁赞诺夫①等典型与性格具有同等艺术价值的性格和典型来。但是为了写《福玛·高尔杰耶夫》,我同样不得不观察几十个对自己的父亲的生活与工作感到不满的商人的儿子;他们模糊地感到,在这种单调的、"令人苦恼的贫困生活"中没有很大意义。在像福玛这类注定要过无聊生活并被苦恼所折磨而沉溺于深思的人们当中,一方面产生出了一些酒鬼、"放荡者"、无赖汉;而在另一方面,也飞出了像为列宁的《火星报》的出版而慷慨捐助的沙瓦·莫罗佐夫,以金钱资助社会革命党的彼尔姆的船主梅什科夫,卡卢加的工厂主冈察罗夫,莫斯科人施密特及其他许多"白色的乌鸦"。从这里也产生出这样一些文化活动家,例如切列波韦次城的市长米留京,以及许多莫斯科的和外省的商人,他们在科学、艺术等部门中极其大胆地作了许多工作。福玛·高尔杰耶夫的教父马雅金,也是从各种微不足道的特征和"谚语"中造就出来的,我的话并没有错:在一九〇五年之后,在工人和农民用自己的肉体为马雅金们铺起了一条走向政权的道路以后——大家都知道,那时候马雅金们在反对工人阶级的斗争中是起过不小的作用的,而且他们至今还在梦想回到他们的老巢里去。

* * *

青年们向我提出了这样一个问题:为什么我要写"流浪汉"?

这是因为我生活在小市民当中,我看见我眼前的许多人唯一的志愿就是用诈骗的手段来吸取人的血,把血凝成戈比,再用戈比铸成卢布;我也像我那位十九岁的通信者一样,"全身发抖地"憎恨这些平凡的人蚁虫似的生活,这些人彼此很相像,就跟同一年铸造出来的五戈比的铜币一样。

在我看来,流浪汉是些"不平常的人"。他们不平常的地方就在于他们这些"脱离劳动阶级的人"——脱离了本阶级而被自己的阶级所抛弃的人——已经丧失了他们的阶级面貌的最突出的特征。在尼日尼的"百万富翁街"的"黄金连队"里,那些曾经富裕过的小市民,同我的表兄弟——温驯的梦想家

---

① 斯列普佐夫在中篇小说《艰难时期》中十分出色地创造的一个平民知识分子典型。——高尔基原注

亚历山大·卡希林,意大利画家董蒂尼、中学教师格拉德科夫、勃男爵、因为盗窃而坐过很久监狱的副警察局长,真姓是冯·台尔·佛特特的名偷"尼科尔卡将军",大家都和睦地相处。

在喀山的"玻璃工厂"里,住着二十多个这类形形色色的人物。"大学生"拉德洛夫或拉都诺夫;服过十年苦役的拾破布的老头儿;曾经做过省长安德里耶夫斯基的听差的瓦希卡·格拉奇克;牧师的儿子、白俄罗斯人机械师罗杰耶维奇;兽医达维多夫。这些人大半都不很健康,嗜酒如命,他们互相不打是不能过日子的;但是在他们中间,同志般地互相帮助的感情却很深厚;凡是他们挣来或偷来的东西,他们都一齐喝光和吃光。我看见他们虽然比"平常的人"过得更坏,但是却感到并认为自己比那些人好,这是因为他们并不贪心,不互相倾轧,也不积蓄金钱。他们之中有些人是能够积蓄的,他们还保有"节约"的特征和对"有秩序的"生活的挚爱。他们能够积蓄,是因为瓦西卡·格拉奇克,一个狡猾的和幸运的小偷,时常把他弄到的东西带到他们那里去,交给"账房"罗杰耶维奇,但是这位罗杰耶维奇对于这所工厂的"经营"却毫无办法,他是一位极其软弱、优柔寡断的人。

我记得有过好几次这样的场面:某人偷来了一双漂亮的猎靴,大家决定拿它去换酒喝。但是几天前被警察揍了一顿而病着的罗杰耶维奇却说,只应该把靴筒拿去换酒喝,靴头要割下来给"大学生"穿,因为他穿的鞋已破烂不堪了。

"脚冻坏了是会死的,可他是个好人哪。"

他们把靴头割了下来,但是那个老苦役犯却提议用靴筒缝两双拖鞋:一双给自己,一双给罗杰耶维奇。这样一来,他们就没有拿靴子去换酒喝。格拉奇克用他对"有教养的人"的敬爱来说明他同这些人的友谊和他给予他们的慷慨帮助。

他对我说:"老弟,我对有教养的人比对最漂亮的女人还喜欢。"这是一个很奇怪的人,生有黑色的头发,清秀漂亮的脸上挂着悦人的微笑;他总是若有所思,沉默寡言,但往往突然粗暴地,几乎是疯狂地高兴起来,舞着,唱着,讲他自己的幸运,和大家一一拥抱,就像他马上要去打仗,去送死。在后莫克拉亚街——就是现在莫斯科车站所在的地方——的布托夫酒店的地下室里,有八个靠求乞度日的老头子和老太婆,就是靠他的钱过活的,其中还有一个年轻的发了疯的女人,带着一个一周岁的婴儿。他是这样变成小偷的:当他做省长的听差时,有一次在他的情妇那里过夜,早晨回家的时候,他还是醉醺醺的,半路上从一个卖牛奶女人的手里抢过牛奶壶就喝了起来;人家来捉他的时候,他就打起架来;于是严厉的调解法官,了不起的自由主义者科龙塔耶夫,就把他关进了监牢。瓦西卡服满了刑期,就爬进科龙塔耶夫的书房,撕毁了他的文件,拖走了一台闹钟和一只望远镜,于是又被关进牢里。我是这样认识他的:有一次他在鞑靼村偷东西被人发觉,几个守夜人紧紧追赶着他,我把一个守夜人绊了一跤,这样就帮助瓦希卡能够逃掉,而我也跟着他一齐逃跑了。

在流浪汉中有许多奇怪的人,他们有很多地方我是不懂的,但是有一点赢得了我对他们强烈的好感,那就是他们不对生活发牢骚,反而用讥笑和讽刺的态度谈论"庸俗的人们"的幸福生活,但这并不是出于一种暗暗的嫉妒,并不是因为"眼睛看得见而牙齿咬不到",而似乎是出于他们的高傲,是因为他们认为他们生活得虽然不好,但他们却比那些生活得"很好"的人要好。

我第一次见到我在《沦落的人们》①那篇小说中所描写的那个小客栈的老板库瓦尔达,是在调解法官科龙塔耶夫的审讯室里。这个衣衫褴褛的人怀着自尊心回答法官的各种问题,怀着蔑视反驳警察局长、原告人和受害人——一个被库瓦尔达殴打了的小饭馆的老板,这种自尊心和蔑视使我很吃惊。还有一个敖德萨的流浪汉,把我在小说《切尔卡什》中所描写的故事讲给我听,他的那种不怀恶意的嘲讽,也使我惊奇。我和这个人在赫尔松省尼古拉耶夫城的医院里一同住过。我清楚地记得他那露出整齐洁白的牙齿的微笑——他带着这种微笑结束了关于他雇的一个年轻人的背叛行为的故事:"我就这样给了他些钱把他打发了;去吧,糊涂虫,喝稀饭去吧!"

这个人使我想起大仲马的那些"高尚的"英雄。我们一同走出医院,坐在城外一个营房的眼镜堡里,他一面请我吃着甜瓜,一面向我建议:"也许,你会和我同去干些好事吧?我想,你对我会有用的。"

这个建议使我受宠若惊,但当时我已经知道有一种比走私和偷窃还更有益的事业了。

我对"流浪汉"的偏爱就是出于我想描写"不平常的人",而不想描写干巴巴的小市民型的人的愿望。当然,这里也有外国文学,首先是比俄国文学更为色调鲜明的法国文学的影响。但在这里起主要作用的,还是想依靠自己用

---

① 过去通译为"曾经是人的人",现新译为"沦落的人们"。

"虚构"来美化那个十五岁的小姑娘所说的"令人苦恼的贫困生活"的愿望。

我已说过,这个愿望就叫作"浪漫主义"。某些批评家认为我的浪漫主义是哲学上的唯心论的反映。我想,这种说法是不正确的。

哲学上的唯心论教导人们,说"观念"存在于人、动物和人所创造的一切事物之上并居于首位;这些观念是人所创造的一切事物的最完美的典范,并且人在自身的活动中是完全依赖这些观念的;人的一切工作都是对这些典范、"观念"的模仿,人似乎只能模糊地感觉到这些"观念"的存在。从这个观点出发,在我们头上的什么地方,就存在着脚镣和内燃机的观念,存在着结核菌和速射炮的观念,存在着蛤蟆、小市民、耗子,总之是地面上存在着的和由人所创造的一切东西的观念。十分明显,从这里就产生了承认一切观念的创造者存在的必然性,承认由于某种原因而创造出老鹰与虱子、大象与青蛙的某种生灵的必然性。

我认为在人之外是不存在观念的;我认为正是人并且只有人才是一切事物和一切观念的创造者;正是人才是奇迹的创造者,并且在未来还是一切自然力量的主宰。我们世界上最美好的东西,都是由劳动、由人的聪明的手创造出来的;我们所有的思想、所有的观念都是在劳动过程中产生的,艺术、科学和技术的发展史使我们对这一点深信不疑。思想产生于事实之后。我之所以在人的面前"顶礼膜拜",是因为除了人的理智、人的想象、人的臆测的体现之外,在我们的世界上我什么也感觉不到,什么也看不见。神是一种同"照相"一样的"人的虚构",不同的只是"照片"照的是真实存在的东西,而神则是一帧"人的虚构"的照片,人在这一虚构中把自己想象成为一种生灵,这种生灵希望成为而且也可能成为全知全能和绝对公正的。

如果我们必须谈谈"神圣的东西"——那么只有人对自己的不满和他想使自己变得比他目前的情况更好的愿望才是神圣的;只有对自己所创造的日常生活中的各种琐屑的废物的憎恨才是神圣的;只有他想灭绝世上的嫉妒、贪婪、犯罪、疾病、战争和人间一切敌意的心愿才是神圣的,只有人的劳动才是神圣的。

五、高尔基论艺术

高尔基肖像(1910年,尼古拉·巴甫洛维奇·施列因　绘)

论俄罗斯文学[*]

人民不仅是创造出一切物质珍品的力量,人民还是一切精神珍品的一个唯一的和永不枯竭的源泉,无论是就时间、就美还是就创造天才来说,人民是第一位哲学家和诗人,他们创造出了大地上所有伟大的诗篇、所有的悲剧和其中最为伟大的——全世界文化的历史。

……

在欧洲文学的发展史上,我们年轻的俄国文学,是一个惊人的现象;在西方的文学当中,还没有一种文学能以这样的力量和速度诞生出来,并且还放散出这样一种强烈而又令人目眩的天才的光辉,当我这样讲的时候,我并没有夸大事实的真相。在欧洲,从没有一个人创造出这样多巨大的为世界所公认的名著,从没有一个人创造出这样多惊奇的美丽的珍宝,特别又在这样难以形容的困难条件之下。这件事实,是拿西方文学史和我们的文学史来互相比较的方法而颠扑不破地确定出的;从没有一处地方,能在不足一百年中间,像在俄国一样地出现了这样多伟大人物的明亮的星座,也没有一处地方,能像我们有着这样多的受难的作家。

我们的文学——我们的骄傲。这是我们的民族创造出来的最优美的东西。在它里面,存在着我们全部的哲学;在它里面,铭刻着我们精神的伟大的激情;在这座不可思议的以神话故事的速度建立起来的圣殿里,一直到今天,具有着伟大的美与力的烦恼,具有着神圣的纯洁的心灵——这就是许多真正的艺术家的烦恼与心灵——远在明亮地燃烧着。他们大家都公正而真诚地光照出他们所理解和所体验过的事情,他们这样讲:俄国艺术的圣殿,是由我们在人民默许的帮助之下建筑起来的,人民鼓舞了我们,让我们来热爱人民!

---

[*] 这篇文字摘自高尔基的长篇论文《个人的毁灭》(1908),后发表在一九〇九年知识出版社出版的《集体主义哲学论文集》第一集。译自三十卷本《高尔基文学》第二十四卷。

在我们的圣殿里,比在其他地方更频繁地、更有力地表现出了俄国文学的具有全人类的意义;这种意义是全世界所公认的,并且还以俄国文学的美与力惊人。俄国文学善于向西方表现出他们所不知道的一个惊人的现象——俄罗斯妇女,并且善于用这样一种对母性的竭取不尽的、温柔的和热情的爱,来讲述着人类的事情。

从我们作家的丰富和作家类型的多样性来看我们的文学吧:在什么地方,在什么时候,能在同一个时间里面有着这样多的——像波米亚洛夫斯基和列斯科夫、斯列普佐夫和陀思妥耶夫斯基、格列勃·乌斯宾斯基和柯罗连科、谢德林和丘特切夫——互不相联和互相对立的作家在工作呢?继续沿着这两条平行线看,而人物和创造手法的多样性、思想的路线以及语言的丰富是会惊骇了你的。

在俄国,每一个作家,真实地和严格地讲起来,都是最个人的,但同时有一个顽强的愿望,又在把所有的人联系在一起——这就是那个想了解、想感觉和想猜出自己国家的将来,它的人民的命运和它在世界上的作用的愿望。

作为人,作为个人,俄国的作家至今还是为对于伟大的生活、对于文学、对于劳动到困疲的人民、对于自己的忧郁的国土忘我的和热情的爱的明亮的光辉所照耀着。俄国的作家是真诚的战士,是为真理而献身的伟大殉道者,在劳动中是勇士,在对人的热爱上是个稚子,有着一颗像泪珠一样透明、像俄罗斯发白的天空里的星辰一样灿烂的童心。

俄国的作家毕生把自己的全部心力都用在热烈宣传全人类的真理,唤起他们对自己的人民的关切,但不把自己的人民从世界分离开来……

俄国作家的心,是热爱的钟声,全国所有活跃着的心灵,都能听见它的预言的和响亮的钟声……

论俄罗斯艺术*

艺术、科学、工业……这都是文化的基础,假如我们真诚地想使我们生活变得更加美丽、合理、丰富,我们就应该把我们的力量贡献给艺术、科学和工业。

……

在艺术的部门里面,在心的创造当中,俄罗斯人民显示出了令人惊叹的力量,在各种最可怕的条件之下创造出了美丽的文学、惊人的绘画和全世界所赞赏的独创的音乐。人民的嘴是被紧闭着的,心灵的双翼是被紧缚着的,但是人民的心却诞生出了几十个伟大的语言、声音和色彩的艺术家。

巨人普希金,是我们最大的骄傲和俄罗斯精神力量的最完满的表现;和他并列的,就有魔术师格林卡①和美妙的布留洛夫②,对己对人都毫无怜悯的果戈理,忧郁的莱蒙托夫,悲哀的屠格涅夫,愤怒的涅克拉索夫,伟大的造反者托尔斯泰和我们病态的良心——陀思妥耶夫斯基;克拉姆斯科伊③,列宾④,不可比拟的穆索尔斯基⑤,把一切力量,把整个生命都用在创造俄罗斯人的"正面人物"上的列斯科夫⑥,最后,还有伟大的抒情作曲家柴可夫斯基和语言的魔术师亚·奥斯特罗夫斯基⑦:这些人都互不相像,这只有在我们俄罗斯才有可能;在这儿,在同一代里,就好像各不同世纪的在心理上有着差别和不相融

---

* 这篇文字摘自高尔基写的《论俄罗斯艺术》(1917 年 6 月 26 日),全文发表在《解放之路》第一期(1919 年 7 月 15 日)。译自二十五卷本《高尔基文集》第二十四卷。
① 格林卡(1804—1857),俄国名作曲家,歌剧《伊万·苏萨宁》的作者。
② 布留洛夫(1799—1852),俄国名画家,代表作有《庞贝城的末日》。
③ 克拉姆斯科伊(1837—1887),俄国名画家,代表作有《荒漠中的耶稣》《月夜》等,并作有托尔斯泰、涅克拉索夫、萨尔蒂科夫-谢德林等人的画像。
④ 列宾(1844—1930),俄国大画家,其作品以《伊万大帝杀子》《伏尔加河纤夫》等画最著名。
⑤ 穆索尔斯基(1839—1881),俄国名作曲家,作有歌剧《鲍里斯·戈都诺夫》。
⑥ 列斯科夫(1831—1895),俄国小说家。
⑦ 亚·奥斯特罗夫斯基(1823—1886),俄国著名剧作家,代表作有《大雷雨》。

合的人都相聚在一起。

　　这一切宏伟的现象,都是俄罗斯在将近百年中所创造出的。高兴的事,就是不仅是俄罗斯在十九世纪所产生的天才这样众多,使人骄傲得发狂,就是他们惊人的多样性,也使人骄傲得发狂,可惜我们的艺术史家们,还没有给予这种多样性以应有的注意。

　　但是我们有权因为俄罗斯心灵的这种美妙的燃烧的多样性而骄傲,愿它更加强我们对于我们国家的精神力量的信心吧!

　　……

　　俄罗斯的艺术——这首先是种心的艺术。在它里面,永远燃烧着一种对于人的浪漫主义的热爱,并且这种热爱的火光,还光照出我们所有大小的艺术家——文学中的"民粹派",绘画中的"巡回展览画派"和音乐中"强力集团派"①——的创造。

　　……

　　人民的心深似海洋,我们还不知道,这激荡到底层的海洋会诞生出什么——但是回顾一下过去,我们就必须,而且我们有权神圣地相信理智的人民的理智和意志的创造力量!我们希望自由的、善变的心的艺术,会使我们活跃起来,唤起我们对人和创造的尊敬,培养成我们对生活和劳动的热爱!祝艺术是心灵的自由的歌声万岁!

---

① "巡回展览画派"包括佩罗夫、克拉姆斯科伊、列宾、谢罗夫、列维坦、希什金、萨维兹基等画家,其作品均以描绘人民生活著称。"强力集团派"包括巴拉吉列夫、穆索尔斯基、鲍罗廷、里姆斯基-科萨科夫、居伊等作曲家。

论文学的世界性*

是不是须要讲一讲有关认真研究文学的必要性,或是哪怕是讲一讲有关广泛认识文学的必要性呢?

文学——是世界的一颗心,它因为这个世界所有的欢乐与所有的痛苦,人们所有的梦想与希望、失望与愤怒,人对大自然之美的那种感动和对大自然之神秘的那种恐惧而兴奋鼓舞;这颗心因为渴求自我认识而不停地和永远地在跳动着:就好像在这颗心里面,大自然的一切物质和力量,以人为代表以其复杂性与合理性而创造出最高的表现的,都企图要把人的存在的本质和目的阐述清楚。

文学也可以称为是世界的能洞察一切的眼睛,这眼睛的一瞥,直深透到人类精神生活的最隐秘的处所;书籍——这么一件简单而又是我们那样熟悉的东西——从它的本质上讲起来,是大地上的最伟大而神秘的奇迹之一;比如我们所不知道的某一个人,他有时候用我们听不懂的语言在讲话,他距离我们有好几千俄里之远,用我们称为字母和文字的三十几个符号,在纸头上写出了各种形式不同的组合;当我们看到这些字母的组合时,我们这些和书籍的创造者全然陌生的并且是相距得很远的人,就能够隐秘地理解所有的文字、思想、感情与形象的意义,我们欣赏对于大自然景色的描写,我们因为语言的美丽节奏和文字的音乐性而狂喜;我们还会被那些印刷了文字的五光十色的纸张激动得以至流泪、发怒、幻想,甚至有时发笑;我们理解了精神的生活,无论是我们熟悉的还是生疏的。

书籍,这也许是人类在走向幸福而有威力的将来的道路上所创造出的所有奇迹中最复杂而又最伟大的一个奇迹。

---

* 这篇文字原来没有题目,最初是以序言的形式印在教育人民委员部编印的《世界文学出版社目录》(1919)的卷首,当时高尔基正负责主编这套丛书。译自《高尔基未收集的文学批评论文集》(1941)中收的这篇文字和莫斯科高尔基博物馆提供的原序文的影印件。

目前还没有一种供所有人共同使用的语言文字,因而也就没有一种全世界共同的文学——但是所有的文学创作,无论是散文还是诗歌,都充满了全人类所共同具有的情感、思想与观念的一致、人类对于精神自由之幸福的神圣的希求之一致、人对于生活的不幸的厌恶之一致、人对于较好的生活形式的可能性的希望之一致;最后还有一点是所有的人都是一致的,这就是渴求着文字和思想所捉摸不着,甚至也是情感所难以把握住的某种东西——这也就是我们给它以"美"这个苍白的名字,和在世界上——在我们的心中——开着更灿烂而快乐的花朵的某种神秘的东西。

不管各国、各族、各个体的内在差别是怎样,不管政体的外形怎样不同;不管宗教的观念、习惯是怎样有着区别,阶级的矛盾又是怎样无法和解——但在我们多少个世纪以来造成的所有这些不同点上面——在所有这些差别的混乱上面,有着一种对所有人都是一致的东西,它像黑暗的幽灵一样威严地在君临着,这就是对生活的悲剧的或多或少的明显的意识和人在世界上的苦痛的孤寂之感。

从诞生之神秘里生出来,我们又陷进死亡之神秘。我们和我们的行星,一同被投进了我们所不理解的那个空虚。我们称它是宇宙,但我们对它并没有一个明确的概念,我们在这个宇宙里面感觉到异常孤独,我们甚至没有方法来比喻这种孤独。

人在宇宙中、在地球上——对于很多的人,"唉!它是一片没有人烟的荒漠之地"——在大地上有各种愿望,可能也有最苦恼的矛盾、包围之中的那种寂寞——这种寂寞只有很少数的人了解,然而这种模糊的感觉,却像一颗毒种一样,植根在差不多每一个人的天性里面,它时常也会隐秘地毒害着那些难以遭罹致命的忧郁病的人的生活,这种忧郁病是各时代各民族都共有的,它同样地苦恼了英国人拜伦、意大利人莱奥帕尔迪①、《传道书》②的作者和亚洲的圣人老子。

这种从模糊地感觉到生命之脆弱与悲剧性的土壤中所产生的忧郁病,是伟大的人和渺小的人,是所有敢睁大眼睛勇敢直视生活的人都具有的;人们一旦克服了这种忧郁病,杀死他们心中的悲剧和寂寞的意识——那么他们只有

---

① 莱奥帕尔迪(1798—1837),意大利诗人。
② 《传道书》是《圣经·旧约》中一部著作的篇名。

靠了精神创造的方法,只有靠了文学与科学的联合努力,才能达到这个胜利。

除了大气和光圈的包围之外,我们整个的星球,还被一种精神创造的气氛,和我们精力多样性的快乐的气氛所包围着;从这种气氛里面就组成了、锻炼了和溶化了一切不朽与美好的东西,从这种气氛里面就创造出了最伟大的观念和我们的机器的迷人的复杂性、惊人的庙宇和穿过大山的隧道、书籍、绘画、诗歌、千百万俄斤重的跨过大河的铁桥,以及那神秘地轻巧地飘浮在空中的,我们生命的所有严峻、可爱,有力而又温柔的诗歌。

由于从那不可知的铁壁上,迸发出了对于理智和意志战胜大自然的元素和人心中的兽性的更加灿烂的希望的火花,现在我们可以怀着非常正当的欢乐,来讲我们精神的伟大努力的世界意义,它是更加明显地和有力地表现在文学与科学的创造中。

文学的伟大功绩,就在于它加深了我们的意识,扩大了生活的感觉,形成了我们的情感,并且好像在对我们说道:所有的思想和行动以及整个的精神世界,都是用人的鲜血和脑力创造出来的。

它告诉我们:中国人洪大业①,也正像西班牙人唐璜②一样,因为不满足于女人的爱而苦恼着;阿比西尼亚人也正像法国人一样,唱着悲哀与欢乐的恋歌;一个日本的艺伎③和曼侬·莱斯戈④的爱,都是同样感动人的。还有男人们想在女人们身上找到他另外半个灵魂的那种愿望,无论在过去和现在,都同样燃烧般地占有着各国和各时代的男子们的心。

一个杀人犯在亚洲,也同在欧洲一样,都是可恶的;守财奴泼留希金也正像法国人葛朗台一样地可怜,各国的伪君子达尔杜弗们都是一样的,到处的厌世者都是同样可怜;精神的骑士堂吉诃德的动人的形象,到处都迷着所有的人。

总而言之,所有的人,用着所有的语言永远都在讲着同一件事情——讲着自己和自己的命运。具有着粗暴本能的人们,到处都是一样的——只有知识的世界,才是无穷地多样化。

文学就把这一切数不清的类似点和无穷无尽的差别点,用使我们不能不

---

① 洪大业这个人物出自蒲松龄《聊斋志异》中的《恒娘》。
② 唐璜在欧洲系指好色的美男子而言,拜伦写有长诗《唐璜》。
③ 日本的艺伎可能指蝴蝶夫人。
④ 曼侬·莱斯戈是法国作家普雷沃所写的同名小说的女主人公。

信服的明确性告诉我们——文学是生活的一面活生生的和跳动着的镜子,它用凄切无语的忧愁或者是愤怒,用狄更斯的善心的冷笑或者是陀思妥耶夫斯基的可怕的脸相,反映出我们精神生活的全部复杂相、我们整个憧憬的世界、庸俗与愚蠢的无底的混浊的深池、我们在命运前面的英勇与怯懦、爱情的勇敢与憎恨的力量,我们伪善的全部丑态和谎话的可耻的丰富、思想的最可耻的停滞和我们无尽的苦难、我们跳动着的希望与神圣的梦想——也就是世界所赖以生活和在人心中颤动着的一切东西。文学用一个敏感的朋友的眼睛或是一个法官的严峻的眼光来看人,对他表示同情,嘲笑他,因为他的勇敢而高兴,诅咒他的无能。文学是高出在生活之上,它和科学同时为人们照亮了那条能达到他们的目的和发展他们的优点的道路。

有时候,当文学为科学的那种公平的美所迷恋住时,文学就沦为教条,那时我们就看见,埃米尔·左拉把人只看成是条"食道",是用"魅惑人的粗暴"来造成的;我们又看见杜-布瓦·雷蒙[①]的冷冷的绝望,怎样传染了像居斯塔夫·福楼拜这样一个伟大的艺术家。

毫无疑问,文学是不能完全摆脱开像屠格涅夫所说的"时代的压力"的;这是非常自然的,因为"在时代之中充满了恶德";也许,这种时代的恶德的频繁,已经超过了美与求智心的神圣精神为了自由的"灵感与祈祷"时所需要的数目之上,并且用日常的含着毒素的尘埃毒害了这些灵感和祈祷。但是埃·龚古尔曾经公正地说过:"美的东西——是稀有的。"并且大概我们常常以为最习惯的东西是不美的,是不重要的——然而这些对我们最习惯和归入于历史过去的东西,却为我们的后代获得了永不消失的真美的一切征象与特质。古希腊严峻的生活,难道在我们看起来不算是美的吗?难道流血的、狂暴的和创造的文艺复兴时代以及它"习以为常"的残酷,不使我们狂喜吗?无疑地,我们现在所经历的这社会剧变的伟大日子,会引起那些将要来代替我们的新生代的热狂,敬畏与创造。

同样地,我们也不要忘记,就是巴尔扎克的《穷亲戚》、果戈理的《死魂灵》和狄更斯的《匹克威克俱乐部札记》——在本质上讲起来,这是些描写生活的书籍,但在它们当中却都隐藏着一个永不会凋萎的伟大的教训——最好的大学既然开不出这一门课程,就是一个平常的人,在过了五十年的劳苦生活之

---

① 杜-布瓦·雷蒙(1818—1896),法国生理学家。

后,也不会知道得这样确切而清楚的。

习惯的东西并不时常都是平凡的,因为人惯于在自己的职守的地狱之火中焚毁自己,但是这种自我焚毁时常是非常美丽而又必要的,它对于那些终生只是胆怯地轻轻烧毁自己,而不敢用毁灭人和照明了人的精神之隐秘的熊亮的烈火来焚毁自己的人,是富有教训性的。

人类的迷误,对于文字和形象的艺术,并不是最特征性的东西;对于艺术最有特色的,是那种要把人提高到生活外在条件的峰顶之上的愿望,要把人从伤害自尊心的现实的锁链之中解放出来,向他本人指明:他并不是奴隶,而是一切事实的主宰与生活的自由的创造者,并且在这种意义上文学永远是带着革命性的。

散文和诗歌,靠了天才的强大的努力,而超越在现实的一切条件之上,它充满着人道主义的精神,并用过多的热情的爱来燃起自己的憎恨,因此它们就成了我们最伟大的辩解,而不是给我们定罪。它知道,世上是没有什么罪行的——虽然一切都存在人的身上,一切都是从人而来的;至于那些引起国家、阶级、个人间的敌意与仇恨的一切生活的残酷的矛盾——对于它,只不过是一个永远难改的迷误,它深信着:就是人类崇高的意志,能够而且应该消灭一切的迷误,消灭一切阻碍着精神之自由发展和把人置于兽性本能的管辖之下的一切迷误。

当你仔细地观察那具现在形象与文字之中的创造力的巨大洪流时,你就会感觉到并且会相信,就是这条洪流的伟大目的——是要把种族、国家、阶级之间的一切差别都洗刷干净,把人从互相斗争的重压之下解放出来,把人们的一切力量,都引导到和大自然的神秘之力量的斗争上去。因此看起来,就好像文字和形象的艺术,在现在和将来永远都是人类的宗教,是种包容了写在古印度圣书中、波斯古代经典《阿维斯陀》中、《福音书》中和《古可兰经》中的一切东西的宗教。

这样,在教育人民委员部之下,为了出版英国、美国、匈牙利、德国、意大利、西班牙、葡萄牙、斯堪的那维亚诸国以及法国等国著名作家的作品而组织起来的编辑《世界文学》丛书的一群工作者,都同在这一篇粗陋而又皮表的概括的文字里面,陈述了大家对于文学的意见,但并不限制各个人的这样或那样的倾向偏爱。

目前,《世界文学》丛书出版社为了开始自己的活动,先选定了从十八世纪末一直到现代、从法国大革命一直到俄国大革命为止各国所出版的许多种的书籍——这从后面所附的目录中即可看出。这样,每一个俄罗斯的公民,就可以自由欣赏到一个半世纪以来欧洲紧张的精神创造所提供出来的一切诗歌与散文作品的宝藏。

把所有这些书摆在一起,就组成了一套广泛的历史与文学的选集,它使得读者有可能详细地了解各种文学流派的发生、创造和衰落,了解诗歌与散文写作技巧的发展,了解世界各国文学之间的相互影响,一般地讲起来,可以了解从伏尔泰直到阿纳托尔·法朗士,从理查森直到威尔斯,从歌德直到豪普特曼等人按照历史顺序的文学进化的整个行程。

这一套丛书,还附带着一种科学的与通俗的版本的性质,它是为了那些想研究两大革命之间文学创造史的人而编辑的;所有的书都附有序文,作者的传记,关于形成每一个文学流派、每一个集团和每一种著作的时代背景的概述,带着历史与文学性质的注解以及参考书目等。这一类的书,预定出版一千五百种,每本的容量二十个印张,就是说每本约有三百二十面。

更进而《世界文学》丛书就想使得俄罗斯人民,知道中世纪的文学,以及知道俄国和其他各斯拉夫国家的文学,知道东方的形象思维与文字的创造——印度、波斯、中国、日本、阿拉伯等国的文学。①

在这套丛书之外,同时还准备印一套小册子的丛书,专为了在群众当中作为广泛的普及教育之用的。收入这套小丛书的,都是欧美各国文学中最重要的作品,小册子中也附有传记、注解以及社会背景的概述,等等。

当俄罗斯人民坚决地走上与欧、亚各民族精神上团结一致的道路时,他们就应该知道这些国家和民族的历史、社会状况与心理状况的特点,并和他们一同去建设新的社会生活方式。

文学是我们祖先的功勋与过错、绩业与迷误的一部活生生的与形象化的历史,它具有着一种巨大的力量,足以影响思想的组成,减轻本能中的粗暴性,训练意志,最后,还应该完成它的全世界的作用——一种力量的作用,这种力量要使得各民族意识到他们的苦难与愿望的共同性,意识到他们追求美与自由的生活之幸福的愿望的一致性,而靠了这种意识将各民族更坚强地更深刻地从内心联系在一起。

---

① 在这套丛书中,曾出版过苏联汉学家阿列克谢耶夫翻译的两卷《聊斋志异》。

这套小册子丛书的目的,就在于使得广大的读者有可能更完整地知道欧、美各民族的生活情形,指出他们的思想、愿望与习惯的类似及差别——把俄国的读者能好好地准备起来,足以接受文学那样丰富而又活生生地提供出的关于世界和人类的各种知识,在这些知识的基础上就能产生出各种不同语言的民族的更容易的互相了解。

文学创造的领域是一个精神的"国际"。在我们今天,当各族人民友爱团结的思想,当社会的"国际"的思想,显而易见地已经变成现实和必要时——在这样的日子,我们必须尽一切努力,使得这种全人类友爱团结的有益的思想尽可能地迅速发展,渗透到群众的理智与意志的深处去。

知识愈广泛,人也就愈臻完美;人对于邻人的兴趣就愈尖锐愈迫切——那么各种善的创造的元素融合为一个一致的力量的过程,也就成功得愈快;那么我们就能更快地完成我们走向互相了解、尊敬、友爱合作与自由劳动的全世界节日的艰苦的路程。

为了要引起那些知识浅薄的人有读书的兴趣,这一类小册子丛书,也包括许多有趣的作品、有着复杂情节的短篇小说、消遣的小说、幽默作品、历史小说、探险小说,等等。

这些小册子丛书将按照编年的次序出版,好使得广大的读者明白欧洲从法国大革命时代一直到我们今天悲剧的日子的整个发展过程。我们打算出三千种到五千种小丛书,每本的容量两至四个印张,就是每本约有三十二至六十四面。

按它的范围来讲,这个版本要算是欧洲第一种唯一的出版物。

而实现这个计划的光荣,就应该归之于俄国革命的创造的力量,归之于它的敌人称为是"野蛮人的暴动"的那个革命。俄罗斯人民在他们活动的第一年①,在难以形容的艰苦的条件之下,创造出这样一个重要而又巨大的文化工作时,他们有权利说,就是他们正为自己立下了一个有价值的纪念碑。

自从那些因为对发了胖的黄金的魔鬼的热狂崇拜而迷醉了人,可耻地引起那次罪恶与诅咒的屠杀②之后,自从怨与恨的流血的风暴之后,再没有一个

---

① 这篇文字是在十月革命后的第一年发表的,故有此语。
② 指第一次世界大战。

时候,能比这时更宜于绘出一幅精神创造的广阔的图画了。在蛮暴和兽性的节日上,让人们记起许多世纪所给予我们的,和天才及有才能的人们教给全世界的一切真正人性的事物吧。

六、戈宝权论高尔基

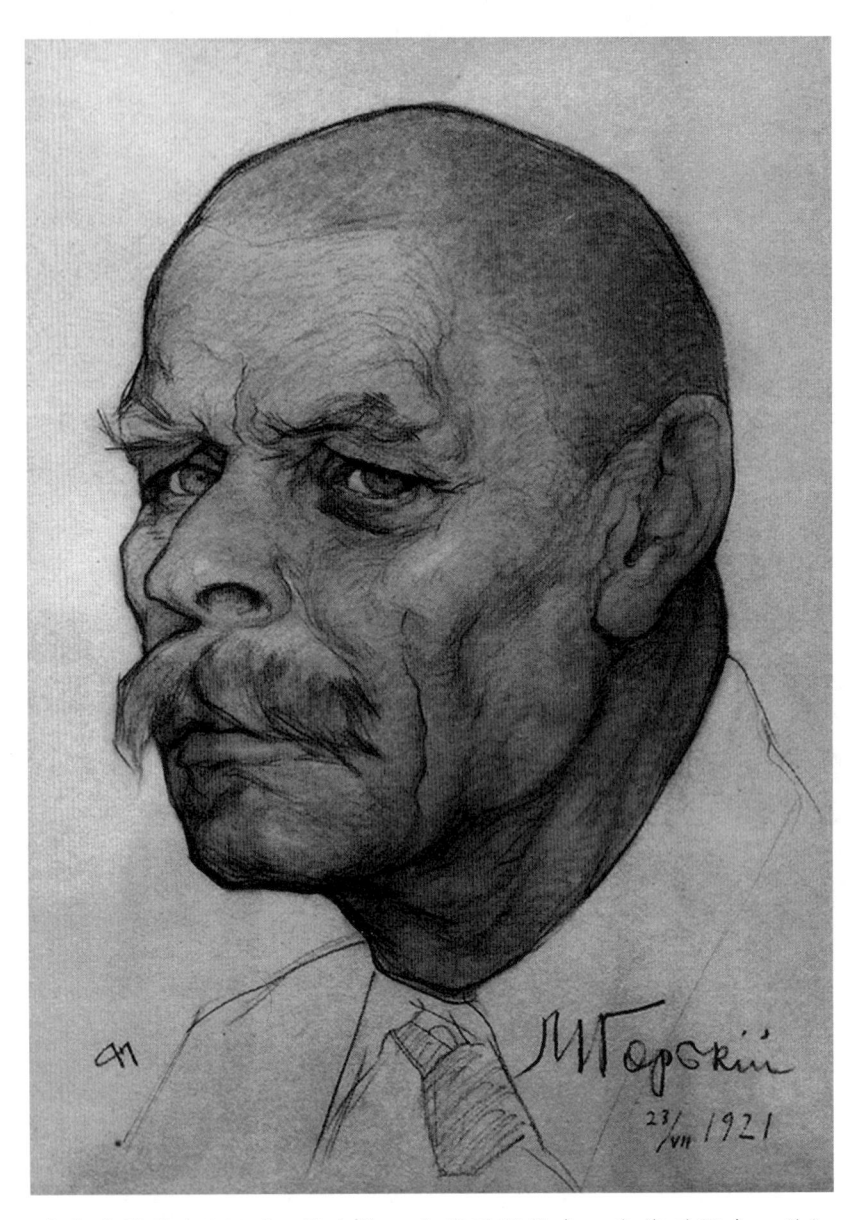

高尔基肖像(1921年,尼古拉·安德烈耶维奇·安德列耶夫 绘)

高尔基——诗人[*]

我们一向都把高尔基看成是位小说家、剧作家、政论家和文学批评家,很少知道他还是位诗人,但从有关的资料中可以看出,高尔基是经常在写诗的。一九三三年的新年前夕,他曾经告诉小说家弗谢沃洛德·伊万诺夫:"我每天都在写诗。"一九三五年一月十二日在写给诗人维亚特金的信中又说道:"我写过诗,并且写得很不少,但它们都很粗糙。"《高尔基及其时代》的著者伊利亚·格鲁兹杰夫也这样回忆道:"高尔基在讲到自己对写诗的无限热爱时,就觉得有些内疚,好像一个人偷用了办公的时间来做自己的私事似的。"也许,由于高尔基很少把自己的诗歌作品拿出来给人看和在报刊上发表,晚年他又把自己的诗稿毁掉,因此我们就很难于知道高尔基也是位诗人了。

高尔基从童年时代起就热爱民间的诗歌创作,在这一方面,他的外祖母阿库琳娜曾给了他很多的影响。高尔基这样说过:"在那些年代里,我的头脑里充满了外祖母的诗歌,就像蜂房里装满了蜂蜜;我觉得我也是用她的诗歌的形式来思考 。"高尔基在《我怎样学习写作》一文中又讲到他年轻时热衷于写诗的情形:"我甚至偷偷地瞒着我的亲密的朋友大学生古里·普列特尼奥夫,写过关于苔丽莎和阿纳托里的诗……我写诗并不吃力,但我看到这些诗都非常蹩脚,因此我就轻蔑自己的无能和无才。"我们知道高尔基在八十至九十年代写过不少的诗,尽管这些诗是幼稚的、不成熟的,但它们都响出了一种渴望光明和反抗一切的声音。像在他仅存下来的一首早期的诗当中就写道:"我歌唱对于光明的渴望","我要向着未来高唱出赞美的歌声"。一八八九年年底,高尔基曾将他写的长诗《老橡树之歌》拿了去请教名作家柯罗连科,就在这首长诗中他写出了这样的句子:"我是为了不同意才生到这世界上来的。"

一八九二年高尔基的处女作《马卡尔·丘德拉》发表了,在这篇小说和他

---

[*] 这篇短文是一九五八年为了纪念高尔基诞辰九十周年而写的,曾发表在当年《诗刊》三月号。

所写的许多作品(如《伊泽吉尔老太婆》)中,都充满了浓烈的诗意和激情。至于高尔基应和着俄国革命斗争的发展所写成的《鹰之歌》(1985)和《海燕之歌》(1901),更是他的诗歌创作的最高顶峰。这两篇诗曾经在革命的大风暴中起了巨大的影响。俄国著名的布尔什维克革命家扎洛莫夫(高尔基曾采用他的形象写成了《母亲》中的主人公巴威尔·符拉索夫)曾讲起他们在九十年代走上革命道路的情形:"《鹰之歌》正应和着我们的心情,它使我们激动得流下狂欢的眼泪。"《海燕之歌》更成了一九○五年第一次俄国革命的信号,甚至在列宁所写的文章《暴风雨来临之前》(1906)中也引用了高尔基的句子:"让暴风雨来得更猛烈些吧!"我们还可以提到高尔基在一八九二年所写的童话诗《少女和死神》。一九三一年十月十九日斯大林访问了高尔基,高尔基把这篇长诗读给他听,斯大林当时就给这篇诗作了很高的评价:"这篇东西比歌德的《浮士德》还更有力量(爱情战胜了死亡)。"

我们要知道,高尔基并不是为了写诗而写诗的,他的诗歌作品都是具有深刻的思想内容和目的性的。高尔基一生中用自己的名字单独发表的诗,不过十首左右,此外有一百多首诗都散见在他的短篇小说、故事传说、中篇小说、剧本以及长篇小说《克里姆·萨姆金的一生》中。在他的文献档案中,现在还保存着不少的诗。

高尔基不只是写诗,他也译过诗(白俄罗斯大诗人扬卡·库巴拉的《是谁在那儿走着?》一首诗,就是他译成俄文的);写过诗歌批评论文(如《保尔·魏尔伦和颓废派》);还又编辑过诗集,由于他在一九三二年建议出版的大、小两套《诗人丛书》,一直到今天还在继续出版着——所有的这一切,都是和他的诗歌创作活动分不开的。

普希金曾经说过:"伟大的作家的每一行诗,对于后代都是珍贵的。"我们也可以把这句话引用到高尔基的诗歌作品上去,今年的三月二十三日,是高尔基诞生的九十周年,我特选译了他的几首诗来作为纪念。

谈谈高尔基的《海燕》*

回想起来,那还是一九五九年七月的事。我接到人民教育出版社来信,说他们决定选高尔基的《海燕》作为中学语文教材,希望我能重译,并且还指出:"因为用作教材,译文必须求其规范化。"我当即根据俄文重译了这篇"战斗的革命诗歌",译文经出版社编辑部反复研究和推敲后,就印在当年十月出版的中学语文课本里。

自从这篇译文发表以后,我曾接到一些老师来信,谈起他们对译文的意见。如西安的一位老师说:"您的这篇译文,同学们很欢喜它,津津有味地朗读。在我们学校的晚会上,它不止一次被人朗诵过。我对它也爱不释手,空时经常拿起来读读。我觉得您的译文比较'中国化',朗诵的时候顺口得多。"此外有些老师来信询问高尔基是怎样写《海燕》的;有些老师说对高尔基用的"拟人化"的写法不理解;有些老师对译文和修辞提出了一些宝贵的意见;甚至去年我还接到徐州的一位老师来信,谈了他对《海燕》一诗中破折号的用法的探索。

现就译文来说,十多年来我始终在不断地征询意见和进行修改。一九六四年我曾作过一次修改,现在全国各地中学语文课本采用的,广播电台播送的,主要是一九六四年的修订稿。某些地方的师范学院编写的有关《海燕》的教材分析和供教学用的资料,也是以这次修订稿为依据的。到了一九七三年,我又作过一次修改,辽宁省中学试用课本采用过。一九七五年我再作过一次修改,译文曾印在华中师范学院中文系编印的《语文函授》第五期上。最近,人民教育出版社编印全国通用中学语文课本,我又广泛征求意见,再作了一次修改,现已订稿。此外,我将高尔基写的与《海燕》有关的"幻想曲"《春天的旋律》也第一次翻译成中文,供教学和学习参考之用。当此《春天的旋律》和新

---

* 本文原载《北京师范大学学报》一九七八年第四期。

近订稿的《海燕》同时发表时,特结合老师和读者们提出的一些意见和疑问,来谈谈有关《海燕》的问题。

(一)高尔基是在什么样的历史情况下写作《海燕》的?

高尔基是苏联的伟大的无产阶级作家,伟大的革命导师列宁曾对他作过高度的评价:"高尔基同志用他的伟大的艺术作品把自己同俄国和全世界的工人运动结合得太牢固了",①列宁还说:"高尔基毫无疑问是无产阶级艺术的最杰出的代表,他对无产阶级艺术作出了许多贡献,并且还会作出更多的贡献。……高尔基是无产阶级艺术的权威,这是无可争辩的。"②现在我们从高尔基的《海燕》和它所产生的巨大影响中,就可以得到证明。

《海燕》写作于一九○一年三月,这正如《联共(布)党史简明教程》所指出的:十九世纪欧洲爆发的工业危机,很快就蔓延到了俄国。在一九○○年至一九○三年的危机年代里,俄国倒闭了三千多家大小企业,被开除的工人达十万多人。工业危机和失业痛苦并没有能迫使工人运动停止,也没有能把它减弱,相反地,工人开始从经济罢工转到政治罢工,转到游行示威,提出关于民主自由的政治要求,提出"打倒沙皇专制"的口号,使得工人斗争更加带有革命性质了。一九○○年十二月列宁在国外创办了《火星报》,报头旁边引了十二月党人奥多耶夫斯基答复普希金的诗句"行看星星之火,燃成熊熊之焰"作为题词。这份被称为"全俄政治报"的革命喉舌,用马克思主义的革命理论对工人进行宣传,启发工人的觉悟,武装工人的头脑,领导工人起来同沙皇暴政进行斗争。工人革命斗争的发展,对农民运动发生了影响,学生的反政府运动也更为加强起来。列宁在一九○一年十二月写的《示威游行开始了》一文中这样说:"现在我们已经看到,示威运动正由于种种原因而在下新城、在莫斯科、在哈尔科夫再次地高涨起来。民愤到处都在增长,把这种愤懑汇合成为一道冲击到处横行霸道、肆虐逞凶的专制制度的洪流,愈来愈必要了。……当人民的愤懑和公开的斗争到处开始进发火星的时候,首先的和主要的是供给大量的新鲜空气,使这些星星之火能够燃烧成熊熊的烈火!"③

---

① 《列宁全集》中译本第 16 卷,第 101—102 页。
② 《列宁全集》中译本第 16 卷,第 202 页。
③ 《列宁全集》中译本第 5 卷,第 289—292 页。下新城即尼日尼。

正当俄国革命运动不断高涨的时刻,高尔基在一九〇一年二月十九日从尼日尼-诺夫戈罗德到了彼得堡,参加俄国作家协会为了纪念农奴解放四十周年而举行的特别会议,发表了抨击沙皇政府的尖锐的演说。接着三月四日他又参加了在彼得堡喀山大教堂附近举行的学生示威游行,亲自目睹了沙皇宪警对学生的血腥镇压。他还在一些作家和社会活动家联名写的抗议沙皇政府暴行的公开信上签了名。三月十二日他回到尼日尼-诺夫戈罗德之后,就根据自己在彼得堡的亲自目睹和经历,结合当时的革命斗争形势,写成了一篇带有象征意义的短篇小说《春天的旋律:幻想曲》(也有人译为《迎春曲》),它的结尾部分就是著名的《海燕》。估计这篇作品的写作时间,不会早于三月十四日和晚于三月二十四日。

高尔基在《春天的旋律》里说,当春天即将来临的时候,在他房间窗外面的花园里,有一群鸟儿在交谈着和唱着歌,他们争论的是关于"大自然似乎很快就要苏醒"和"自由"与"宪法"等问题。其中"七等文官老麻雀"是个自由主义者,他曾经也梦想过自由和宪法,他轻轻地喊过"自由万岁!"但立即又大声地补充了一句:"在法律限制的范围以内!""令人尊敬的乌鸦",讲话一向简短扼要,她老是叫着"乌哇——是事实!"既持重,又肯定。一对年轻的鸽子正在谈情说爱,没有爱情就活不下去。告密者"年轻的大公鸡",则"本着职分所在",要"细听栖息于空中、水里和地下的一切生物的谈话,并且严密注意他们的行动"。他特别注意刚飞来的一群金翅雀,因为"他们胆敢希望整个大自然似乎很快就要苏醒"。"四等文官灰雀"闻到"空气里有股气味",他在打牌的时候听到一只"世袭的可敬的鸥鸮"也讲过同样的话,表示要察看,要追究,要"弄个明白"。这时诗人"云雀"飞来了,他预言到黑夜渐渐消逝,曙光正在微笑,他要"迎着朝阳,迎着清晨,迎着光明和自由"。不用说,四等文官灰雀和告密者年轻的大公鸡是都瞧不起云雀的,灰雀甚至骂他是"一只多么灰色的……下流货"。而在花园的角落里,有一群金翅雀坐在老菩提树的树枝上,听着其中一只带有鼓舞力地唱着他从什么地方听来的一首关于海燕的歌。

高尔基写的这篇把鸟儿加以"人格化",而且对其中某些鸟儿加上官衔和称号,用来讽刺俄国社会上各阶级的代表人物和抨击沙皇统治的小说,在当时是无法发表的。高尔基原想在莫斯科的《信使报》上发表,但遭到审查当局的否决。在保留到今天的一张《春天的旋律》的清样上,有审查当局批写的字样:"在一九〇一年四月十一日的会议上,经根据审查官根茨的报告研究,禁止发表。"根茨当时在莫斯科审查委员会的报告中这样说:"《信使报》上准备发表幻想曲《春天的旋律》。在这篇幻想曲中,在鸟儿们叽叽喳喳谈话的形式之下,描述了当前俄国社会中由于最近的学潮,和由于凡诺夫斯基将军根据圣旨对学生所进行的侦察追究而引起的种种情绪。……至于海燕之歌,则是直接的教唆,要大家继续对所谓开始明显地失掉耐心的政府进行斗争。我建议不允许《春天的旋律》发表。"①高尔基立即把这篇小说寄给彼得堡的《生活》杂志发表,也同样遭到审查当局的否决。据一个宪兵向上级长官写的报告中说:"在四月号的《生活》上,原预定发表彼什科夫②的《春天》,其中描述了当前的局势——即社会上意识苏醒的局势。情节是发生在鸟类世界里,它好像是分成了两代:一代是保守的、年老的;而另一代是年轻的、向往自由的。年轻一代的代表——金翅雀,唱了一首关于海燕的极端有激励力量的歌曲。这篇小说被审查当局禁止了,但《海燕之歌》却被单独地发表在今年《生活》杂志的四月号上。"③

在十月革命以前,《春天的旋律》只能在读者当中秘密流传。据高尔基在一九三一年七月十五日写给尼日尼-诺夫戈罗德档案管理处的信中说:

  (《春天的旋律》的)草稿,由我交给放逐到尼日尼-诺夫戈罗德来的莫斯科大学生小组,他们就把它复印和传播出去。④

在现在保留下来的一份最早的胶印本上,编者加了这样一段话:

  编者按。编辑把高尔基最近的作品介绍给读者,目的在于使俄国的公众能知道《春天的旋律》的全貌,因为现在发表的,只是"由于本国审查当局漏审的疏忽",而发表在一九〇一年《生活》杂志上的片段。因为在俄国完全没有言论自由,像《春天的旋律》这样一篇优美的东西,这样一篇可爱的作品在"百眼巨人"——审查官的眼睛里,竟是某种对社会基础"有害的"和"震惊的"东西;我们的目的是要同审查的逼人的压迫进行斗争;我们的热情的愿望,就是要让同胞们知道所有那些光明、年轻和有力的东西,而政府的铅笔却加以抹黑,说这对俄国奴隶们的心灵是危险的、

---

① 见苏联《科学》出版社出版的《高尔基全集》第六卷(1970)注释,第532页。
② 高尔基原姓彼什科夫,高尔基是笔名。
③ 见苏联中央档案馆编印的《高尔基的革命道路》(1933),第49—50页。
④ 见萨拉托夫出版的《阿列克谢·马克西莫维奇·高尔基。论文与文献集》(1937),第20页。

有害的、有传染性的"自由的病毒"。

一九三一年尼日尼·伏尔加地区档案馆从莫斯科的胶印本上用打字机把这篇小说打印出来,送请高尔基审阅,并允许发表。高尔基在打印稿上作了重要的修改和补充,并且通知尼日尼·伏尔加地区档案馆说:

> 打印的手稿非常粗心,它的原文我已经不大记得,凡是能回想起来的,都作了修改。①

讲到《海燕》,由于沙皇审查当局"漏审的疏忽",高尔基就把它作为一个单独的作品发表了。高尔基在一九二八年三月二十八日写给《消息报》编辑部的信中说:

> 《海燕》是我在尼日尼写成,邮寄给《生活》杂志的。②

这时高尔基在尼日尼-诺夫戈罗德的工人和大学生中间进行革命宣传活动,倡议对沙皇当局迫害学生的暴行表示抗议。他在一九〇一年四月初写给作家安得烈夫的信中谈到他当时的心情:

> 我——完好无恙,但在我的心里燃烧着春天的曙光,我以整个的心胸在呼吸着。

就在这封信里面,高尔基讲起了《海燕》:

> 不只以前,我刚写了《海燕》,我写好了,并即将发表。③

关于《海燕》被"漏审"的情况,《生活》杂志主编波塞曾这样回忆说:

> 《海燕》是经过审查官叶拉庚事先审查后发表的,但他没有看出它有什么革命性的东西。④

事实上,审查当局不久就发现"漏审的疏忽"所造成的严重错误,下令查封了《生活》杂志。恰好这时沙皇政府的暗探机关秘密检查了安德烈夫在一九〇一年三月二十五日从莫斯科写给高尔基的信,其中提到有人称高尔基为

---

① 萨拉托夫出版的《阿列克谢·马克西莫维奇·高尔基。论文与文献集》(1937),第20页。
② 一九二八年四月八日《消息报》。
③ 苏联《科学》出版社出版的《文学遗产》第七十二卷《高尔基与列昂尼德·安得烈夫,未出版的通信》(1965),第87页。
④ 波塞著《我的生活道路》(1929),第243页。

"海燕",并说:

> 这完全应该成为一句流行的成语。……而更正确的,是应该称为"暴风雨的宣告者"。定义的缺陷,正像把人强行装入的一切公式一样——是不完整的。你不仅宣告即将来临的暴风雨;你本人还召唤暴风雨跟着你而来……①

审查当局在关于《海燕》问题的报告中,也曾引用了类似的话:

> 该诗在具有某种倾向的文学界当中产生了强烈的印象,他们不仅称高尔基为"暴风雨的报信者",还称他为"暴风雨的宣告者",因为他不仅宣告即将来临的暴风雨,而且还召唤暴风雨跟着他而来。②

事实上,《海燕》当时是不胫而走,被用胶印和手抄的形式传遍了全俄国,被引用进革命的传单,被编印在国外出版的革命诗歌集中。高尔基本人真正成了革命暴风雨来临前的海燕,他不仅宣告,而且还召唤革命暴风雨的来临。正因为这样,沙皇宪警当局对高尔基采取了种种迫害,先在四月间把他逮捕和关进监狱,经大作家托尔斯泰多方奔走,才在五月间因病将他释放,但仍然在家里受到软禁。当年九月高尔基被流放到南俄克里米亚去养病。当他离开尼日尼-诺夫戈罗德时,当地知识界和大学生为他举行了送别宴会和游行示威,并且在宴会上高呼:"高尔基不仅是位天才的作家,他还是位伟大的战士。"当他乘坐的火车路经莫斯科和哈尔科夫车站时,革命群众也举行游行示威。列宁在《示威游行开始了》一文里,特别讲到沙皇当局对高尔基的迫害和各地大学生举行示威游行的情形:

> 11月7日下新城这次规模不大的然而是成功的示威,是为了给马克西姆·高尔基送行而举行的。专制政府不经审讯,就把这位全欧闻名的作家驱逐出他的故乡。有一位在下新城示威游行时发表演说的人说得很对,这位作家的全部武器就是自由的言论。那位演说者代表俄国所有渴望光明和自由的人说:杀人强盗用对我们起不良影响的罪名加在他的头上,可是我们声明:这是良好的影响。沙皇的爪牙在暗中胡作非为,我们一定要把这种行为暴露于光天化日之下。……这次也有工人参加的示

---

① 见《文学遗产》第七十二卷《高尔基与列昂尼德·安得烈夫,未出版的通信》,第86页。
② 见《高尔基的革命道路》,第50—51页。

威,在学生的庄严的朗诵声中结束:"暴政就要垮台! 坚强、自由和充满力量的人民就要起来!"①

(二)革命导师列宁和苏联老一辈的革命家是如何评价《海燕》的?

高尔基的《海燕》发表以后,它立即被称赞为是一篇号召进行革命斗争和迎接革命暴风雨来临的"战斗的革命诗歌"。伟大革命导师列宁、斯大林和苏联老一辈的布尔什维克革命家,对它都有所论述和给予了高度的评价。

如老布尔什维克雅罗斯拉夫斯基(1878—1943)在《地下活动中的无产阶级作家的道路》一文中,回想到二十世纪的最初几年的情况:

> 高尔基的小说《春天》②出现了,它被印刷出来和以手传抄着;但是高尔基的《海燕》——这篇战斗的革命诗歌,特别具有重大的意义。在我们的文学当中,未必能找到一种作品,像高尔基的《海燕》一样,出版过这么多的版本。在每个城市里都翻印它,它被用胶印机和打字机打印的形式传播出去,它被用手传抄,它被在工人小组和大学生小组上朗诵和反复传诵。很可能,在那些年代里,《海燕》的印数达到几百万份之多……毫无疑问……就是高尔基的号召和他的热情的战斗的诗歌——《海燕》和《鹰之歌》——它们对群众所起的革命作用,并不小于某些党组织的革命委员会的宣言;而且某些党组织也常常印发高尔基的宣言,并在群众当中广为传播。③

列宁的妹妹玛丽亚·伊里尼奇娜·乌里扬诺娃(1878—1937)当高尔基逝世时也曾经回忆说:

> 我回想起了高尔基所起的作用,他的作品对我们每个人的重要性,我回想起了地下活动时期的那些无声的年代,高尔基对于那时失掉言论自由的年轻人的意义。我回想起我们读他的作品《母亲》读得入迷,大家还

---

① 《列宁全集》中译本第五卷,第289—290页。
② 即指《春天的旋律:幻想曲》。
③ 见《高尔基的革命道路》,第8—10页。

都记熟了那不朽的《海燕之歌》。①

伟大革命导师列宁非常喜爱高尔基的作品,其中也包括《海燕》。据列宁夫人克鲁普斯卡娅(1869—1939)回忆说:

> 弗拉基米尔·伊里奇非常重视作为作家的阿列克谢·马克西莫维奇·高尔基。他特别喜欢《母亲》,喜欢发表在《新生活报》上的一些论市侩的文章——列宁本人就痛恨各种各样的市侩习气——喜欢《底层》,喜欢《鹰之歌》和《海燕之歌》,喜欢这些诗的情绪,他也喜欢高尔基的这样一些作品,如《大灾星》《二十六个和一个》。②

克鲁普斯卡娅还回忆说:

> 《海燕之歌》明显地反映出了高尔基的整个革命情绪;这篇诗歌的每一行,都表现出了当时工人阶级所亲身经历的,它的每一行都透吸着工人阶级革命斗争的诗的气息。谁读了这首诗,谁就会了解,为什么伊里奇那样热爱高尔基,为什么工人阶级那样热爱高尔基。他走向布尔什维克,并不是在他们胜利了的时候,而是在斗争最激烈的时候。③

列宁在一九〇六年八月二十一日写的《暴风雨之前》一文中,就曾经征引了高尔基在《海燕》中所描绘的海鸟和企鹅的形象,并且还引用了"让暴风雨来得更猛烈些吧!"这句革命的战斗号召,来结束自己的文章:

> 根据种种迹象来看,革命情绪在增长。爆发必不可免,而且可能不久就会爆发。……根据种种迹象来看,我们正处在伟大的斗争的前夜。一切力量都应当用来使这一斗争能够同时、集中地进行,使它充满在伟大的俄国革命的一切伟大的阶段上所表现出来的那种群众的英勇精神。让自由派只为了威胁政府而胆怯地承认这个未来的斗争吧,让这些目光短浅的市侩把全部"理智和感情"的力量都放在对新选举的期待上吧——无产阶级正在准备斗争,他们正在同心协力地、精神焕发地迎接暴风雨,一心想奔往战斗的最深处。胆怯的立宪民主党人,这些"蠢笨的企鹅"的领导权够使我们讨厌的了,他们"胆怯地把肥胖的身体躲藏在悬崖底下"。

---

① 见《同时代人回忆高尔基》(1955),第41页。
② 见《列宁和高尔基》,原载《共青团真理报》(1932年9月25日)。
③ 见《克鲁普斯卡娅论艺术与文学》(1963),第191页。

> "让暴风雨来得更猛烈些吧!"

斯大林一九〇五年十月在格鲁吉亚写的《告全体工人书》也引用了高尔基《海燕》中的话:

> 革命像霹雳一样震响着!俄国的革命人民已经起来了,包围了沙皇政府,并要向它冲击!红旗在飘扬,街垒在构筑,人民拿起武器,向国家机关冲击。勇士们的呐喊声又响起来了,沉寂的生活又沸腾起来了。革命的大船已经扬帆向自由飞驶而去。驾着这只大船的就是俄国无产阶级。
>
> 沙皇专制制度阻碍着人民革命的道路,它想用昨天的宣言来制止这个伟大的运动;很明显,革命浪潮一定会卷走沙皇专制制度,把它完全吞没……
>
> 凡是不踏上无产阶级道路的人都应当受到鄙弃和憎恨,因为他们卑鄙地背叛革命!凡是实际上踏上了这条道路而口头上都说着另一套的人也是可耻的,因为他们是胆小鬼,害怕真理!
>
> 我们不害怕真理,我们不害怕革命!让霹雳响得更厉害吧!让暴风雨来得更猛烈些吧!胜利的时刻迫近了!①

苏联的老布尔什维克革命家加里宁(1875—1946)也曾经多次谈起高尔基的《海燕》。一九〇一年四月他被从高加索的梯弗里斯放逐到爱沙尼亚的列维尔(现名塔林),就在这时他从《生活》杂志第四期上读到高尔基的《海燕》。海燕这个充满诗意的鲜明的革命形象,给了他很深的印象和影响,后来他这样回忆说:

> 一九〇〇至一九〇一年是革命运动在全俄国更进一步高涨的年代。社会上可以感觉到一种倾向斗争的力量。高尔基的《海燕》仿佛概括了跟专制政体和它的秩序进行斗争的情绪和愿望。②

加里宁在一九三八年写的《共青团的光荣道路》中说:

> 从十九世纪九十年代末起,革命运动不论在首都还是在外省,都大大地加强了。……在那几年里,监狱和流放地不但充满工人,而且充满农民和学生,不过,任何残酷的手段都不能阻止日益增长的革命暴风雨。工人

---

① 《斯大林全集》中译本第一卷,第171—173页。
② 见《加里宁论文学》(1949),第158—160页。

运动登上政治斗争的广大舞台,席卷和吸引了大量的群众,正像高尔基在他的《海燕》里所出色地表现的那样。青年积极参加斗争,学习革命工作,好像在排演一九〇五年的武装斗争。[①]

加里宁还又号召青年学习《海燕》:

> 我很想建议共青团员们,我们的青年读读高尔基的《海燕》。在那里面非常好地表达出了旧俄国的先进人物的革命愿望。[②]

从上面引的这些论述和回忆的文字中,我们就清楚地看出,在二十世纪的初叶,在一九〇五年俄国第一次革命的前夜,高尔基的不朽的"战斗的革命诗歌"《海燕》,是起了怎样巨大的作用。它宣布了革命的暴风雨即将来临,它号召大家投身到这场和沙皇专制暴政进行的英勇的革命斗争中去。

(三)高尔基在《海燕》中是怎样使用"拟人化"的写法的?

现在来谈谈文学创作中的"拟人化"的问题。

我曾接到上海的一位读者来信:

> 最近我们在学习您翻译的高尔基的《海燕》,其中有这样几句弄不懂:"在这鸟儿勇敢的叫喊声里,乌云听出了欢乐。""在这叫喊声里,乌云听出了愤怒的力量、热情的火焰和胜利的信心。"一般地说,"欢乐""愤怒的力量""热情的火焰和胜利的信心",只能用"充满"或者用"洋溢"等,怎么能"听出"呢?问问别的同志,有的说:这是拟人法;有的说,这是外国文章,在翻译上存在一些困难的缘故。现请您解释一下。

我还接到过一位四川的老师来信:

> 至于谈到拟人化手法的问题,我觉得发出乌云怎么能"听出了欢乐"的疑问,其疑问是不存在的。既然是拟人的修辞手法,乌云就被人格化,因此它为什么不可能"听出"呢!

为了弄清楚这个问题,我想还是先引用高尔基的话来解释吧。高尔基在

---

① ② 见《加里宁论文学》(1949),第 158—160 页。

《我怎样学习写作》一文中谈到了这个问题。他先说：

> 文学创作的艺术，创造人物与"典型"的艺术，需要想象、推测和"虚构"。……在求生斗争中，自卫的本能在人身上发展了两种强大的创造力：认识和想象。认识——这是观察、比较、研究自然现象和社会生活的事实的能力，简单地说：认识就是思维；想象在其本质上也是对于世界的思维，但它主要是用形象来思维，是"艺术的"思维，可以说，想象——这是赋予大自然的自发现象，与事物以人的品质、感觉，甚至还有意图的能力。

高尔基接着又说：

> 我们常读到和听到："风在悲泣"，"风在呜咽"，"月亮沉思地照耀着"，"小河低声地哼着古老的民间往事歌"，"森林皱着眉头"，"波浪想推动岩石，岩石在波浪的打击下皱起眉头，但并没有向波浪让步"，"椅子像雄鸭一样呷呷地叫着"，"靴子不愿套到脚上去"，"玻璃出汗了"——虽然玻璃是没有汗腺的。
>
> 所有这一切都使大自然的现象似乎更容易为我们了解，这叫作"拟人法"，这个字是从希腊文来的："anthropos"是人，"morphe"是形式、形象。在这儿我们可以看出，人赋予他所看见的一切事物以自己的人的性质并加以想象，把它们放到一切地方去——放到一切自然现象，放到他们的劳动和智慧创造出来的一切事物中去。有些人觉得在语言文字的艺术中，拟人法是不适宜的，甚至是有害的，但是这些人本身却在说着："严寒刺骨"，"太阳微笑着"，"五月来临了"；虽然雨没有脚，但他们不能不说"雨来了"；虽然自然的现象和我们的道德观念并没有什么关系，但是他们却说"坏天气"。

高尔基在写作《春天的旋律》和《海燕》时，通篇就是采用这种"拟人化"的手法。如在《春天的旋律》里，高尔基把鸟儿都人格化了，给他们加上了官衔和称号，象征着俄国社会中各阶层的人物。在《海燕》里，高尔基又把海燕等海鸟和大海、乌云、狂风、雷电等都人格化了，这就是说，"赋予大自然的自发现象，与事物以人的品质、感觉，甚至还有意图的能力"，"所有这一切都使大自然的现象似乎更容易为我们了解"。

现先拿海燕来说吧。海燕是栖息在大海和海湾的一种海鸟，暴风雨来临之前就在海面上飞翔,预报暴风雨的临近。俄文的"海燕"(буревестник)是由"暴风雨"(буря)和"报信者"(вестник)两个字组成的,因此"海燕"就有了"暴风雨的报信者"或"暴风雨来临前的预告者"的含义。高尔基用海燕来象征俄国的无产阶级,海燕不怕暴风雨,而是在乌云、狂风和雷电声中迎着暴风雨飞翔,在海燕的叫喊声里"充满着对暴风雨的渴望!"

另一方面,高尔基又描绘了海鸥、海鸭和蠢笨的企鹅三种海鸟。海鸥在暴风雨来临之前呻吟着,海鸭享受不了生活的战斗的欢乐,企鹅把肥胖的身体躲藏在悬崖底下。高尔基用这些海鸟来比喻俄国社会中的资产阶级自由派、机会主义者和立宪民主党等各种人物,他们在革命的暴风雨来临之前呻吟、恐惧、畏缩,早就被暴风雨吓坏了。列宁在《暴风雨之前》一文中,正是引用了这几种海鸟的形象,来揭示出在革命暴风雨来临之前俄国社会的各种力量的对比的。

高尔基在《海燕》中又把一切自然力量都加以人格化:乌云、雷电象征着以沙皇当局为代表的反革命力量,海洋象征着革命高涨时的广大人民群众,暴风雨象征着席卷一切的革命浪潮和风暴,太阳象征着光明的未来和革命人民的信心。海燕这个"高傲的、黑色的暴风雨的精灵",他不管乌云压顶,不管雷声轰隆,他早就听出雷声的震怒已经困乏,他深信乌云遮不住太阳,他在怒吼的大海上,在闪电中间高傲地飞翔,他叫喊着:"让暴风雨来得更猛烈些吧!"

《海燕》是用革命浪漫主义写成的杰出的诗歌作品,通常都以为《海燕》是篇"散文诗",其实它的原文是有严整的格律的。《海燕》全诗一共十六节:前六节描写了暴风雨来临之前大海翻腾和风起云涌的景象,中五节描写了大海急剧变化,海燕像个敏感的精灵在叫喊,飞翔,后五节描写狂风吼叫,雷声轰隆,暴风雨就要来临了。高尔基通过全诗逐渐有层次的发展,用拟人化的手法,用形象化的语言,生动地描绘出了二十世纪初叶俄国的无产阶级同沙皇暴政进行激烈斗争的情景。

(四)关于《海燕》译文中的一些问题

高尔基的《海燕》,在我国曾有过好几种译文。据我所见到的,最早有韦素园的译文,译名为《海鹰歌》,编在他译的《黄花集》(一九二九年开明书店版)中。其后有瞿秋白的译文,译名为《海燕》,收在用肖参、陈节、史杰等名字出版的《高尔基创作选集》中,先有一九三三年生活书店版,后又收在鲁迅在一九三六年编印的《海上述林》下卷中。抗战期间有过张西曼的译文,译名为《海燕歌》,发表在一九三九年十二月的《中苏文化》杂志上。中华人民共和国成立后又有梅溪的译文,译名为《歌唱海燕》,见一九五三年中华书店出版的俄汉对照的《高尔基选集》。这些译文都各有优缺点,但也不无小误,如韦素园将海鸥和海鸭的"呻吟"(стонут)误译为"下沉"(тонут),如瞿秋白将乌云像火焰在"燃烧"(пылают),误译为"浮动"(плыть, плывут)。

译者最初在重译时,曾参考了先前的各种译文。发表以后的十多年当中,又曾根据老师们和读者们的来信,不断作过一些修改,现在来谈谈有关译文的一些问题。

首先是关于题名的问题。如东北的一位老师来信说:"题名《海燕》两字不准确。应全译为《海燕之歌》。"《海燕》的原名是"Песня о Буревестнике",直译就是《海燕之歌》或《关于海燕的歌》。这篇作品在俄文中常常简称为《海燕》(《Буревестник》),高尔基在自己写的论文和书信中也把它简称为《海燕》。同时考虑到《海燕》这个题名在我国早已相当流行,而且大家又都很熟悉,因此就沿用了《海燕》这个译名,但在语文课本的解题中,还是注明原题为《海燕歌》或《海燕之歌》。

其次谈谈译文中有关的几处修改:

一是"在这鸟儿勇敢的叫喊声里,乌云听到了欢乐","在这叫喊声里,乌云听到了愤怒的力量、热情的火焰和胜利的信心"。这里的两处"听到",在俄文都是"слышат"(听见、听清、听到)。有些老师来信说"听到"这两个字有语病,"欢乐"等等不能"听到",只能"感到",因此为了教学起见,我在一九六四年修改译文时,曾把第一个"听到"保留住,而把第二个"听到"改成"感到"。这次重新修改时,经反复研究,又把两处"听到"都改成"听出",因为"听出"两字既能表达原意,易于理解,也合乎我们通常口语中所说的:"从你的讲话里听出了问题","从你的讲话里听出了文章",等等。

二是海燕像个精灵,"它一边大笑,它一边高叫……它笑那些乌云,它为欢乐而高叫!"这里的"高叫",原文是"大哭、号啕痛哭(рыдает)"。如西安的一位老师来信说:"我觉得不该把'рыдает'译为'高叫'。其实,欢乐是能使人哭的。如匈牙利诗人裴多菲在《勇敢的约翰》中写道:仙人国里,'没有悲伤的眼泪,但是,因为快乐,眼泪也常流下仙人的眼睛'。毛主席在《蝶恋花》一词中写:'忽报人间曾伏虎,泪飞顿作倾盆雨",也是快乐的眼泪。高尔基在这里写的:'由于欢乐而嚎啕',何等奇突!现在把'嚎啕'译成'高叫',就落得平淡。"这次修改时,经反复研究,最后还是把"高叫"改成"号叫","号"与"嚎"相通,也有"号哭"的意思。

此外还有位老师对译文的分段和分行提了意见:"'在这鸟儿勇敢的叫喊声里,乌云听出了欢乐。在这叫喊声里,充满着对暴风雨的渴望!在这叫喊声里,乌云听出了愤怒的力量、热情的火焰和胜利的信心。'这是一个感情十分充沛、句式比较整齐,字句相互连贯的排比句式,译作采用分节排列的形式,把这一气呵成的排比句式'隔离'开了,不仅中断了奔放的感情,削弱了诗句的战斗力,而且显示不出语言的节奏感、旋律美。"这位老师的意思是好的,但我考虑的,我们既然是在翻译,因此译文必须忠实于原文,如把分段、分行和句子加以改动,那就不是翻译,而是改写了。

我记得严复曾经说过:"译事,诚难也。"我想应该说:"译诗,更难也。"高尔基写的《海燕》,翻译出来全文不过一千字左右,多年来虽然不断在进行修改,但要把它改译得更为完善,还有待今后不断地努力!

谈谈我和高尔基*

作为高尔基的名作《海燕之歌》《我怎样学习写作》等作品的一位译者,我是非常敬爱高尔基,同时也是非常热爱他的作品的。高兴的是,在我的生活当中有不少难忘的回忆,又都是同高尔基的名字和他的作品紧密相连的。

记得早在二十年代末和三十年代初,当我还是一个十八九岁的青年时,我就读过高尔基的处女作短篇小说《马卡尔·丘德拉》,当时很为草原上勇敢的雄鹰佐巴尔和美丽傲慢的姑娘拉达的爱情的悲剧结局所震惊;后来又读过他的另一篇小说《伊泽吉尔老太婆》,长久地又被勇士丹科高举着自己燃烧的心,在黑暗的大森林中给人们照亮前进的道路的故事所激动;及至读了他的长篇名著《母亲》,也就是伟大革命导师列宁称之为"一本非常及时的书"时,又从它那里得到了对追求革命真理的启示。

一九三五年三月我作为天津《大公报》的驻苏联记者和上海《新生周刊》《世界知识》等进步刊物的特约通讯员前往莫斯科,想不到这年六月三十日,竟然在红场举行的全苏联体育大检阅时看见了高尔基。这一天高尔基披了一件淡褐色的春季大衣,戴了一顶黑色的宽边呢帽,手里还拿着一根细长的烟管,陪同来苏联访问的法国名作家罗曼·罗兰夫妇到红场观礼,他们就从我站立的观礼台前面走向列宁墓。更想不到的是在一九三六年六月十八日的下午,一个不幸的噩耗传来,高尔基在这天午前以六十九岁的高龄离开我们长逝,整个莫斯科都沉浸在悲痛和哀乐声中。十九日我到莫斯科城中心工会大厦的圆柱厅,瞻仰了高尔基的遗容并向他的遗体告别。二十日又到红场,参加了他的国葬典礼。他的骨灰罐就安置在列宁墓后面的克里姆林宫墙内,在墙上嵌着一方黑色大理石,上面刻着"阿列克赛·马克西莫维奇·高尔基"三个

---

* 本文是戈宝权在为陈寿朋的专著《高尔基创作论稿》撰写的序言的基础上补充而改写成的,曾发表在一九八八年《阴山学刊》第一期。

1958年戈宝权访问高尔基故居博物馆并受到高尔基亲属的接待

金色的大字。

一九三七年十一月一日,在莫斯科的沃罗夫斯基大街上举行了高尔基博物馆的揭幕仪式,现在这里同时也是以高尔基的名字命名的苏联科学院世界文学研究所的所在地。记得一九三八年三月,我从国外回到武汉,茅盾当即请我为他主编的《文艺阵地》写稿,我为他写的第一篇文章就正是《高尔基博物馆》,发表在当年六月出版的第五号上。

抗日战争期间,在山城重庆生活的日子里,鉴于《马卡尔·丘德拉》和《伊泽吉尔老太婆》过去都是从英文转译的,于是我又直接从俄文翻译了这两篇小说。一九四五年我还为《青年文艺》月刊翻译了高尔基的文学论文《我怎样学习写作》,并由读书生活出版社印成单行本。同年五月,我还和茅盾、葛一虹、郁文哉等人合译了苏联作家罗斯金写的一本通俗读物《高尔基》(传记小说),交由北门出版社出版,书前印有郭沫若写的序文。

抗战胜利后,我回到上海。在一九四六年我曾和葛一虹合编了一本《高尔基画传》,纪念高尔基逝世十周年。一九四七年和一九四八年,我又曾和罗果夫为"时代"出版社合编了两本《高尔基研究年刊》。其中我对高尔基的作品在中国流传和翻译的情况作了专门的介绍,并编了《高尔基作品中译本编目》。

五十年代初我在莫斯科我国驻苏联大使馆工作时,曾多次去过高尔基博物馆。到了一九五八年六月九日,我在莫斯科参加第二次亚非作家会议筹备会议时,才初次访问了在小尼吉茨基街(现名卡恰洛夫街)的高尔基的故居(当时尚未对外开放)。高尔基从一九三一年至一九三六年曾在这所房子里生活和工作过,他的书房里的写字台和坐的靠背椅,是用紫檀木做的中国家具;在橱柜里收藏着中国的各种古董,从此也可以看出高尔基对中国的兴趣。当访问时,高尔基的儿媳纳杰日达·阿列克赛耶夫娜亲自接待了我,合了影,临别时还承她从花园里折了几枝盛开的金黄色的丁香花给我作为纪念。

一九五九年七月,我接到人民教育出版社的来信,请我重译高尔基的《海燕之歌》,从此我的译文就一直印在中学的语文课本里。为了帮助读者和老师们更好地了解《海燕之歌》,我在一九七八年又翻译了高尔基的小说《春天的旋律:幻想曲》,因为《海燕之歌》原是这篇小说的结尾部分,它是由一只金翅雀从什么地方听来而唱给同伴们听的。一九七八年和一九七九年我参加了《高尔基论文学》初编和续编的翻译工作,一九八〇年又参加了人民文学出版社出版的《高尔基文集》的编辑委员会，为文集翻译了一些小说。《春天的旋律》和《海燕之歌》就印在一九八三年出版的文集第五卷的卷首。

一九八三年的十一至十二月，应苏联作家协会理事会的邀请，我到莫斯科参加国际苏联文学翻译家会议，我又有机会在十一月二十四日重访了在一九六五年五月正式对外开放的高尔基故居，这次是由高尔基的长孙女马尔法·马克西莫夫娜接待的，她拿出了一九五八年我和她的母亲合照的相片，谈起了那次难忘的会见；我也把国内新出版的几卷《高尔基文集》送给了博物馆作为纪念。

到了一九八四年六月，我翻译的高尔基的《我怎样学习写作》，又由生活·读书·新知三联书店出版。一九八五年七月我为陈寿朋的专著《高尔基创作论稿》撰写了序言，题目是《让我们更好地去理解和欣赏高尔基的作品》。

一九八六年十二月，应苏联作家协会的邀请，我再次到莫斯科访问。二十八日我刚从亚美尼亚共和国返回莫斯科，二十九日下午就冒着风雪和严寒重访了高尔基的故居博物馆，受到高尔基的长孙女马尔法·马克西莫夫娜的亲切接待。我当即把我新译的高尔基的《我怎样学习写作》、我为之作序的我国研究高尔基的专著《高尔基创作论稿》以及其他国内新出版的高尔基的著作送给她，同时还把高莽用水墨画的一幅装裱好了的高尔基的画像送给博物馆，我在画像的右上角题写了"高氏如海燕，预言风暴急"的诗句。在这次会见时，我谈到上海新成立的三联书店，为了纪念它早年的创办人之一的邹韬奋，将再版他编辑的《革命文豪高尔基》一书，希望能从博物馆得到有关高尔基的各种图片，其中包括韬奋在一九三四年七月二十六日用英文写给高尔基的信。现在这些图片都印在一九八七年六月出版的《革命文豪高尔基》的卷首，我还为这本书写了《写在〈革命文豪高尔基〉新版的卷首》的长篇序文。我已在日前把这本书带给马尔法·马克西莫夫娜和高尔基博物馆，对他们的帮助表示了深切的谢意。

正因为这样，多少年来对高尔基的回忆，始终在温暖着我的心，鼓舞着我在继续研究与翻译介绍高尔基的道路上不断前进！

我们大家都知道，苏联伟大革命文豪高尔基多少年来就是中国文艺界和广大的读者所非常热爱的一位作家。从二十年代起一直到今天，他的作品差不多都已经译为中文，成为我们最好的精神食粮。记得茅盾在一九四六年六月，曾为我主编的《时代周刊纪念高尔基逝世十周年专号》写了一篇《高尔基

和中国文坛》,其中有这样的话:

> 高尔基对于中国文坛影响之大,只要举出一点就可以明白:外国作家的作品译成中文,其数量之多,且往往一书有两三种的译本,没有第二个人是超过了高尔基的。三十年前,中国的新文学运动刚刚开始的时候,高尔基的作品就被介绍过来了。……高尔基的作品之所以能在中国受到广大读者的爱好,是因为它抨击了黑暗,指出了光明,它虽然是为俄国人民而呼喊,但在中国读者(不但是中国,全世界被压迫的人们亦同具此感)看来,觉得都是自己心里要说的话,而这实在也不足怪,因为真理只有一个。

到了一九四七年当我编辑《高尔基研究年刊》时,茅盾又写了《高尔基和中国文学》一文,他这样说:

> 年轻的中国的新文艺,从高尔基那里得到许多宝贵的指导。"五四"以来,我们的新文艺工作者在实践中曾经遇到好些问题,而这些问题都可以在高尔基的作品中找到解答。"五四"以来,中国新文艺的道路是现实主义的道路,构成中国现实主义文艺的因素不只一个,俄国文学的优秀的传统以及欧洲古典文学的影响,都是应当算进去的;但是高尔基的影响无疑地应当视为最直接而且最大。"五四"以来,曾经有好多位外国的作家成为我们注意的对象,但是经过三十年之久,唯有高尔基到今天依然是新文艺工作者最高的典范,而且以后也会仍然是的;单就这一点来看,也可以知道高尔基这位伟大的艺术家、思想家和中国新文艺的关系是如何密切了。

> 至于中国进步的作家呢,则不但从高尔基的作品里接受了战斗的精神,也学会了如何爱与憎,爱什么,憎恨什么;更从高尔基的一生事业中知道了一个作家如果希望不脱离群众便应当怎样生活。

茅盾的这些话是将近四十年前写的,但在今天读起来,它们仍然有现实的意义。茅盾当年还曾表示过这样一个愿望:

> 现在还没有人把高尔基对中国文坛影响之深且广作过系统的研究,如果有人这么做了,我想他可以写成一本厚书,而且这工作的本身也就是一种学问。

为了纪念高尔基,我正在编辑我的《译文集》的第二卷《高尔基小说、论文集》,其中收进了我五十多年来翻译的高尔基的短篇小说、诗歌作品、回忆文章、文学批评论文以及书信等,还收了我多年来写的有关高尔基和中国的论文,希望通过这本书能帮助我们更好地了解高尔基和中国的关系。

　　高尔基的名字,对我们永远是亲切的;高尔基的丰富的文学遗产,对我们永远是珍贵的;高尔基对中国人民的无限关切和热爱,更永远在鼓舞和激励着我们!

一九八八年元月于北京

附录：戈宝权传略

戈宝权是著名外国文学研究家、翻译家，中外文学关系史、翻译史和比较文学的研究者。曾用过葆荃、北泉、北辰、苏牧等笔名。

一九一三年二月十五日（农历正月初十）生于江苏省东台县城一个教育工作者的家庭。

在家乡读过初级小学、高等小学和母里师范。一九三二年毕业于上海大夏大学，获学士学位。在大学时，学习英语、法语、日语，自学世界语。后又学习俄语，能够阅读西欧和东欧一些国家的文字，为他从事外国文学及中外文学关系史的研究创造了有利条件。

一九三二年大学毕业后，进上海《时事新报》当编辑，从此继续他在大学时代就开始的翻译与研究外国文学的工作。

一九三五年去莫斯科，担任天津《大公报》驻苏记者，同时担任上海《新生周刊》《世界知识》《申报周刊》等进步刊物特约通讯员，经常为国内各报刊撰写通讯稿。

"七七事变"之后，为参加抗战，于一九三八年初经西欧德、法等国，由马赛乘船经西贡回国，一九三八年三月到达武汉。抗战期间曾先后在武汉、重庆两地担任《新华日报》和《群众》杂志的编辑和编委；同时担任中华全国文艺界抗敌协会理事及该会对外联络委员会秘书，中苏文化协会理事及该会编辑委员会和研究委员会委员、《中苏文化》和《文学月报》编委。一九四〇年著有《苏联讲话》一书，由延安解放出版社出版，后再版。在一九四一年"皖南事变"后，被派往香港创办文艺通讯社；太平洋战争爆发和日军占领香港后，由东江游击队营救到了深圳，在政治部工作。半年后辗转回到重庆，仍在《新华日报》工作。抗战胜利后，曾在上海生活书店和时代出版社担任编辑，在白色恐怖的条件下，负责编辑《苏联文艺》杂志，并著有《苏联文学讲话》，还编译了

《普希金文集》(一九四七年至一九五七年先后再版九次)、《高尔基研究年刊》、《俄国大戏剧家奥斯特罗夫斯基研究》。一九四八年所著《苏联文学讲话》一书在香港出版,后又分别由北京、沈阳、天津、重庆等地再版八次。一九四九年元月秘密离开上海。

一九四九年三月到了北京,四月参加在布拉格召开的第一次世界保卫和平大会,同年七月到莫斯科担任新华通讯社驻苏记者。十月一日中华人民共和国成立后,根据周总理的任命,负责接收了国民党驻苏联大使馆,担任了中华人民共和国驻苏联大使馆临时代办和参赞。一九五四年七月回国,任中苏友好协会总会副秘书长。从一九五七年十一月起,先后任中国科学院文学研究所和中国社会科学院外国文学研究所研究员及学术委员。一九四九年起作为代表参加中华全国文学艺术界联全会第一、二、三、四届大会,并被选为第四届全国委员。现任中国作家协会理事,中国外国文学学会名誉理事,中国苏联文学研究会副会长,中国鲁迅、郭沫若、茅盾、梅兰芳等研究学会顾问,北京鲁迅博物馆鲁迅研究室顾问,中国"三 S"(史沫特莱、斯特朗、斯诺)学会顾问,中国翻译工作者协会名誉理事,中国比较文学学会顾问,中华全国世界语协会理事,北京市世界语协会理事长,国际文化出版公司副董事长,南京图书馆名誉馆长,江苏省国际文化交流中心理事、江苏省国际友好联络会顾问。在科研机构和高等院校任职有:成都四川大学名誉教授,上海华东师范大学兼职教授,上海外国语学院顾问教授,武汉中南民族学院兼职教授,乌鲁木齐新疆大学顾问教授,乌鲁木齐新疆师范大学名誉教授,北京师范大学兼职教授,广东韶关大学名誉教授,山东聊城师范学院名誉教授,河北张家口教育学院名誉院长,江苏省社会科学院学术顾问及特约研究员,南京大学名誉教授,南京师范大学兼职教授,中国人民解放军南京国际关系学院名誉教授,张家口大学名誉校长,青岛师范专科学校名誉校长,洛阳解放军外国语学院兼职教授。在刊物方面,担任《世界文学》《译林》编委,《外国文学研究》《世界儿童》《阴山学刊》等顾问的职务。

戈宝权从二十年代末和三十年代初起,即开始翻译和研究外国文学,至今已有六十多年的历史,他翻译过俄国、苏联、中欧、东南欧和亚、非、拉美各国的文学作品,印成单行本的有五十余种。近年来的新译有《高尔基论文学》(初编和续编)、《爱明内斯库诗选》、《谢甫琴科诗选》、高尔基的《我怎样学习写作》、勃洛克的长诗《十二个》、《霍加·纳斯列丁的笑话》、《裴多菲小说散文选》《普希金童话诗》《普希金诗集》《高尔基小说论文集》等书。

多年来他写过中外文学关系史、翻译史的论文多篇,其中主要的有《普希金和中国》《冈察罗夫和中国》《屠格涅夫和中国文学》《托尔斯泰和中国》《契诃夫和中国》《高尔基和中国》《高尔基和中国革命斗争》《马雅可夫斯基和中国》《莎士比亚作品在中国》《法国文学在中国》《罗曼·罗兰和中国》《泰戈尔和中国》《中国翻译的历史》《"五四"运动前后俄国文学在中国》《"五四"运动以后外国文学在中国》《明代中译伊索寓言史话》《清代中译伊索寓言史话》等论文。

外国文学研究工作无法进行期间,为了帮助学习马列著作,他编写了《〈马克思、恩格斯选集〉中的希腊罗马神话典故》一书,此书已再版三次。

七十年代后期,他着重研究了中国作家与外国文学的关系,著有专著《鲁迅在世界文学上的地位》和《〈阿Q正传〉在国外》等书,论文有《鲁迅和史沫特莱的革命友谊》《鲁迅和增田涉》《鲁迅和内山完造的友谊》《鲁迅和青木正儿》《鲁迅和普实克》《鲁迅和爱罗先珂》等。还对郭沫若和茅盾进行了研究,写有《郭沫若与外国文学》《茅盾对世界文学所做出的重大贡献》等文。在比较民间文学研究方面,写有《谈阿凡提的故事》《从朱哈、纳斯列丁到阿凡提》《霍加·纳斯列丁和他的笑话》等。

他写的部分论文已被译成俄、英、法、德、西、葡、日、世界语及中欧和东南欧等国各种文字,发表在国内外的外文刊物上,引起了国外学术界的重视。

戈宝权多次参加过国际性的会议和应邀出国访问与讲学。五十年代曾访问过苏联、波兰、捷克斯洛伐克、南斯拉夫、保加利亚、阿尔巴尼亚等国。一九五八年十月出席了在苏联塔什干举行的第二次亚非作家会议。一九八一年三月应邀到美国加利福尼亚州参加"鲁迅及其遗产"国际学术讨论会。一九八一年九月应香港中文大学邀请去讲学。一九八三年十一月应苏联邀请参加了国际苏联文学翻译家会议,并"因多年来从事苏联文学翻译工作取得丰富成果"荣获苏联作家协会理事会授予的荣誉奖状。一九八四年十一月应法国对外关系部和巴黎第八大学的邀请到法国访问和讲学,先后在巴黎第四大学、第七大学和兰斯大学等地作演讲,受到法国各地学术界的欢迎。

一九八六年十二月到一九八七年二月,应苏联作家协会邀请,先后访问了莫斯科、列宁格勒、乌克兰、白俄罗斯,并荣获白俄罗斯加盟共和国作家协会授予他文学翻译奖。还访问了亚美尼亚、阿塞拜疆、格鲁吉亚、爱沙尼亚等加盟共和国和达格斯坦等自治共和国,同苏联各民族的作家会见,加深了对苏联多民族文学的了解。二月十日应邀参加了在莫斯科大剧院举行的普希金逝世一百五十周年的纪念大会。值得一提的是,他在五十年前参加过在莫斯科大剧院举行的普希金逝世一百周年的纪念大会,并到普希金的家乡米哈伊洛夫斯克村访问,这是很有纪念意义的事。二月中旬应丹麦外交部和教育部邀请,到丹麦哥本哈根大学和奥尔胡斯大学讲学。二月二十四日在法国巴黎第八大学接受了该校授予的名誉博士的称号,这是巴黎第八大学第一次授予外国学者以名誉博士的学位。三月初,应意大利葛兰西学院邀请,前往罗马访问和讲学。五月二十日在北京苏联驻中国大使馆接受了莫斯科大学授予的名誉博士学位。五月底应邀前往美国康涅狄格州卫斯理大学、纽约哥伦比亚大学、华盛顿和旧金山等地访问。在访问华盛顿的美国国会图书馆时,向该馆赠送了自己的译著。七月应东京大学和东京女子大学邀请,前往日本访问和讲学,访问了东京、仙台、横滨、京都、奈良、大阪等市,同当地各大学的教授及中国学者和鲁迅研究学者会面并参观了东洋文化研究所和东洋文库的图书馆。六月初,苏联文学基金会在普希金诗歌节上,授予他普希金文学奖,表彰他翻译介绍和研究普希金所作的功绩。十一月应香港中文大学邀请去该校讲学。

一九八八年五月至六月,应苏联作家协会邀请参加第二十二次全苏联普希金诗歌节,半个世纪后又重访了普希金的家乡米哈伊洛夫斯克村。六月七日,在苏联作家协会接受了苏联最高苏维埃主席团在三月一日授予的"各国人民友谊"勋章;六月下旬访问了摩尔达维亚共和国。八月二十六日荣获乌克兰加盟共和国作家协会一九八六年伊万·弗兰科文学奖,表彰他"在中国翻译介绍乌克兰文学"方面所做出的贡献。

一九八六年七月五日,戈宝权将他五十年来珍藏的两万卷中外文图书捐赠给江苏省,现存放在南京图书馆,设"戈宝权藏书室"收藏。他又将江苏省政府颁发的奖金捐出,建立了"戈宝权文学翻译奖基金",奖掖与扶持青年文学翻译工作者。一九九〇年十一月十日在南京颁发首届"戈宝权文学翻译奖",奖励了十三位俄语、英语翻译的优秀青年。

一九八三年三月应斯洛伐克科学院的邀请,出席了在斯洛伐克首都布拉迪斯拉发为纪念我国"五四"运动七十周年举行的国际汉学家会议,作了《"五四"运动前后俄罗斯古典文学对中国新文学的影响》的发言,同时应邀访问了奥地利、匈牙利、捷克等国家。

北京翻译界同人到苏联驻华大使馆祝贺戈宝权荣获"普希金文学奖"(左二是驻华大使特罗扬诺夫斯基,左三是戈宝权)

应苏联作家协会和乌克兰作家协会的邀请,三月、五月两次到乌克兰的首都基辅,参加谢甫琴科诞辰一百七十五周年的活动,并从敖德萨乘船沿第聂伯河寻访与谢甫琴科有关的旧迹,参加了在基辅和莫斯科两地举行的盛大的庆祝会。四月中、下旬还访问了北高加索各自治共和国和中亚的土库曼共和国。戈宝权先后访问了苏联的十五个加盟共和国,有些加盟共和国和自治共和国曾多次访问过。同年九月,荣获香港翻译学会授予的荣誉会士衔。一九九一年十月参加香港翻译学会成立二十周年纪念活动及亚太地区翻译会议,在会上作了《香港和澳门在中国近代翻译史上所起的作用和地位》的发言。十一月初访问了新加坡。

在国内外的辞书上多有专条介绍戈宝权的生平和译著。国内有《中国文学家辞典》《中国现代作家传略》《中国现代文学家辞典》《外国文学手册》《比较文学年鉴》《中国翻译家辞典》《民国人物大辞典》《二十世纪中国名人辞典》《世界华人文化名人传略》等。外国有苏联出版的《苏联大百科全书》《简明文学百科全书》;乌克兰出版的《乌克兰大百科全书》和《谢甫琴科辞典》;日本出版的《现代中国名人辞典》《中国新文学事典》;美国出版的《中国共产党人名词典》和《世界名人录》。

梁培兰

一九九二年三月

"中国翻译家译丛"书目

(以作者出生年先后排序)

第 一 辑

书 名	作 者
罗念生译《古希腊戏剧》	[古希腊]埃斯库罗斯 等
朱光潜译《柏拉图文艺对话集》《歌德谈话录》	[古希腊]柏拉图　[德国]爱克曼
纳训译《一千零一夜》	
丰子恺译《源氏物语》	[日本]紫式部
田德望译《神曲》	[意大利]但丁
杨绛译《堂吉诃德》	[西班牙]塞万提斯
朱生豪译《莎士比亚戏剧》	[英国]莎士比亚
罗大冈译《波斯人信札》	[法国]孟德斯鸠
查良铮译《唐璜》	[英国]拜伦
冯至译《德国,一个冬天的童话》	[德国]海涅 等
傅雷译《幻灭》	[法国]巴尔扎克
叶君健译《安徒生童话》	[丹麦]安徒生
杨必译《名利场》	[英国]萨克雷
耿济之译《卡拉马佐夫兄弟》	[俄国]陀思妥耶夫斯基
潘家洵译《易卜生戏剧》	[挪威]易卜生
张友松译《汤姆·索亚历险记》《哈克贝利·费恩历险记》	[美国]马克·吐温
汝龙译《契诃夫短篇小说》	[俄国]契诃夫
冰心译《吉檀迦利》《先知》	[印度]泰戈尔　[黎巴嫩]纪伯伦
王永年译《欧·亨利短篇小说》	[美国]欧·亨利
梅益译《钢铁是怎样炼成的》	[苏联]尼·奥斯特洛夫斯基

第 二 辑

书 名	作 者
钱春绮译《尼贝龙根之歌》	
方重译《坎特伯雷故事》	[英国]乔叟
鲍文蔚译《巨人传》	[法国]拉伯雷
绿原译《浮士德》	[德国]歌德
郑永慧译《九三年》	[法国]雨果
满涛译《狄康卡近乡夜话》	[俄国]果戈理
巴金译《父与子》《处女地》	[俄国]屠格涅夫
李健吾译《包法利夫人》	[法国]福楼拜
张谷若译《德伯家的苔丝》	[英国]哈代
金人译《静静的顿河》	[苏联]肖洛霍夫

第 三 辑

书 名	作 者
季羡林译《五卷书》	
金克木译天竺诗文	[印度]迦梨陀娑 等
魏荒弩译《伊戈尔远征记》《涅克拉索夫诗选》	[俄国]佚名　涅克拉索夫
孙用译《卡勒瓦拉》	
朱维之译《失乐园》	[英国]约翰·弥尔顿
赵少侯译《莫里哀戏剧》《莫泊桑短篇小说》	[法国]莫里哀　莫泊桑
钱稻孙译《曾根崎鸳鸯殉情》《日本致富宝鉴》	[日本]近松门左卫门　井原西鹤
王佐良译《爱情与自由》	[英国]彭斯 等
盛澄华《一生》《伪币制造者》	[法国]莫泊桑　纪德
曹靖华译《城与年》	[苏联]费定

第 四 辑

书 名	作 者
吴兴华译《亨利四世》	[英国]莎士比亚
屠岸译《济慈诗选》	[英国]约翰·济慈
施康强译《都兰趣话》	[法国]巴尔扎克
戈宝权译《假如生活欺骗了你》《海燕》	[俄国]普希金　[苏联]高尔基
傅惟慈译《丹东之死》	[德国]毕希纳
夏济安译哲人随笔	[美国]亨利·戴维·梭罗　等
赵萝蕤译《荒原》《我自己的歌》	[美国]T.S.艾略特　惠特曼
黄雨石译《虹》	[英国]D.H.劳伦斯
叶水夫译《青年近卫军》	[苏联]法捷耶夫
草婴译《新垦地》	[苏联]肖洛霍夫